じい様が行く 9

『いのちだいじに』異世界ゆるり旅

蛍石
Hotaruishi

主な登場人物

セイタロウ

日本で茶園を経営していたじい様。年の功と神様から貰った超スキルを引っさげ、異世界で旅に出る。

ルーチェ

正体はブライトスライムという魔族。セイタロウの孫娘として一緒に旅に出る。

イスリール

セイタロウを異世界に転生させた神様。人はいいがうっかり気味。

三つ首ヒュドラ
王都の海に暮らすモンスター。他の個体より首の数が少ない。
ルージュ
セイタロウの旅に同行する赤い子熊のモンスター♀。
クリム
セイタロウの旅に同行する赤い子熊のモンスター♂。
オハナ
王家の見習い料理人。アサオ家で修業を積む。

旅の中で巡り合った人々

セイタロウの旅の仲間

❖ロッツァ ……………… ソニードタートルという種族の巨大亀モンスター。
❖ナスティ♀…………… エキドナ種の女性。
❖バルバル ……………… ナスティの従魔であるマタギスライム。
❖カブラ ………………… セイタロウに育てられたマンドラゴラ。

ローデンヴァルト時計店

❖イェルク♂ ………… 時計店の主人。地球のドイツ出身。
❖ユーリア♀ ………… イェルクの妻。
❖トゥトゥミィル♂…… 半人半蜘蛛の美少年。
❖ジンザ♂ …………… 番いの紅蓮ウルフ。
❖レンウ♀ …………… 番いの紅蓮ウルフ。
❖テウ♂ ……………… キメラの少年。元はスライム。

フォスの街

❖ゴルド♂ …………… 冒険者ギルドマスター。体格の割に小心者。
❖ポウロニア♀ ……… 若き木工職人。愛称はポニア。

ドルマ村

❖フィナ♀……………… 村長。エキドナ種で、ナスティの母親。
❖ヨロコロ♀ ………… 村の農園を管理するエキドナ種の女性。

商業都市カタシオラ

❖クーハクート・
　オーサロンド♂… 好々爺然とした貴族。
❖ツーンピルカ♂…… 商業ギルドマスター。大柄で禿頭のエルフ。
❖ズッパズィート♀ … 冒険者ギルド管理官。

《 1 野天風呂 》

異世界フィロソフで儂《わし》――アサオ・セイタロウが二度目の生を得てから、月日がそれなりに経ったもんじゃ。先頃なんて、キノコの一族マッシュマシュとタケノコの一族バンブルに出会ったのぅ。それぞれの里で世話になった数日の間にも、両種族による長年の諍《いさか》いに巻き込まれるなど話題に事欠かんかったわい。血で血を洗うような厄介事でなかったのが救いじゃった。

樹人《じゅじん》と呼ぶのか分からんが、スギの形をしたシーダー族の里を出てからも、儂らアサオ一家の旅は続いとるよ。ブライトスライムのルーチェが儂の孫で、ソニードタートルのロッツァは騎獣《きじゅう》。子熊のクリムとルージュは、一応従魔として街へ登録しとる。

旅先の村で出会ったナスティは、エキドナという珍しい種族の娘さんじゃ。他にもマタギスライムへ進化したバルバルと、マンドラゴラのカブラもおる。カブラに至っては、魔物なのか魔族なのか微妙な線引きの上に立っとるわい。

種族も年齢もバラバラな儂らでも、家族であることは変わらん。今も旅先で湯浴《ゆあ》みの真っ最中でな。巨人樹で作った湯舟《ゆぶね》を拵《こしら》えて、屋外だというのにロッツァも含めた男衆で入浴していたら、寝ていたはずのルーチェとナスティが起きてきたんじゃ。

「じいじたちだけズルいよね？」

「私たちの番はいつですか～？」

と、散々言われたよ。さすがに年若い娘たちを、儂のような年寄りなんかと一緒に入れるわけにはいかん。だもんで、儂らが上がった後で入ってもらった。誰かに覗かれる心配がないとはいえ、《岩壁《ストーンウォール》》を目隠し代わりに湯舟の周囲へ林立《りんりつ》させといたわい。竹材などで塀《へい》を作れば趣《おもむき》深くなるんじゃが、そんな技術は持ち合わせとらんからのぅ。家屋に備え付けでもせん野天風呂ならば、これで十分じゃろ。

そういえば、昼間に散歩へ出たロッツァが、温かい砂を見つけたんじゃったか……明日は、そこへ行ってみるとしよう。

儂はそんなことを考えつつ、火照《ほて》った身体を落ち着かせながら、ゆったり熱燗《あつかん》を楽しんでおる。肴《さかな》は巨大なイカの魔物であるクラーケンのゲソを炙《あぶ》ったもの。七味《しちみ》マヨネーズをちょいと付ければ、満足感も増してくれてありがたいもんじゃ。

儂の相手をしてくれるのはロッツァのみ。クリムとカブラは、もう寝ておるよ。しっかり温まって、ほかほかになったらしくてな。風呂から上がる前に、既にうとうと舟を漕《こ》いでおったほどじゃよ。

ロッツァと共に酒を飲んでいるうちに、ルーチェたちも湯から上がった。湯を捨てる……にしても量が半端《はんぱ》ないので、一度【無限収納《インベントリ》】に仕舞うか。この辺りが水浸しになってしまうと、明日の朝が大変そうじゃからな。

酔うほどでない酒を嗜《たしな》んだ儂らも、寝る姿勢に入るのじゃった。


翌日のことじゃ。昨夜に入った野天風呂が、思った以上に家族から好評でな。ルーチェたちはのんびり歩きながら、できれば毎日入りたいと言っておるよ。風呂桶も含めた全てが【無限収納《インベントリ》】に入っておるから、毎晩でも問題ありゃせん。そう答えようとしたら、

「皆の〜、魔法の訓練にしましょうか〜」

なんてことをナスティに提案されたわい。使うのは生活魔法の《浄水《ウォータ》》と《加熱《ヒート》》じゃから、難しさはまったくない。ただし、大量の湯を要する湯舟を満たすには、たくさんの魔力を使うことになる。

ナスティが言うには、それが良い訓練になるんじゃと。《浄水《ウォータ》》の量と《加熱《ヒート》》の加減……間違って熱くしすぎた場合は、加水すればいいだけじゃしな。

「私はやるよー。でも、クリムとルージュは水出せないね……どうする？」

「壁作ってもらったらええんちゃう？」

先頭を歩くルーチェが振り返りながら問うてきた。それにカブラが答えたが、二匹にできるのか？　儂の手伝いで《穴掘《ディグ》》や《氷針《アイスニードル》》を使っておるのは見たことあるんじゃが……幌馬車《ほろばしゃ》の屋根に乗る二匹へ視線を向ければ、揃って両の前足を挙げた。

昨夜儂が作ったものほどではないが、《岩壁《ストーンウォール》》が幌馬車の左右に現れる。

「この子たちでも～、何枚かは出せるみたいですから～、場所を選べば大丈夫じゃないですかね～」

ナスティのお墨付き《すみつ》を得たからか、クリムとルージュは元気に頷いた。全周囲を目隠しするには魔力が足りんか。となると、最低でも一方向は、別の方法で塞がんといかんな。

「温かい地面の辺りは岩が多い。あの岩を運ぶのも手かもしれんぞ」

ロッツァが自身の右を進むナスティに進言するが、

「運ぶのにアサオさんの協力が必須じゃないですか～。皆の力でやるから訓練なんですよ～?」

即座に注意されとる。

「確かに訓練にはならんかもしれんが、儂だって家族なんじゃや。協力したっていいじゃろ。足りないところを補うのも、チームワークの練習と思えば……な」

「うむ」

「しょうがないですね～」

そんなことを言うナスティじゃが、顔は笑ったままじゃよ。ルーチェとカブラを中心に、あーでもないこーでもないと相談しとるうちに、目的地の岩場に到着した。

まだ肌寒さの残る季節のはずなのに、この岩場の近くだけはほんわか暖かいもんじゃった。人肌より少しだけ温度が高いくらいじゃな。

「昨日ナスティが言っとった通り、岩が温かいのぅ。不思議なもんじゃ」

「じんわり周囲を温めるんですよ～」

ナスティと会話しとる間にも、カブラとバルバルがこぞって岩に触れ、ルージュは地面に寝転がっておった。ルーチェは石を二つ握ってぶつけ合わせとる。どうやら、昨日教えた、岩が石になり、そして砂になるということを確かめとるようじゃ。

「クリムはどこじゃ？」

ふと周りを見回すと、クリムは大きな岩に乗って、足元を覗き込んでおる。

「何か珍しいものがあるのか？」

クリムが歩いたと思われる岩の道を跳ねながら行き、儂が声をかければ満面の笑みで振り返る。見ていた岩にはぽっかり穴が開いており、そこには水が溜まっておった。そして、その中では小魚の群《む》れがぱしゃぱしゃ跳ねて暴れとる。

「この音が気になったんじゃな」

こくりと頷いたクリムじゃが、魚を掴まえようともせん。熱帯魚《ねったいぎょ》のような見た目でかなり小さく、食べるにしてもあまり美味しそうじゃないからのぅ。となると、何に興味を示しとるんじゃ？

「あぁ、こんな感じの岩風呂が欲しいのか」

岩に穿《うが》たれた穴を指すクリムを見てそう答えれば、正解だったらしい。自分の乗る岩をてしてし叩き、三個先にある岩を次に指すのじゃった。棲《す》み処《か》を叩かれた小魚は、大混乱で更に水を跳ね飛ばす。

それからいくつも大岩を指し示すもんじゃから、儂は一緒になって見て回った。数えること十を超えたあたりで、クリムも納得の岩を確保できた。そして思った以上に時間が経っていて、クリムと共に皆のところへ戻ってみれば、巨大な湯船……それともプール？が出来ておったよ。

いくつも大岩が転がる岩場を上手いこと利用して、岩と岩の隙間は《岩壁《ストーンウォール》》で埋めてある。外側が出来たとなると、残るは湯舟の準備とお湯張りか。しかし、それらも既に用意し始めとるんじゃと。疑問に思って中を観察してみれば、数十センチは水が溜まっていたよ。川までは距離があるはずなのに、どうやったのか……《浄水《ウォータ》》を使っていたようには見えんかったぞ？

「掘ったんですよ～」

「足下から水の気配がしたのだ」

儂の疑問に、ナスティとロッツァが答えてくれた。その後ろでは、ルーチェとカブラが胸を張っておるわい。何度も魔法を使ったせいか多少の疲れが見えるが、やり切った顔を見せとる。埃《ほこり》まみれの二人が穴を掘り、ルージュは目隠し用の《岩壁《ストーンウォール》》を担当したんじゃな。しかし、ルージュだけはへたり込んでおり、きんつばの載った皿を抱えて休憩しておった。

「あれは～、ご褒美《ほうび》ですよ～」

儂の視線に気付いたナスティが、ルーチェとカブラにもきんつばを振る舞う。子供たちを休ませる間に、ロッツァが仕上げを受け持つらしく、その身体を本来の大きさに戻して湯舟を覗き込んでいた。

魔法があまり得意でないロッツァじゃが、実に細かい調整をしておるよ。底の部分をなだらかなすり鉢状《ばちじょう》に加工しとる。湧《わ》き出る水が濁《にご》らんのは……ナスティが何かしとるらしい。風の魔法や水の魔法をいろいろ併用しとるんじゃと。詳細を聞いたが、中級以上の魔法を複数合わせているようで、よく分からんかったわい。

最終的に出来上がった湯舟は、目隠しの高さが1メートルくらい。掘り終えた一番深い底までも1メートルほどあるから、合わせて2メートルとなっとった。温かい岩場のおかげで、溜まった水も温水プールほどにまで温度が上昇しとるよ。

「こんな感じに作れば、どこでもお風呂に入れるね！」

「ウチらで作れるもんなんやな！」

浮かぶ座布団《ざぶとん》に乗って湯舟を見下ろすルーチェとカブラが、興奮気味に捲《まく》し立てた。

「近くに水源がなくても、ここの中央に昨夜使った湯舟を置けばいいだけじゃからな。今日は水があるから置かんぞ？」

「うん！　今日はここに入るんだもんね！」

期待に胸を膨らませたルーチェは、鼻息荒く答えよる。

「皆も入るんやろ？」

するとカブラが、後ろを振り返り声をかけた。そこには誰もおらん……いや、見知らぬスライムが数匹おるな。他にも鳥に猿、蛇に栗鼠《りす》もおった。あとそれらが乗る樹木が揺れとるわい。

《索敵《レコナ》》に反応がないから近くに魔物はいないと思っていたが、敵意がないだけだったようじゃ。誰も敵意や悪意を示さんから、無反応だったんじゃな。ロッツァたちも存在に気付いていたらしいが、無害だったから放置していたそうじゃよ。身体も小さければ、魔力も少ない。そんな子ばかりが集まった結果みたいじゃな。

樹木は年若いトレントで、とても貧弱なんじゃと。まだ生まれてから数か月のようで、カブラにすら勝てないとはロッツァの言《げん》じゃ。

しかし、カブラはアサオ一家の中じゃ弱いかもしれんが、かなりの強さに育っとるらしいぞ？以前港町カタシオラで営《いとな》んでいた惣菜店《そうざいてん》の常連客だった冒険者たちが、そう言っておったからな。

カブラがこのトレントの相手をするなら、遠くから一方的に魔法を使うか……あぁ、ナスティの故郷であるドルマ村で見せてくれた、植物と会話する能力で説得するかもしれんな。

どの魔物も儂らとの実力差を分かっていて、敵意を見せないようにしとるそうじゃ。熊種最強のクリムとルージュがおれば、獣系は逆らわんか。それ以前に、ロッツァの大きさを見れば普通は相手しようと思わんな。逃げ出しても不思議ではないが、それでも魔物たちがこの場を離れんのは、いきなり現れたこの湯舟が気になっとるかららしい。

「まだ日は高いが、風呂に入ったら先に進むのをやめるかのぅ。湯冷めして風邪をひくのも馬鹿らしいし、心と身体が解《ほぐ》れた後で余計なことはしたくないわい」

「それじゃここに泊まればいいんじゃない？」

おとがいに人差し指を当てて、可愛らしい顔をするルーチェ。こてんと首を倒す仕草《しぐさ》まで披露しとる。

「昨日の場所からほとんど進んでないぞ？　皆もいいのか？」

「自分たちでお風呂を作ったんやで？　入らないなんてダメやー」

カブラが座布団の上で大きく身体を伸ばして、万歳《ばんざい》のような恰好をしたかと思えば、その両腕にクリムとルージュがぶら下がる。そのままぐるぐる回り出したカブラたちは、きゃっきゃきゃきゃっきゃとはしゃいでおった。さすがにクリムたちの重さに腕が伸びておるが、痛みはないようじゃ。

「急ぐこともあるまい。それにクリムだけに何かを与えるのは、いかんと思うぞ？」

「そうですよ～。私も欲しいです～。あ～、違った～。作ってみたいです～」

専用の岩を手に入れたクリムのことを引き合いに出して、にやりと不敵な笑みを見せたロッツァと違い、ナスティはいつものほんわか笑顔じゃったよ。

その後、近くにいた魔物たちも含めて、野天風呂を楽しんだ。野生の生き物が、温かい湯に浸《つ》かる機会なんてないからのぅ……誰もが緩み切った顔をしておったよ。トレントに至っては、身体も緩み切って、太めの蔓《つる》かと間違うくらいの柔らかさになっておったわい。

湯から上がった儂らはのんびり食事をとる。その際、トレントたちは一度ここから離れて、また戻って来た。それぞれが何かしらを持参しとる。どうやら儂らのとる食事に興味を示したようで、持ってきた品と食事を交換してほしいんじゃと。

知性のない魔物たちは他者から奪うことが当然かと思っとったが、この子らは賢《かしこ》いんじゃな。ただし、無理やり自分の牙を引っこ抜こうとした蛇などは止めたぞ。身を削ってまで払っちゃいかん。なので他の子らには、木の実やキノコ、山菜、薬草などを採ってくるよう頼む儂じゃった。

《 2 共同浴場 》

魔物たちとの交流から一夜明けた。驚いたことに、湯舟に浸かった魔物たちが、全員変化しておったよ。昨日見た時とは身体の大きさや色が変わり、一部は種族すら違っとるほどじゃ。

その中でも特に顕著《けんちょ》だったのがトレントでな。鋭利な刃物を思わせる葉を生《お》い茂《しげ》らせて、幹はしゃきっとなっとった。全体的に細身になり、背も低くなったのに、か弱く見えん。余計な部分を削ぎ落としたからか、強さすら感じるわい。

あとは根っこだったはずの部分に、二本の足が生えとるな。その影響なのか動きが俊敏《しゅんびん》でな。猿や鳥の魔物すら置き去りにする素早さじゃったよ。

「たぶんですけど〜、アサオさんの力がにじみ出たお湯を〜、吸収したからじゃないですかね〜?」

そう言いながら、ナスティは一匹のスライムを持ち上げる。薄《うっす》ら緑色だった粘体部分が、深緑になっておる。足元で震える二匹のスライムは、真っ赤と真っ青。岩の上に立つスライムは真っ黒じゃ。鑑定してみれば、それぞれ違う種族名が出とる。

「同じ湯に浸かったのに、別々な進化をするんじゃな」

「バルバルと私が違うんだし、そんなもんじゃない？」

ルーチェが自身の頭で揺れるバルバルを指さした。

「……それもそうか。人だって育ち方や経験でその後が変わっとる。必ず同じ進化をすると考えるほうが、おかしな話じゃな」

納得した儂の右肩には、手のひらサイズの小さな猿が乗っておる。そして逆の左肩には、猿の五倍はあろうかという栗鼠が、頬袋をぱんぱんに膨らませとるよ。そこからどんぐりをこぼしては戻し、こぼしては戻しを延々と続けておった。

蛇は身体が太く短くなっとるから、日本で話に聞いたツチノコみたいじゃよ。橙色《だいだいいろ》のスライムと共に飛び跳ねながら、何回も空中で身体をぶつけ合っとる。その度にどちらかが弾き飛ばされ、転がされる。それも次の時には、立場が逆になっておってな。何かを確認しとるのかもしれん。

「強くなったからって、他の者に無体《むたい》を働いちゃいかんぞ」

少しだけ体力の減ったツチノコとスライムを癒してやり、そう伝えたら無言で身体を伸ばしたよ。これが了解の意思表示……いや、『逆らいません』との返答じゃとナスティに教えてもらった。他の子たちも、同じような姿勢を儂に見せておる。

その後、朝ごはんを終えた儂が風呂を取り壊そうとしたら、変化を見せた子らが今後も入りたいと頼んできてな。儂としては、入浴した者がその度に変化したんじゃ困るから、潰したいのにのぅ。その懸念《けねん》を払う為に、今ある湯を儂が引き取ることを条件に出したら受け入れてくれたよ。水や湯の準備、手入れ等も大変だと思うが、そこは魔物たちが協力し合うそうじゃ。儂の両肩にいた猿と栗鼠は、知能が上がっただけでなく、魔法が得意な種族になったんじゃと。その辺りも加味《かみ》して、この場所を残すことに決めたわい。ただし、万が一があったら困るでな。念の為、『アサオの湯』の立て札と、お願いを書いた看板を立てておいたぞ。

この場に残る子らも、自衛以外ではヒト種を襲わないとも言ってくれたからのぅ。力に頼って我を通すわけでもなさそうじゃし、のんびりこの辺りで暮らすならば、野天風呂があったっていいじゃろ。

温砂《おんさ》の元となる大岩を回収し終えた儂らは、また次の場所へ向けて歩き出す。とはいえ、歩くのは皆で、儂はナスティと一緒に幌馬車の中じゃよ。普段出掛ける時より倍以上の大きさになった幌馬車じゃが、中は非常に狭くなってしまっとる。

周囲の警戒や、食材確保などもあるから、そのうちやればと思っていたのに、早く岩風呂を作ってほしいとクリムにせがまれてな。それなら今のうちに作ってしまおうとなったわけじゃ。

クリムの他にカブラも岩風呂を欲しがり、他の子は今ある巨人樹の湯舟でいいそうじゃ。巨人樹よりさくさく彫《ほ》れるから、岩風呂を二つでもそうそう時間もかからんじゃろ。

そんなわけで、自作したがったナスティと共に作業しとる。それで即席の作業場にする為に、幌馬車を大きくしたんじゃ。湯舟を大きくするのに使った、《拡大《グロウス》》を付与したトパーズは、取り外しが簡単にできるでな。こちらへ移し替えたんじゃよ。

幌馬車の中で作業に集中していたら、視線を感じた。そちらを見れば、ロッツァ以外の家族がじーっとこちらを見ていたよ。何か用かと思って声をかけようとしたら、

『グーーーーーッ』

と大きな音が響いたぞ。

誰か一人だけでなく、全員の腹が同時に鳴ったんじゃろう。儂を見ていた全員が、揃って自身の腹を押さえておったからの。こりゃ、時間を忘れて集中しすぎた儂の落ち度じゃな。時計を確認するまでもなく、儂自身の腹もぺこぺこになっとったわい。

子供たちは、これから料理をするのも待てないようで、催促《さいそく》の嵐《あらし》じゃった。おやつでも摘まんでくれていればと思ったが、すぐに昼ごはんになるからと我慢したらしくてな。儂とナスティの邪魔をするのも良くないと考えて、それでもお腹が空いたから覗いていた……ってことらしい。

「熱中しすぎると今日みたいに時間を忘れるかもしれん。次からは声をかけたり止めたりしてくれ」

そう言いながらカブラたちを見れば、ごはんを頬張りながらこくりと頷いてくれるのじゃった。

《 3 旅の最中 》

儂とナスティが岩風呂を作り続けること六日目。今日、やっと完成したぞ。基本ステータスの違いから、儂が二つ作り上げる間にナスティは一つだけじゃがな。これで家族から頼まれた数には到達した。

六日も経ったのに、今いる場所は、『アサオの湯』を作ったところから、少しばかり奥地へ入り込んだ辺りじゃや。先を急がずに、ロッツァが見つけてくれた珍しい食材を多めに採ってもらっていたんじゃよ。川面《かわも》に咲く花や、川底に生える藻《も》、更には川魚も豊富で、【無限収納《インベントリ》】に大量の補充が出来たわい。

細かい収穫作業はルーチェとカブラが主戦力となり、魚を追い掛け回す役目はクリムとルージュに任せたそうじゃや。ロッツァとバルバルは指揮官のように振る舞っていたらしい。

話によれば、ロッツァの甲羅《こうら》で大きく飛び跳ねたバルバルが、周囲を見渡していたんじゃと。警戒と獲物の捜索を一度にこなし、それをロッツァに伝える。その後、ロッツァが皆へ指示していたと報告された。なんだか随分面白い能力を発揮し出したもんじゃな……

川辺に泊まったこの五日間は、川岸に野天風呂を拵えた。川の水を引き込んでから、《加熱《ヒート》》で温める。そんなことを連日していたんじゃよ。三日目だかにはロッツァが、

「思いついたぞ！」

と言って、《火球《ファイアーボール》》を風呂にぶち込んでおったがのぅ。《火球《ファイアーボール》》によって、溜まっていた水は煮え立ち、半減してしまっていたよ。だもんで、誰も入浴できんかったぞ。

何事も経験とはいえ、ロッツァは思い切ったことを試すもんじゃ。儂と出会うまでは、《浮遊《フロート》》くらいしか魔法を使えんかったと言っておったし、何かとできることが増えてきた近頃は楽しいんじゃろうな。それで時たまハメを外しすぎるんじゃろうて。

その失敗で出来た熱湯もカブラが鞄にしまっておってな。何に使うかと思えば、戦闘じゃったよ。なんでも、川の魔物に喧嘩《けんか》を売られたそうじゃ。

のんびり暮らしていた鯰《なまず》に、ザリガニ一派が因縁《いんねん》をつけている場面に出くわしたんじゃと。無用な争いに巻き込まれないように放っておこうと思ったのに、鯰一尾をザリガニ数百匹で囲む姿に腹が立ったとは、カブラの言じゃ。その際、思わず声をかけてしまったのが仇《あだ》となり、喧嘩に発展してしまったらしい。

そして今、儂の目の前では、睨み合いが続いとる。水の中にほぼほぼ身を隠すザリガニたちと、座布団装備でぷかぷか宙を漂《ただよ》うカブラ。様子見がまだ暫《しばら》く続くかと思われた矢先、座布団の真下から多数のザリガニが飛び出した。

その行動を読み切っていたカブラは、鞄をひっくり返して熱湯を浴《あ》びせる。ほんの少しの時差を付けて左右からも飛び出したザリガニたちじゃったが、向かった先にカブラはおらん。そこにあるのは熱々の水球じゃ。ほとんどのザリガニが、吸い込まれるように水球へ入っていったぞ。

どこかで見たことある手だと思ったが、ありゃ儂が以前海で披露した水球漁じゃな。いつの間にやら、カブラは習得していたのか。

「戦いだけやあらへんでー！　一緒に料理もできてまうんやから！」

カブラの言う通り、ザリガニ一派は極少数の仲間を残して、そのほとんどを真っ赤な茹《ゆ》でザリガニにしておった。

いちゃもんを付けられていた鯰の話によれば、ザリガニは数の暴力で今まで無理を通してきたようでな。川に棲む者たちから疎《うと》まれていたそうじゃ。

そうは言っても、全滅してほしいわけではない。食物連鎖《しょくもつれんさ》の一部が崩れると、生態系全般が壊れるからのぅ。なんとか解決できないかと道を探していた最中の、今回の暴走劇だったんじゃと。二桁《けた》いくかどうかになった生き残りのザリガニでは、さすがに意見のゴリ押しはできんじゃろ。

「おとん。ところでこれ美味《うま》いん？」

カブラは、水球の中からザリガニを一匹取り出し、持ち上げた。その手に持つ真っ赤なザリガニからは、美味しそうな匂いと共に湯気が立つ。

「《鑑定《エヴァルア》》」

鑑定結果は非常に良好なものじゃった。臭みのない身質のようで、見た目に忌避感《きひかん》がなければ万能食材らしい。そのことをカブラに伝えたら、いそいそと鞄に茹でザリガニを仕舞い、ほくほく顔になりよった。

カブラが回収していない最初のザリガニたちには、数多くの川の生き物が群《むら》がっていた。死んでも無駄にならず、誰かしらの栄養となる。川に棲む者らにとってもザリガニは美味しいようで、競い合うように食べとるよ。

数が揃うと対処が面倒なザリガニは、逆を言えば少数なら問題にならんらしい。なので、いつもは他の魔物や生き物たちで間引《まび》いていたんじゃと。今回は、繁殖《はんしょく》速度に間引きが追い付かなかった結果なようでな。鯰に感謝されたわい。

どうにもこの鯰が、この川の主《あるじ》なんじゃと。腕力より対話力。魔力より調和力。そんな生き方で主を続けているそうじゃよ。最終的に力ずくで、となるのが魔物の世界なのに、珍しいもんじゃ。茹でザリガニの事後処理をして、採取したり狩猟したりしたものを選別していたら、結構な時間を食ってしまってな。日が傾き出した今から先へ進むのは、よろしくない。だもんでここであと一泊となった。

完成した湯舟を、すぐにでも使いたいカブラとクリムにとっても良い提案だったようで、すんなり受け入れられたよ。ルーチェたちもザリガニを食《しょく》したいって思惑があったらしい。ルーチェとカブラ、クリムとルージュががっちり握手したのは、そんな理由からじゃったよ。

《 4　採取の実地研修 》

「対象に合った採り方をしっかり思い出すんじゃぞ」

「はーい」

儂の言葉にルーチェが手を挙げて答える。その目の前にあるのは、小さな白い花。他にも、トゲトゲの実を縦に五個生《な》らせた低木、赤い茎《くき》に紫の葉が茂る草。これらも珍しいもんじゃが、儂としてはルージュの隣に生える植物のほうが気になるな。ルージュを二倍くらいにしてもまだ足りん——それくらい大きな黄色い綿毛《わたげ》が、風に靡《なび》いておるよ。

綿毛を抱えるルージュと、茎の部分を切るクリム。二匹の共同作業でやっとこ採取できとるな。

岩風呂が完成した翌日から、儂らの旅はしっかり進んどるよ。ただし、泊まる場所は、風呂を置きやすい場所を優先で選んでおってのぅ……近場に良さそうな場所が見つからなければずんずん進む。逆に候補地となりえる土地を見つけると、立ち止まるほどじゃよ。

それで儂のマップを使って確認して、先にまだありそうならまた進むのを繰り返しとるんじゃ。最初からマップだけで済ませてもいいと思うが、それじゃ味気ないんじゃと。

「自分たちで探して、見つける。それがいいんじゃない？」

「そうやー」

ルーチェとカブラのそんな意見には、儂も賛成じゃからな、それで協力しとるんじゃよ。自分たちで何かをしようとする子供たちは可愛いしのぅ。

ナスティやロッツァに『甘い』と言われとるが、二人だって儂と変わらん表情をしとるわい。

今夜の宿を見つけた儂らは、時間的に少し早いが寝床と風呂を確保した。日暮れまでもまだまだ余裕じゃ。その際、周囲に珍しい植物が多く生えとることに気付いてな。折角じゃから、皆で採取することになったんじゃよ。

植物の採取は、カブラが殊《こと》の外《ほか》得意での。どこを切ってほしいか、どこを切っちゃダメかなどを直接植物に聞けるのが大きいみたいじゃ。これは家族の誰もできん特技じゃから、どんどん伸ばしてもらおう。逆に魔物や動物の解体は苦手なようで、四苦八苦《しくはっく》しとったよ。

そちらに適性を見せたのはクリムで、カブラに教え込んでおった。双方で教え教わる関係を築けたから、相手を下に見ることもありゃせん。元々そんな傾向もないから、心配しとらんがな。

何をやってもそつなくこなすのはバルバルか。バルクスライムからマタギスライムに変化したのが、こんなところにも影響しとるのかもしれん。

バルバルの次はルーチェで、ルージュはある意味問題児かのぅ。作業の選《え》り好《ごの》みをするルージュは、得手不得手がはっきりしとるよ。

儂の手伝い自体は好きみたいなんじゃが……まぁ、無理矢理させても、もっと嫌いになるだけか。好きなことだけでもやるならいい、と思うことにしよう。もしかしたら、他の子を見て負けん気を見せるかもしれんしな。

アサオ一家総出での採取作業になるなら、カタシオラの街を旅立つ直前に教わった採取を復習しようと思ったんじゃ。教えてくれたのは採取専門の冒険者じゃったから、かなり細かいことまで指摘してくれてのぅ。そんなことまでするか？と疑問に思うほどの緻密《ちみつ》さじゃったよ。

そうかと思えば、草木を根本からばっさり切ったり、引っこ抜いたりもしとってな。経験に裏付けされた適切な採取方法は、為になったもんじゃよ。

教わったのは何も植物限定ではなくて、弱い魔物や動物、虫なども含めての採取方法でな。必要な素材と食べられる部位、食べちゃダメな箇所なども教わった。儂は《鑑定《エヴァルア》》頼りじゃから、こちらも非常に役立つものじゃったわい。

うだつの上がらないおっさんではないと思っていたが……想像以上に有能な冒険者と感じたぞ。儂と一緒に講義を受けた冒険者たちも、目から鱗《うろこ》が落ちたような顔をしとったしのぅ。採取専門のおっさんと侮《あなど》ることがなくなり、相手を見る目が変わるきっかけになったかもしれん。

魔物の討伐を主に請け負う冒険者にしても、処理の仕方で買い取りの値段が雲泥《うんでい》の差となるから、必死に教わっておったな。苦労して難敵を倒しても、狩り方や処理を失敗して二束三文《にそくさんもん》……そんな経験をしたことがある者ほど、真面目に受講しとったよ。見て盗むのが冒険者の流儀らしいが、折角の機会をふいにする意味はないからの。

そんなことを思い出しつつ、ルーチェたちに問われたら答えとる。しかし、彼に指導されてから実践するのは、儂も初めてじゃからな。自分へ言い聞かせるようにこなしとるよ。

「じぃじ、これ美味しかったよね？」

ルーチェが儂に見せているのは、根が瘤《こぶ》のように膨らんだ草。

「じっくりダシで煮るとホクホクになったな」

笑顔で答えた儂を見て、またしゃがんだルーチェは、足元の草を掘り始めた。

「折らないように、ゆっくりとー」

繊細《せんさい》な手つきながら、素早く掘り進めるルーチェの頭上で、カブラが不思議な踊りを披露しておる。カブラなりの応援なんじゃろ。儂以外の誰も見とらんが、その表情は満足そうじゃったよ。

ルーチェが掘り出した草と、カブラがクリムと共同で集めた花。ルージュが獲ってきたラビなどを使い、儂が夕飯を作る。そして、ロッツァとナスティ、それにバルバルが加わって風呂を拵える。そんな役割分担で、儂らの今日は暮れていくのじゃった。

《 5 劈《つんざ》く悲鳴 》

採取と風呂を嗜む日々を儂らは続けておる。旅の最中の楽しみとして、『風呂』ってものは大きかったようでな。狩りと採取でお腹を減らして、風呂で綺麗さっぱりした後にごはんを食べる。そんな流れが、ここ数日で出来上がっとるよ。

カタシオラを出てから、半月くらい経った頃かの……昨日、今日と進んでいる辺りは、冒険者すらあまり通ることがないようで、少し幅が広い獣道《けものみち》のようなものが続いとる。

ロッツァが先頭に立って進むので、道なき道を進んだとしても、地ならしされた後みたいなもんじゃからの。圧《へ》し折られた樹木の根っこや、押し潰された岩などはあれども、幌馬車に乗る者には何の支障にもならん。

ロッツァの背に乗るルーチェや、首へぶら下がるルージュなどは、悪路《あくろ》を楽しむほどじゃ。

さすがに自然を破壊したままにするのももったいなくて、儂の【無限収納《インベントリ》】に仕舞っとるよ。バルバルは儂の料理以外のものも食べたがってな。ロッツァの倒した樹木などは、恰好の的になっとるわい。

元々の種族であるバルクスライム時代の影響なんじゃろ、樹皮を特に好んどるぞ。バルバルの場合は、食べ物の好みが変わった……というよりも増えたって感じじゃな。いつも通り、樹皮と一緒に吸収してしまった屑などは、ブロックにして吐き出しておる。

樹皮を綺麗に剥《む》かれた幹や根っこは……そのうちフォスの街の木工職人ポニアにでも卸《おろ》してやろう。乾燥の時間が必要じゃが、本職ならなんとかするじゃろし、有効活用してくれる者に渡すのが、一番無駄がないはずじゃて。

バルバルは他にも岩や砂利《じゃり》、骨なども欲しがっておったな。それらを食べた後もブロックを作りよるから、ちゃんと吸収しとるのか分からん。出がらしを儂にくれとるのかのぅ？

ナスティは、岩風呂作りからの流れで、石工《いしく》みたいなことをしとるよ。合間合間にとる休憩の時に、拾った岩などを《風刃《ウインドエッジ》》で上手いこと切ってな。幌馬車の中ではそれらを使ってもくもくと何かを作っとるわい。岩風呂を掘る時に貸した、魔法を付与したナイフなども玄人《くろうと》のように扱い、いくつもの作品を生み出してのぅ。

この数日は、皿や椀《わん》などを作っては改良を繰り返しとる。原材料が石では重いからな。その辺りの改善に余念がないらしい。ルーチェやカブラに相談しながら、見た目にも凝《こ》っており、まるで芸術家さんみたいじゃよ。素人《しろうと》の儂が見ても、綺麗な出来じゃ。それなのにナスティ自身は、

「器《うつわ》は使わないと～」

なんて言いながら、ぞんざいな扱いをしとってな。見ているこっちが気を揉んどるよ。

時々マップを拡大して儂が進行方向を確認するくらいで、あとはロッツァ任せの旅……これもまた一興《いっきょう》じゃろ。なんだかんだとルーチェやルージュと話しながら進むロッツァも、楽しそうじゃしな。三人の直感任せでも、王都には問題なく着きそうじゃよ。

道を作りながら進む儂らじゃから、村や集落なんてものにも出会わなくてのぅ。毎日野宿でも、旅は快適そのものじゃ。唯一の難点と言えば、ベッドが足りんことか……それでも《結界《バリア》》を常用した上で、クリムやルージュにまとわりつかれて眠れば、寒さなどは微塵《みじん》も感じん。以前に仕入れた布団も併用しとるしのぅ。

「じいじ、この先に水があるって。今日はそこで晩ごはんね」

ロッツァの背の上で振り返ったルーチェが、馬車の中におる儂に聞こえるよう、大きな声を上げる。相変わらず、ロッツァが木々を薙《な》ぎ倒す音が鳴り響くわい。【無限収納《インベントリ》】にいろいろ取り込みながら頷けば、ルーチェはまた前を向いた。昼ごはんを食べ終えてからまだ少ししか経っておらんと思うが……まぁいいじゃろ。

それから一時間ほどで、儂らは目的地に辿り着いた。馬車を出た儂の目の前には、絶景《ぜっけい》が広がっ

ていたよ。予想していたのは小さな水辺だったが、大きな池じゃった。ほぼ真ん丸なのかもしれん。対岸も見えるがかなりの距離じゃ。池の周囲を木々が囲んでおるせいか、穏やかな水面《みなも》には波も立っておらんし、周囲の景色が映り込んでおる。

背伸びをしながら、空気を肺いっぱいに吸い込んでいたら、ナスティも馬車から降りてきた。区切りのいいところまで工作が進んだんじゃろ。満足気な顔をしとる。ナスティも同じ姿勢を続けていたから、身体が凝り固まってしまったようじゃよ。儂と同じで、手足を揺らしたり腰を回したりしてから、ぐいーっと身体を反らせとる。

「じいじ、今日は何作るの？」

屈伸《くっしん》をしているルーチェは、ルージュを肩車していた。

「儂はごはんと味噌汁《みそしる》じゃな。主菜は――」

「我が魚を焼くぞ」

儂の言葉を次いだロッツァが、焼き場をこさえる為に《穴掘《ディグ》》を使っとったよ。ただし、まだ加減が難しいらしく、焼き場として利用するには少々深すぎるようじゃ。

「……うーむ……」

困り顔のロッツァを見兼ねたのか、クリムが別のところで《穴掘《ディグ》》を使う。こちらは、いつもの焼き場と同じくらいの深さと大きさじゃった。そのままクリムがロッツァの手伝いに入り、儂とカブラとバルバルでごはんの支度の開始となる。

ルーチェとルージュは、ナスティに連れられて魚を獲りに行ったぞ。ルーチェは出掛《でが》けに、

「じいじ、甘い玉子焼きもお願いね！　行ってきまーす！」

とだけ告げていきよった。さすがに池を横断するようなことはなく、木々の間に進んでいき、ものの数秒で視界から消える。

見送った儂は、玉子焼きの準備じゃよ。その間にカブラとバルバルには、ごはんと味噌汁を頼んでみた。一緒に動くことの増えたこのペアは、なかなか相性が良くてな。料理にも才能を発揮してくれとる。最近は、安心して任せられるんじゃよ。

「そろそろ帰って来んかのぅ……」

「うむ。先に焼いたこれらで、一杯やりたいぐらいだな」

想定していた時間が経っても、ルーチェたちは帰って来ん。まだ日暮れ前じゃから、晩ごはんには早い。

焼き場を空けて子供たちの帰りをただ待つんじゃもったいないからと、ロッツァにベーコンとヌイソンバの塊肉を渡しておいたんじゃがのぅ。良い具合に焼けて匂いが漂い、儂らの腹を刺激しまくっとるよ。

クリムとカブラ、それにバルバルも腹が減ったんじゃろ。塊肉に目が釘付けじゃった。焼けた肉を【無限収納《インベントリ》】に仕舞おうとしたら、カブラに手を掴まれてな。おあずけを食らわすのも可哀《かわい》そう

か……そう思い、塊肉はカブラたちにあげたよ。食べやすいようひと口大に切ってやれば、笑顔でがっついておったわい。

儂とロッツァは、ぬる燗《かん》をちびちびやりながら、待つとしよう……なんてことを考えて準備を始めると、

「キャァァァァァァァーーーッ！」

突然悲鳴が響き渡った。

ルーチェたちを待つ儂らは、悲鳴のほうへ一斉に顔を向けた。声の主がルーチェたちでないのは、その音程の違いからすぐに分かったわい。しかし、悲鳴じゃからのぅ。危険なことが待っている可能性が非常に高いぞ。

「儂だけで行くから、ロッツァは子供たちを見ててくれ」

儂はそう言うなり飛び出す。

「分かった」

ロッツァの返事を背に受けて、声の方向へ一目散《いちもくさん》に進んでいく。途中、なんだか背中が重たくてな。ふと振り返ってみれば、腰の少し上辺りにバルバルが貼り付いておったよ。万が一を考えて、子供たちをロッツァに任せたのに、確認が甘かったわい……

「一分一秒を争う事態かもしれんからこのまま行くが、儂の言うことをちゃんと聞くんじゃぞ」

生い茂る樹々を抜け、枝葉を避けながらバルバルに説いておく。

「危なそうなら逃げる……いや、ロッツァたちへ助けを求めるかもしれんから、その時は頼む」

ただ頭ごなしに叱ったところで、子供が聞いてくれることなんてほとんどありゃせん。だったら聞いてくれるように仕向けるのも大人の役目じゃよ。そんな時は役目を持たせたり、頼み事をしたりすれば結構聞いてくれるもんじゃて。

バルバルは腰から背へ上り、首回りで落ち着いた。そこでぷるぷる揺れてから、その身を震わせておる。バルバルのこの動作は、理解したという合図のようで、大抵はこの後ぴょこぴょこ小刻みに跳ねるんじゃ。

儂の予想通りの動きをしとるが、今いるのは肩の上じゃからな。落ちないように加減しておるよ。

バルバルに話す間に、池のほとりをぐるりと半周近く進んでいた。ロッツァたちのところを出てからも、断続的に悲鳴が聞こえとる。声の主は同じ者らしく、段々と近付いているのは確かじゃよ。

しかし、聞こえる悲鳴が、女性にしては野太くてな……ヒト以外の何かかもしれん。いや、こんな人里離れた場所じゃから、そっちの確率のほうが高いはずじゃな。

聞こえる悲鳴を頼りに駆けていたら、ふいに明かりが見えてきた。《索敵《レコナ》》とマップで確認してみれば、どうやらそこにナスティたちもおるようじゃ。家族の他にもいくつか点々が表示される。そのどれもが赤くなっとらんから敵ではなさそうじゃが……

藪《やぶ》を抜けると、そこには木と石で造られた砦《とりで》のような建物があったわい。頑強そうな大門の両脇にはかがり火が焚《た》かれ、赤々と周囲を照らしとる。不用心なのか完全に開けっぱなしで、門番さんも見当たらん。

「邪魔するぞ」

この中に声の主とルーチェたちがおるようでな。一言断ってから中へと入っていく。門の両脇にあったかがり火と同じものが、敷地の中の各所に焚かれておってな。その中でも通路と思しきここは、ひと際明るく見やすくしてくれとる。整然と並ぶその明かりに導かれるまま、儂は奥へと歩を進める。

「きゃぁぁぁぁぁぁぁぁ！」

今までで一番大きな悲鳴が、儂の耳を攻撃してきた。思わず顔を背けた儂と共に、バルバルも体表を波立たせとる。その際、たたらを踏んでしまった儂に、誰かが気付いた。

「んー？　誰だー？」

悲鳴の主とはまた別の者のようで、少し間延びした感を受ける声じゃった。そして通路の奥から現れたのは、真っ赤な肌をした鬼じゃ。背丈も肉付きも儂の五割増しほどのそやつは、額《ひたい》に二本の小さな角が生えとる。下顎から天へと伸びる牙は、額の角の数倍はあろうかという大きさじゃ。目つきは鋭いが、敵意や警戒心は感じられん。

「旅の者でアサオと言う。悲鳴が聞こえたから、何事かと思ってな」

「あー、すまねぇなぁ。問題はねぇんだー」

眉を八の字に下げた赤鬼は、右手で頭を掻いていた。それからちょいちょいと手招きされる。そのまま通路の奥を指さした赤鬼に促され、そちらを覗いた。

「めんこい子熊を見っけてなぁ。それを愛《め》でてんだぁよぉ」

赤鬼の三倍はあろうかという橙色をした鬼が、ルージュを額に乗せて悲鳴を上げていた。歓喜に震えているらしく、身体を小刻みに揺らしとる。

儂なんかではできんくらいの速さで、ルージュの顔がずっとブレとるよ。それでも辛さや苦痛を感じとるようには見受けられん。多少の疲れは見て取れるか。

橙色の鬼の左腕にはナスティが、右腕にはルーチェが抱えられとった。ルーチェだけならまだしも、かなり大きな体躯《たいく》であるナスティまで楽々とは……ぬいぐるみでも持つかのように小脇で抱えとるわい。

「蛇さんと、人の子までぇ……」

声に振り返り赤鬼を見てみれば、困り顔をしたまま頭を横に振っとったよ。

「アンタ！　可愛いのは分かるけど、そろそろ放しな！　困ってるじゃないか！」

気の強そうな女性の声に、儂は思わず肩をびくりと震わせた。そちらを見ると、猪《いのしし》っぽい精悍《せいかん》な顔立ちの者が一人。猪や豚の頭の獣人っぽい者……確かオークって種族じゃなかったかのぅ……儂と大差ない体格じゃから、オークとしてはかなり小柄で痩《や》せとるはずじゃ。

何より儂の目を引いたのは、その髪でな。かがり火に照らされた髪は真っ赤に輝き、まるで燃え上がっとるようじゃったよ。

女性オークの気迫に負けたのか、橙色の鬼はルーチェたちを解放する。その表情には、『残念』や『渋々』って言葉がぴったり当てはまりそうじゃ。

「うちのがすまないね！」

「い～え～。大丈夫ですよ～。本気で嫌なら断りますから～」

女性オークの謝罪にナスティが答えとる。しかし、解放されたはずのルージュは、今度はオークに抱きしめられとるよ。抱えられる相手が変わっただけで、ルージュの解放にはなっとらん。

「姐《あね》さんもぉ……」

げんなりした表情の赤鬼が、儂の頭上で力なく項垂《うなだ》れる。

「あ、じいじ」

ようやく儂の存在に気付いたルーチェが、こちらへ振り向いた。その声に釣られてルージュも視線を向けてのぅ。儂と目が合った途端に、オークさんに抱えられたままじたばたし始める。ルージュは、相手に怪我をさせないよう細心の注意を払いながら身動《みじろ》ぎして、手を離させるという高等技術を繰り出しよった。

オークさんの腕から逃れて着地したルージュは、儂めがけて駆け出したかと思えば、ほんの数歩で跳び上がる。目標はどう見ても儂じゃ。ただ、目的地が頭なのか胸なのかが分からん。

しかし、身構えるくらいの時間はあったから、なんとか受け止められたよ。今回は腹に頭から突っ込まれたわい。

そんな儂をじっと見つめるオークさん……かと思えばルージュと儂に交互に目をやる。

「じぃじー」

ルージュに遅れること数秒。ルーチェは、儂の頭を抱えようと跳んでいた。

それを受け止めた儂を、門番の赤鬼さんが驚いた顔で見ておる。

「この子らの親だね？」

「じぃじはじぃじだよ」

なんとか視界だけは塞がれなかったが、鼻や口を隠されとる儂は答えられん。代わりにルーチェがオークさんに返事してくれた。

「子供に食料を集めさせるとはどういった了見《りょうけん》だい！　大人が先頭切ってやるもんだろ！」

先ほど橙色の鬼さんに向けた以上の怒気《どき》を儂に浴びせてくるが、相変わらず儂は返事をできる状況におらん。

「私がやるって言ったんだよ？　じぃじは、その間にごはんを作ってくれるの」

「そうですよ〜。やろうと思えば〜、アサオさん一人で全てのことができちゃいますからね〜」

巨体の橙色の鬼さんを伴《ともな》って、ナスティがこちらに寄ってきた。

「食事を作るのは、外に出られない者の仕事だろ。現にうちだって……」

女性オークさんが指でさした先には、肌が緑色のオークや、全身真っ青な鬼。頭髪だけが灰色の小鬼などがかがり火の下に立っておる。いや、ただ立っとるのではないな。湯気の出てる大鍋や、竈《かまど》の火をしきりに確認しておるわい。誰もが太りすぎず痩せすぎない、健康的な肉体をしとる。

「あの子らの役目だよ。その代わり食材集めはアタシたちの仕事だ。どっちが上でも下でもない。いなくちゃダメな家族だからね」

オークさんの言葉に、ナスティの背後に立つ橙鬼が大きく頷いた。あれほど奇声を上げていたのに、儂の前ではとんと話さんぞ。

「上でも下でもないのには賛成です〜。私たちも〜、やれることを分担してるんですよ〜。日に三度しかないごはんですから〜、美味しいものを食べたいじゃないですか〜」

にこにこ笑顔のナスティの答えには、ルーチェが賛同しとる。

「私も作るけど、じいじのごはんのほうが何倍も美味しいんだよ？」

説明を付け足したルーチェに、今度はルージュが頷く。それも力強く、何度もな。ルーチェにしてみれば、ルージュに自分の料理を値踏みされたようで腹立たしかったんじゃろ。儂の頭を掴んでいた腕を緩めて飛び下りながら、ルージュを抱えた。咄嗟《とっさ》のことに対応できんかったルージュは、為されるがままじゃったよ。悲しそうな目で儂を見とるが、それもほんの一瞬のこと。

「ルージュは何も作れないでしょー！」

ルーチェは怒りの咆哮《ほうこう》と共に、ルージュの腰に回した腕に力を込め、そのまま海老反《えびぞ》っていく。

ただしルーチェの握りは甘かったんじゃろ。ルージュは空中で脱出しとる。そのまま後方一回転したら、綺麗に着地。空振りして仰向けに倒れているルーチェを一度踏みつけてから、儂へ向かって再び跳びかかった。

しかし、甘いのはルージュも一緒じゃな。儂の肩口に乗ったままのバルバルに迎撃されたわい。ぺしって音と共に地面に落ちたルージュは、うつ伏せの状態で動かん。ルージュに踏まれたルーチェもじゃ。バルバルだけが勝ち誇ったかのように、静かにその身を揺らしとる。

「ごはん……美味しい？」

しんと静まり返った場に、ぽつりと小さな声が漏れた。野太いそれは、先ほどの奇声と同じ声色じゃった。

「これがアサオさん作で～、こちらが私が作ったものですよ～」

橙色の鬼に、握り飯を差し出すナスティ。どちらも受け取り、大きな口へ小さな握り飯を一つずつ、順番に放り込んだ。また数秒の間があった後、

「こっち！」

儂の身体を持ち上げる。橙鬼は巨体なので鈍間《のろま》かと思ったが、全然違う。ほんの一瞬で間合いを詰められたぞ。

「ね～？　同じ料理でもこれだけ違うんです～」

儂の握り飯を選ばれたのに、ナスティがなぜか得意気な顔をしとる。バルバルも儂の肩で喜び続け、盛大に跳ね回っておるわい。

困惑する儂をよそに、ナスティはオークさんや料理をしておる者たちにも、握り飯を振る舞い始

める。急に出された食事に、全員が躊躇《ためら》いもなく齧《かじ》りつく。これが決定打になったんじゃろ。橙鬼を中心に据えて、何重にも輪が作られていった。しかもその中心にいる橙鬼に手を合わせて、拝み出しとるが……これはなんじゃ？

「美味しいものをありがとう！」

「「ありがとう！」」

橙鬼の声を皆が復唱するのじゃった。

歓声に気を良くしたバルバルは、大はしゃぎで飛び跳ね、左右や前後に大回転じゃ。

その後、なんとか皆を落ち着かせることができたのは、十分以上経ってからのことじゃったよ。

「食べることは、生きることだよ」

そんなことを宣《のたま》い、ナスティと肩を組むオークさん。晩ごはんの支度をしていた者たちも色めき立ち、何やら歌いながら料理しとるよ。儂には分からんが、何かの風習かもしれん。歌劇風と言うんじゃろか……楽しそうに作っておるし、止めるようなことでもないじゃろ。

ただし、次々出来上がってくる料理は、待ってくれん。食卓や椅子を用意する者、食器を並べる者、出来立ての料理を運ぶ者。それぞれが自分の仕事をしっかりこなしとるわい。誰もが慣れた手つきでな。普段からこなしとるのがよく分かるってもんじゃ。

「ここで食べていかない？って聞かれたの。じいじ、ダメ？」

「魚を獲っていたら出会いましてー。そんな話になったんですよー」

皆の働きを見て呆気に取られていた儂に、ルーチェとナスティがそう告げる。ルージュはまたオークさんに抱えられとるよ。

「食べるのは構わんが、ロッツァたちが待ってるからのぅ。一度呼びに帰らんと……」

「あっ！」

儂の言葉でやっと思い出したらしい。ルーチェの目が泳ぎ、変な汗をかいておる。

「悲鳴の正体を探るつもりで儂も出たんじゃ。その報告がてらに戻って、皆を連れてくるよ」

バルバルをルーチェに預け、儂はまた池の周りをぐるりと戻る。その際、無用な心配をかけまいと、ロッツァに念話を飛ばしておいたからな。合流したらすぐに出られるじゃろ。ロッツァのほうでも、問題は起きておらんと言っとったしの。

周囲の様子を窺いながら走った先ほどと違い、今は目的地に向けて走るだけじゃて。ロッツァたちの待つ宿泊地までは、あっという間じゃった。

ロッツァたちは竈の火を消して、荷物も仕舞い込んでいたよ。

何が起こるか分からん状況じゃったから、前もって出る準備をしてくれていたそうじゃ。そこへ儂から念話が入ったんじゃと。支度が済んでいるところに報告が来たならば、このくらいのこと、ロッツァたちには造作もないか。

鬼たちの棲み処へ戻りしなに、出掛けに焼いていたもののことを聞いたが、しっかり腹の中に収めたらしい。カブラとクリムが満足そうに微笑み、ロッツァも頷いとる。

逃げるにしろ戦うにしろ、腹が減っていては力が出んからのぅ。正しい判断だと思うぞ。それに、料理や食材を無駄にしちゃいかん。美味しいものは、美味しいうちに食べてやるのが、最低限の礼儀ってもんじゃろ。

幌馬車で森の中を進むのは苦労するから、今は【無限収納《インベントリ》】に仕舞ってある。だもんで皆で歩いとるんじゃが、クリムとカブラの気が急《せ》いてるようでな。駆け足に近い感じになっとるよ。

「その鬼はん、おとんを高い高いしたんやろ？　早く見てみたいやんか」

儂とロッツァを追い越したカブラが振り返り、そんなことを言っておる。前方不注意になることなぞお構いなしじゃ。その辺りをクリムが補佐し、カブラの身体を絶妙に上下左右にズラしとる。

夜だというのに、目をらんらんと輝かせたカブラは、より一層走る速度を上げよった。

それに釣られたロッツァも徐々に速度を上げてのぅ……のんびり進んでいこうと思ったのに、まるで訓練のようじゃったよ。

「あ、来た！」

砦の前に立つルーチェが、儂らの出迎えらしい。一緒にいるのはオークの女性じゃ。思わぬ速度で近付く儂らに、若干の警戒心を滲《にじ》ませとったがの。

「ロッツァー、心配かけてごめんなさい。今日はここでごはんになりました」

「話は聞いている。無事ならば何も問題はない。さぁ、早くごはんにしよう」

ぺこりと頭を下げたルーチェに、ロッツァは笑顔で答える。

「お世話になります」

カブラがオークさんの前でお辞儀《じぎ》した。クリムもカブラに倣《なら》って深々と頭を下げる。ちゃんと礼節を示せた子供らに驚いているのか、オークさんは目を見開いておった。その数瞬の後、身体を小刻みに揺らし出す。

「なんて可愛いんだ！」

大きく両腕を広げたオークさんは、クリムとカブラをがばっと抱きしめる。二人は想定外の事態だったんじゃろうな。微動《びどう》だにせず、されるがままじゃよ。

そんな状況で、呆気にとられたのはロッツァじゃ。これぞ『きょとん』って感じの顔になっとるぞ。それが可笑《おか》しかったようでルーチェが笑っとるわい。

「可愛くて賢いなんて、最強じゃないか！」

オークさんの叫びにも似た言葉が響く。それが砦の中にまで届いたんじゃろ。巨体の橙鬼が、門の陰からひょっこりと顔を出すのじゃった。顔だけなのに、存在感も自己主張も十分でな。クリムとカブラを愛《め》でるオークさんを羨《うらや》ましそうに見とるよ。

その視線が徐々に動き、儂らで止まる。いや、正確にはロッツァでじゃな。

「……大きい亀は初めて……」

のっそり一歩を踏み出した橙鬼は、そんなことを言いながら歩いてくる。ロッツァの前まで進む

とにんまり笑い、

「……可愛い」

そう言ってロッツァの目を見るのじゃった。普段通り全長2メートルほどのロッツァが、小さく見える。それだけ橙鬼が大きいんじゃが……これ、本来の姿に戻ったロッツァと比べても、五割増しくらいに大きいじゃろうな。

巨体の二人に挟まれたルーチェが、にぱっと笑い背伸びをしていたよ。

楽しそうにしているところ悪いが、砦の入り口にずっといるわけにもいかん。橙鬼とオークさんを促して一緒に大広間まで戻ると、色とりどりの料理に圧倒された。

料理の置かれた卓《たく》は、ざっと数えても三十は超えておる。儂の出掛けに調理していた小鬼や、食卓を準備していたオーク。他にもこの砦で生活している者が、ここにほとんどいるんじゃろ。数え切れんくらいの頭数《あたまかず》になっとるわい。

そんな中でもルージュとナスティは、いつもと変わらん雰囲気だったよ。周りが何かしているのに自分だけ手持無沙汰《てもちぶさた》になるのが嫌だったんじゃろ。小鬼たちに交じって、ナスティは鉄板焼きをしていたわい。

その手伝いをルージュが担い、なんと肉をひっくり返していたぞ。どこで買ったのか分からんが、鉤爪《かぎづめ》のようなものを器用に使っておった。握るでなく、手首に縛り付ける感じかのぅ。手首を上手に返して、肉を焦《こ》がさないようにしていたよ。

焼き上がった肉は、多種多様でな。蛇に鹿、熊にラビ、ヌイソンバとウルフも出しておった。儂の【無限収納《インベントリ》】よりかは少ないと言っても、ナスティの持つ鞄には食材が豊富に仕舞ってあるからな。これでまだ一割も消費しとらんじゃろ。

焼き手をルージュに任せているナスティは、味付けと盛り付けを受け持っているな。ただ、塩胡《しおこ》椒《しょう》のみの最低限の味付けなのはどうしてじゃ？

……あぁ、なるほどそういうことか。ナスティは小さなフライパンでバターを溶かし、ニンニク醤《じょう》油《ゆ》を焦がし始めた。辺りに広がる香《こう》ばしさ……誘惑に抗《あらが》えなかった小鬼やオークが手を止めて、鼻と腹を鳴らしながら鉄板焼きへ視線を向けとる。

ナスティは小鍋も温めておってな。そちらでは、いつも儂が作っているステーキソースを煮詰めているんじゃろ。ニンニク醤油には音と匂いで勝てんが、十分すぎる主張をしとるからな。現に料理を運ぶ手伝いをしてくれとる小さなオークたちは、喉をずっと上下させとるわい。口内で絶えず湧き出る唾液《だえき》を飲み込むのに忙しそうじゃ。

「儂も何か……今から作ったんじゃ遅くなるな。作り置きを出すことにしよう」

ルージュとナスティの料理に皆の期待も高まっとるしな。今回はやめじゃ。主食となるごはんやパンが見当たらんから、それらを出そう。あとは味噌汁や豚汁あたりか。

空いている卓に儂がいろいろ並べ終えたのと同じくらいで、他の者たちの準備も終わったようじゃった。

「……食べる」

「好きなだけ飲みな！」

橙鬼とオークさんの言葉を合図に、それぞれが料理を食べ始める。小鬼やオークも行儀《ぎょうぎ》良く、割り込みや抜け駆けなどもしとらん。食べるものがたくさんあるから、余計な争いも起きんのじゃろ。鬼たちから振る舞われた料理は基本的に塩味ばかりでな。あとは肉や魚の臭み消しに、大量のハーブが使われとる。さすがに味に飽きるかと思っていたが、そんなことはなかったぞ。素材の持つ旨味を引き出す火加減に塩加減。これらは見習いたいくらいじゃったよ。

肉自体の味や香りも良くてのぅ。何か秘密があるのかと思って質問してみたら、凍《こご》えるくらい寒い食料庫に仕舞っとるだけと言われたわい。聞く限りでは食料庫に細工《さいく》がしてある風でもないし、作りも単なる倉庫っぽかった。なので調理前の肉を試しに見せてもらったんじゃ。そうしたら判明したよ。これ、熟成肉《じゅくせいにく》になっとる。気温と湿度が絶妙で、置いてある期間も丁度良かったんじゃな。あと二日も経ったら、腐ってしまって腹を壊したじゃろ。それくらいギリギリな肉じゃった。

儂の問いに答えてくれた小鬼たちには礼をしたいところじゃが……何がいいかのぅ？　悩んでいたら、味噌汁のおかわりを頼まれてな。一味《いちみ》や柚子《ゆず》、あとはバターなんかも用意してみた。

味噌汁自体が珍しい上に、自分好みに味付けまでできるとあって、より楽しかったらしい。大層喜んでいたよ。

味噌汁と豚汁を振る舞う最中にも、先ほど教えてもらったことを考えていた儂は、

「ものが腐ることのない【無限収納《インベントリ》】は、熟成ができんのが弱点か……漬物《つけもの》同様、肉を少しばかり時間が進むほうの鞄に入れて試してみるかのぅ」

そんな風に独り言をこぼしていた。バター載せ豚汁に笑顔を見せる小鬼が、首を捻《ひね》って反応してくれた。

「ワァアアアアア」

突然上がった歓声に顔を向ければ、ロッツァが盥《たらい》を傾けていた。その向かいでは、橙鬼が樽《たる》をジョッキのように片手で持ち、ロッツァを見下ろしている。隣にいるオークさんは、普通サイズのジョッキを呷《あお》っておる。

「くあーッ！　酒が沁《し》みる！」

盥を下ろしたロッツァが、首を振りながら言っていた。その顔は薄《うっす》ら赤くなっとる。クリムやルージュが湯浴みをする盥で酒を飲めば、そりゃ酔っぱらうじゃろな。

ロッツァが盥を空にしたのを確認した橙鬼が、樽酒をかっくらう。淀《よど》みなくすーっと右手が上がっていき、樽の尻が顎を超えると即座に下ろされた。こちらはロッツァと違い、顔色に変化は見られん。

橙鬼は樽を置くと、別の樽に手を伸ばす。新たに持った樽から盥へ酒を注ぎ、今度はロッツァと一緒に酒を飲み進めた。そして二人同時に器を置く。

「鬼の仕込み酒は美味いものだ」

上機嫌なロッツァが、真っ赤になった顔で笑っていた。

豚汁を楽しむ小鬼に頼んでみたら、儂も酒をもらえた。ひと口飲んでみたが、こりゃいかん。主神《しん》イスリールの加護《かご》があるから酩酊《めいてい》する心配なんてないが、儂には強すぎる。味を楽しむのでなく、喉や腹が灼《や》ける感覚を楽しむ酒なんじゃろ。

そんな酒だからか、小鬼の中でも痛みに強い者だけが好むそうじゃ。比較的酒好きなナスティも一杯だけでやめとるし、子供たちは見向きもしとらんわい。

「我でも酔えるのだな！」

橙鬼の肩に乗るロッツァが、焦点の定まらない目で酒を浴びるように飲むのじゃった。

《 6 宿酔《ふつかよい》 》

「うううう……頭が痛い……」

土気色《つちけいろ》の顔をしたロッツァが、絞《しぼ》り出すように声を漏らす。

「あんなに飲むからですよ～」

湿らせた布を固く絞り、ロッツァの額に押し当てるナスティが苦笑いじゃ。その隣に立つルーチェは、自身の鼻を摘まんでおる。普段はあれほど懐いているクリムとルージュですら、ロッツァに近付かん。まぁそれもそうじゃな。ロッツァからは、高い濃度のアルコール臭がしとるわい。

砦の中の儂ら以外の者は、そのほとんどが地面に寝転がっておってな。橙鬼の右腕の上には、オークさんが乗っとる。他にも小鬼やオークが折り重なる姿は、まさに死屍累々《ししるいるい》って感じじゃよ。大半がいびきをかいて、ごく少数がうめき声を上げとる。

朝日が眩《まぶ》しい時間帯になっとるが、こんな状況じゃからな。寝ずの番以外で起きられたのは儂らぐらいじゃろ。

「ロッツァはんにも、いいクスリになったやろ？」

にやにや笑うカブラは、茶色や深緑、はたまた赤や青と、複雑な色の混ざり合った汁が半分ほど入った両手鍋を持つ。池の周りや砦の近くに生えている草木が原料らしく、寝起きにちょっと出掛けて集めてきたんじゃよ。

バルバルとカブラが、採ってきたそれらを先ほどまで儂のそばで煮込んでいたんじゃが、その匂い……いや、臭いは思わず顔を背けたくなるほど刺激的でな。家族や砦に住む者に配慮して、煮詰めているカブラが儂に《結界《バリア》》をお願いするほどじゃて。

ただ、臭いが強いからと言っても火を扱うからのぅ。完全に密閉したんじゃ危険かと思い、天に向けてかなり高いものにした上で、天辺《てっぺん》に穴を開けて、地面すれすれからは吸気できるようにしてやったんじゃ。煙突なんて上等なものにはならんかったが、まずまずの出来じゃろ。

カブラとバルバルが仲良くしてるのは可愛いもんじゃが、鼻に栓《せん》をしている姿は笑いを誘うぞ？　鼻に該当する器官がなくて、臭気を感じんはずのバルバルも、カブラを真似ておるから、より一層面白い絵面じゃった。

カブラが言うには、頭痛や吐き気、気怠《けだる》さを緩和する……そんな薬効を見込めるらしい。ロッツァの宿酔を少しでも軽くしてやろうという、カブラたちなりの考えから起こした行動みたいでな。草木に聞き回って、それらの効果が見込める素材を集めまくり、これでもかと放り込んで煮込んでいた。《鑑定《エヴァルア》》で見たが、奇跡的な配合で抜群《ばつぐん》の効果が見込めると出ておった。

普段使いの木製汁椀だと臭いと味が移るかもしれん。そう思って陶器の碗にしてやったが、ロッツァの顔は曇《くも》っておる。

鼻を刺す臭いに顔を背けると、そちらにいるのはクリム。つぶらな瞳にじっと見つめられて、ロッツァはバツの悪そうな表情を見せる。すっと視線を外した先にはルージュとルーチェがおってな。二人からは『飲むよね？』と笑顔で圧力をかけられたようじゃ。

多少の悪戯心《いたずらごころ》はあるかもしれんが、ロッツァの為とカブラが手作りした薬じゃからのぅ……その辺りを汲《く》んだロッツァは、大きく頭を振ってから頷いた。

意を決し、恐る恐る碗の中へ口を付ける。

「……苦い……」

涙目のロッツァが、絞り出すような声でそう漏らしよる。

「そりゃそうや。『良薬《りょうやく》口に苦し』っておとんが教えてくれたんやで」

にっこり笑うカブラは、『早く飲んでね』と言わんばかりにずいっと一歩前へ。瞼《まぶた》を下ろし、目を瞑《つむ》ったロッツァが碗を呷る。

臭いも味も強烈なそれを我慢して飲み干すロッツァの顔は、非常に渋いものになっとった。そして全身から力を抜いて項垂れる。その際、碗も転げ落ちたが何とか割れんかった。

「苦くて身体にいいもの、いっぱい入れたった」

口の端から汁を垂らすロッツァの姿に満足したのか、両手を上げてくるりと一回転半したカブラは満面の笑みじゃ。ロッツァの足元に転がる碗には、まだ多少の煮汁が残っておってな。それにバルバルが近付いていた。

興味本位か好奇心かは知らんが、碗に残った汁をひと舐《な》めしたバルバルの身体は、汁と同じ複雑な色に変化していき、さざなみを立てていたよ。

「バルバルはんには濃いはずや……本当なら何倍にも薄めて飲むもんなんやから。な？　おとん？」

震えるバルバルを、カブラが爽《さわ》やかな笑顔で担ぎ上げる。その勢いのまま儂へ投げてきよった。上手いこと放ってくれたから、腹の辺りで受け取れたわい。

目を薄く開けたロッツァに見られたが、生気を感じられん。

「……アサオ殿、本当なのか？」

「そうじゃよ。ただし、摂取する原液の量は変わらんからのぅ。凄まじい濃さの汁を少量ひと口でごくりといくか、大量の苦い汁を飲むかの違いじゃ。まぁ、お前さんに選ばせる手もあったんじゃがな。儂はカブラの意向を汲み取っただけじゃて」

「あ、おとんヒドない？　それじゃ、うちが悪者《ワルモン》やんか。原液に近いほうが効果が出るんやから、しゃあないやん。ロッツァはんの為を思って作ったのに……悲しいわぁ」

弁解するカブラじゃが、その顔はとてもにやけとる。非常に悪い顔じゃ。カタシオラで別れた隠居《いんきょ》貴族のクーハクートのそれと変わらんぞ？　あぁ、何度か二人きりで話しとることもあったか……あの時に似た者同士、惹かれ合うところがあったのかもしれん。

「……我には、少量のほうがまだマシだな……」

顔色が戻りつつあるロッツァは、苦虫を噛み潰したような顔をしとる。究極の選択というやつに入るかもしれんな。まぁ、何より宿酔するほど飲まないのが一番じゃが、初めて『酔い』を経験したらしいロッツァには、加減が分からなかったんじゃろう。

儂が作る朝ごはんの匂いで起きたのか、はたまたカブラの薬の臭いで起こされたのか……詳細は分からんが、小鬼たちも起き出した。ロッツァと楽しい酒を飲んでいた橙鬼は、宿酔も起こさず、けろりとしたもんじゃったよ。逆に、少量しか飲んでいなかったオークさんのほうが辛そうじゃ。

頭が痛くなるほどの症状を見せる者にはカブラ印の宿酔薬を、そこまで酷い状態でない者には、儂が作ったシジミ汁を配った。

小鬼たちはシジミを気に入ったようで、あぁでもないこうでもないと討論していた。どうやら近くの池で似たような貝を見たそうじゃ。貝毒や食中《しょくあた》りに注意が必要じゃが、それらは慣れたもんなんじゃろ。何事も経験から学ぶと言っていたよ。儂もいくらか欲しいからと、一緒に獲ることを提案すれば、受け入れられたわい。

宿酔が落ち着いたとはいえ、本調子でないロッツァを走らせるのもなんじゃな……そう思ったのは儂だけでなくてのぅ。ルーチェやナスティも同じ考えじゃったよ。

「すまない」

頭を下げつつ、ロッツァは儂らにそう述べる。

「何事も経験じゃよ。宿酔も、そこから来る不調も初めての体験なんじゃろ？　同じことを繰り返さんなら、この失敗だって役に立つってもんじゃ」

「そうですよ〜。自分が飲める限界量を知るのも大事です〜」

酔い潰れた姿を儂らに見せたことのないナスティが、笑顔を見せた。その右手には、握りたてのおにぎりを持っておる。昨日、振る舞ったおにぎりがかなり好評だったようで、『また食べたい』と砦の者らにせがまれたんじゃと。

白米の備蓄《びちく》は、魔族チュンズメの宿にあるダンジョン『飢え知らズ』で増やしておいたからのぅ。ただ、いくら小鬼たちが気に入ったと言っても、この辺りではそうそう採れんはずじゃ。となると街などへ仕入れに行くか、代わりの食材を探すかになる。

小麦を使ったパンやパスタがまだまだ主流じゃから、街での仕入れは望めんか……いや、それ以前に、この砦に住まう者らは、魔物の見た目のままじゃから買い物自体が難しいな。

「このコメってのは、種を剥《む》いたみたいに見えるけど、どんな風に実るんだい？」

家族である小鬼たちが欲しがるので、オークさんも何とかしてやりたいんじゃろ。炊く前の白米を手に取り、儂へ聞いてきた。

口で教えるにも、田んぼや稲からの説明でな。理解させるだけの解説は、儂にはできんかった。それでもオークさんは諦め切れんかったらしく、根ほり葉ほり質問攻めにされたよ。分かる範囲で教えていたら、地面に絵まで描くことになったわい。

ただし、それが功を奏したみたいでな。稲穂に似た植物を見たことがある者がおったんじゃ。岩肌にびっしり生えていたそれが風に靡いて、岩山が揺れているように見えたらしい。その時に狩った獲物の名前を出していたから、場所も忘れていないようじゃ。

「今からでも行ってみるか？」

儂の提案に、オークさんを含めた全員が首を横に振って答える。前回行ったのは半年前で、片道で一週間かかるみたいでな。それも、ここから山を二つ越えた先の森を抜けて、右に左にと何度も折れ曲がって進むような場所なんじゃと。儂らの向かう王都とは逆方向らしい。

記憶に残るものと白米が一致するかどうかは、儂らに頼らず自分たちだけの力で確かめたいという思いもあるんじゃろ。善意といえども、無理に押し付けたら迷惑か。そう思ってこれ以上は言わんよ。

儂が地面に描いた稲穂の絵は、小鬼たちの手によって砦の壁に描き写された。幾人かとても絵が上手な子がおってな。儂が描いたものと寸分違わぬものに仕上げていたわい。面白い特技を持ってるもんじゃ。

儂の絵に触発されたのか、ルージュとルーチェもいろんな食材を描いていたよ。それらも新たな食材の資料として、砦の壁に取り込まれていた。

儂らがそんなことをしておる間に、暇を持て余したカブラとバルバルが薬を量産していたぞ。門番の赤鬼や、狩りを生業《なりわい》としている者らに作り方を習ったらしい。傷薬をはじめ、打ち身用に切り傷用、火傷治しや麻痺《まひ》治し、気付け薬に目薬なんてものまで作っておったよ。カブラが言うには、

「ようぅ分からんけど、全部苦いんや」

とのことじゃった。鑑定結果にも同じことが書かれていたから、確かなんじゃろ。一応、苦さの強弱があるようで、『少しだけ苦い』から『泣きたくなるほど苦い』まで種類が豊富じゃった。しかし、塗り薬に苦みが必要なんじゃろか……？

鑑定したおかげで、思わぬ発見もあったわい。

気付け薬の原料が醤油の実でな。強い塩気と味を利用して、普段から気付け薬として使っているそうじゃ。カタシオラまでの旅でもそんなことを聞いたのぅ。あれは、赤族《あかぞく》の村でだったか……

塩気があるのを知っているのに、醤油の実を料理に使う発想はなかったそうじゃ。どうにも強い臭気から敬遠していたらしくてな。塩は山へ行けばたくさん採れるから、嫌々醤油の実を使う必要なんてなかったんじゃと。

森や山で貴重なはずの塩がたくさんとは……岩塩《がんえん》の層でもあるんじゃろか？　小鬼たちの指さす山は、遠目で見る限り、木が生い茂る普通の山なんじゃがな。

人や他の魔族なども来ない場所じゃから、塩の利権で争うこともないはずじゃ。このまま今まで通り、野山で生活する者たちの共通財産にしておけばええ。そこに醤油の実が加われば、塩が尽きる心配もないはずじゃて。

儂の料理によく用いていると教えたら、小鬼たちは驚いていた。昨夜の料理にも使っていたんじゃがのぅ。ナスティが作ったステーキソースにも混ぜられておるし、なんなら主力になれる調味料じゃ。そんなことを伝えたので、早速使い出すかもしれん。

なんだかんだと皆で寛《くつろ》がせてもらっていたら、時間は昼を過ぎとった。

休憩させてもらった礼にと、砦の料理番と一緒に昼ごはんを作り、皆で食べ終えてから儂らは旅を再開するのじゃった。

池のほとりの砦をあとにした儂らは、のんびり進んでおる。歩く速さはロッツァに一任でな。本調子に戻りつつあるから、時間が経つごとに速度が増しとるよ。

目的地として王都を設定しているが、そこまでは自由なもんじゃて。門番の赤鬼さんに教えてもらった魔物たちの村落《そんらく》を巡るのも良いかもしれん。好戦的でなく平和的な部族も多いそうでな。砦に住まう者たち同様、大きな家族のように生活しとるそうじゃよ。

「じいじ、全部に寄るの？」

「いや、通り道にあるのだけでいいじゃろ」

「道すがらにあるんですか～？」

ルーチェに答えた儂に、ナスティが更に問うてきた。ナスティはロッツァの甲羅に乗っておって、その背中で隠れたルーチェは儂からは見えん。出発した時のままなら、ロッツァの首に跨《また》がっているはずじゃ。

二人は周囲を目視する為に馬車から出ておるんじゃ。マップを見られるのが儂しかおらんので、必然的に案内役に決まってのぅ。周辺の警戒などは、家族で代わりばんこにこなしとるわけじゃよ。

そうは言っても、相変わらずマップに全てを任せる皆ではないからの。日本にあったナビみたいなことはしとらん。一から十まで道順を知ったら、楽しみが減ってつまらないんじゃと。

「一ヶ所……いや、二ヶ所は立ち寄れるんじゃないかのぅ」

「そうですか～。友好的だったらいいですね～」

広域マップで確認した限りでの答えになるが、ナスティにはそれで十分だったみたいじゃよ。

「しかし、これって儂だけ楽しとらんか？」

「休める時に休まんと疲れるで。おとんがウチらにそう言ってたんやろ？」

馬車の中でだらけ切ったカブラが、儂の独り言に反応してくれた。

馬車が通れるくらいの広さがあるからと、儂はずっと車内でな。特にする作業もない儂の左右には、クリムとルージュがもたれかかって寝ておる。

何がしたいのか分からんバルバルは、馬車の天井に逆さまになって貼り付いとるよ。時折、身体を伸ばしたり、細めたりしとる……そうかと思えば、広くない馬車の中を跳ね回ったりもしとってな。家族に当たらんように跳んどるから、移動や攻撃の練習なのかもしれん。

「じいじー、この先から川の音がするよー。今日はそこで休む？」

ルーチェが儂に聞くが、馬車を曳くロッツァの中では既に決まっとるんじゃろな。身体に感じる風が弱まり、足音も小さく静かになっていっとるわい。

ロッツァが歩みを止めて、河原を今日の宿としたのは夕刻じゃった。風呂の支度を家族に任せて、儂は晩ごはん作りを始める。テリヤキラビとキノコのバター醤油炒め、それにけんちん汁が今日の献立《こんだて》じゃ。

風呂を終え、晩ごはんも済ませた儂らはそろそろ寝る時間じゃよ。《結界《バリア》》をかけて、横になろうとしたそんな時に、ルーチェとナスティが夜空へ向かって魔法を放った。

「てりゃ！」

「覗き見は感心しませんよ～」

二人の狙う先は同じだったようで、ルーチェの《石弾《ストーンバレット》》とナスティの《水砲《ウォーターガン》》が空中でぶつかりよった。魔法の威力に差があるからのぅ。ぶつかったというより、石が水に弾かれたと言ったほうが正しいかもしれん。

しかし、ルーチェは動じず、二の矢を放つのを忘れておらんかった。魔法は牽制役で、本命は石《いし》礫《つぶて》の投擲《とうてき》だったらしい。

『ガンッ！　ゴンッ！　……カサカサ、トサッ』

と三連続で音が響いた。最後だけは多少間が開いたが、確実にルーチェとナスティの行動による結果じゃろ。

落下音にいち早く反応して駆け出したのはルージュじゃ。それを追ってバルバルが向かっとる。

「《堅牢《スタウト》》」

相手の姿が見えなくなる前になんとかかけられた魔法は、これだけじゃったよ。

「特に何もして来んから放置してたんじゃが、気付いていたのか……」

「視線は感じてました～」

警戒を解かずに、ナスティが答える。

「鬼さんたちの家を出てから、ずっと見てたよね？」

ルーチェはロッツァの右に立ち、落下音のしたほうを見ていた。クリムはロッツァの背に乗り、まだ上空を眺めとる。

突然の出来事に対応できんかったのは、カブラだけじゃ。手足を伸ばしてしがみついてきて、儂を雁字搦《がんじがら》めにしておるよ。それでも、

「ルーチェはん、ちゃうで。カタシオラを出てからずっとや」

真面目な顔でそう言っておった。

「ってことは、テウの後ろにいる人がやったのかな？」

「そうかもしれん」

カブラに拘束されて身動きできん儂は、ルーチェに答える。テウと言うのはキメラの子でな。儂らに幾度もちょっかいをかけてきとる妙な連中の手先にされとったんじゃ。今はカタシオラで暮しとる。

十数メートル先の藪《やぶ》ががさごそ音を立てたので、皆の視線がそちらへ向く。出て来たのはバルバルを頭に乗せたルージュ。その表情には元気がなかった。どうやら目当ての物はなかったようじゃ。ただし、空振りってわけでもなくて、菱形《ひしがた》の何かを持っていたよ。大きさや形から言って凧《たこ》に違いないと思うんじゃが、尻尾も糸も見当たらん。切れて紛失したのではなく、最初から付いていないようでな。

「ウカミですね～」

「また珍しい物が出てきたものだ」

ルージュの持つ凧を見たナスティとロッツァが、とても驚いた顔をしておった。

「ウカミ？」

ルーチェが首を傾げて儂に聞いてくるが、儂も知らん単語じゃからな。首を振ることしかできん。

「従魔のような……道具の一種だな。見聞きできる距離、操れる範囲は使い手の力量次第で際限なく広がるぞ」

「でも～、アサオさんくらい潤沢《じゅんたく》な魔力がなければ～、扱えませんよ～？」

ロッツァの解説にナスティが首を捻った。

「っちゅーことは、おとん並みの相手がいるんやな」

儂に絡みついたままのカブラが、そう言いながら頷く。そして、儂が動けんのを確認したルージュとバルバルは、カブラの上からしがみついてくるのじゃった。

カブラたちから解放された儂は、ウカミと呼ばれる凧を受け取る。鑑定しても、『非常に噛み応えのある素材ですが、美味しくありません』と出るだけで、持ち主やその効果などの情報が出てくれん。

食べられるかどうかや、下処理の仕方などが分かるように育った鑑定さんの弊害かのぅ……とりあえず証拠の品として、【無限収納《インベントリ》】に仕舞っておこう。

「生き物ではなく、道具の一種と認識されとるみたいじゃ」

手許《てもと》から無事に消えたウカミを、また取り出してみていると、

「そうなんですか～。でしたら心置きなくやれますね～」

ナスティがにこりと笑う。その声を聞いた途端にロッツァが《石弾《ストーンバレット》》を放ち、ルーチェは石をぶん投げた。夜分なことと天高く飛ばされたことが相俟《あいま》って、もう目視できん。とはいえ音だけでも、方向や距離はなんとなく分かるもんじゃ。それとは別方向へ、カブラとナスティが《風刃《ウインドエッジ》》と《氷針《アイスニードル》》を撃つ。

それなりに離れた場所から聞こえる落下音が四つ。その後も各々《おのおの》が三度ずつ空に攻撃したら、ま

たガサゴソと音がしてな。クリムとルージュが全てを確認しに行ってくれたんじゃ。持ち帰ってきたものは、全部ウカミだったよ。念の為、鑑定を施したが文言は変わらんかった。

「寝顔を見られるのは～、恥ずかしいですから～」

やり切って満足したらしいナスティは、そんな理由を教えてくれたが……覗き自体を咎《とが》めるのではなく、寝顔限定なのはなんでじゃ？　女心はよく分からんわい。

「我は監視されているようで嫌だったからだぞ」

満足気な顔をしたロッツァは、鼻息荒くそう答えていた。

心配事……というか厄介事を片付けた儂らは、《結界《バリア》》の中で眠りにつくのじゃった。


翌朝。野鳥の囀《さえず》りで目が覚めた。目を開けて最初に見えたのは、《結界《バリア》》の天頂部分に群がる鳥たちじゃったよ。大小さまざまな種類が、合わせて数十羽はおるらしく、儂まで朝の日差しが届いてくれん。目を刺すような眩《まぶ》しさはなくていいんじゃが、爽やかな目覚めではないのぅ。まだ寒い夜明けに、鳥たちは身体を縮こまらせて丸々としとる。見た目は可愛くても、こう数が多いと若干の恐怖を覚えるぞ。儂から見えるのは尻や足ばかりじゃしな。しかし、そこらに生える樹木に止まるより安全なんじゃろか？　爪を食い込ませんばかりに《結界《バリア》》をガシッと掴み、踏ん張っておる様は逞《たくま》しいもんじゃ。

鳥たちを追い散らす必要もないので、儂は顔を洗ったり歯を磨いたりして身支度を整える。その際、バルバルも起きてきてな。儂と一緒にいろいろしておったよ。儂がラジオ体操をしている時なんぞ、身体を伸び縮みさせとった。合間に捻りも加えて、それらしい動きになっとったわい。

朝ごはんの準備が出来上がる頃には、家族の皆が起きてくる。着替えや歯磨きなどは銘々《めいめい》のタイミングがあるでな。好きなようにさせとる。儂が勧めるのは顔を洗うことぐらいじゃ。

食事の最中は、昨夜の出来事が話題になった。

「しかし、あのウカミってのは、随分遠くから操れるんじゃな。儂の《索敵《レコナ》》には何も反応しとらんかったぞ」

「そうとも限りませんよ～」

大根おろしを添えた玉子焼きに箸《はし》をつけるナスティが答える。その向かいで葉野菜の味噌汁を飲み干したロッツァは、大きな汁椀を置いた。

「魔物でなく人でもない、もしくは敵意を見せない……そんなところか？」

「その通りです～」

ロッツァの推理にナスティが頷いた。その動きに合わせて玉子焼きを咀嚼《そしゃく》していく。口の中を空にしたところで、また口を開き、

「あとは～、《索敵《レコナ》》を逃れる～、何かしらの術《すべ》を持っているのかもしれませんね～」

項目を一つ追加するのじゃった。

「それは厄介じゃのぅ」

儂はフライパンに蓋《ふた》を被せながらそう漏らす。クリムとルージュに頼まれた目玉焼きを蒸しているところじゃ。おかずが出来上がるまでの間、二匹はキュウリの漬物で白米を食べておる。

「らいりょーぶらよ」

焼いたベーコンを頬張るルーチェは、行儀も滑舌《かつぜつ》も悪かった。儂とナスティに視線で窘《たしな》められると、ベーコンを呑みこんでからまた話し出す。

「大丈夫だよ。自分で会いに来ないような人は、相手しなければいいんだから。もし来たんだったら、その時に聞くの。『何が知りたかったの？』って」

にかっと笑ったルーチェが、またベーコンに齧《かじ》りついた。

「……それもそうじゃな。いろいろやらかしてくる者は、今までもいたんじゃ。誰か分からん相手に悩むより、その都度対処すればいいってだけか」

儂の返事に、ルーチェが大きく首を縦に振る。何度も振って肯定しとるが、これは噛む動作が主になっとらんか？

「とはいえアサオ殿、防衛策は打つべきだぞ？」

「ただされるがままなんて性に合わんし、家族を危険に晒す気もないからの。それは勿論じゃよ」

不敵な笑顔のロッツァに、儂も黒い笑みを返した。

「その顔は～、自己防衛をする人のものではないですよ～」

儂らを見ていたナスティに、そう指摘されてしまった。

「罠に嵌《は》めたるって感じやね」

温かい緑茶を啜るカブラも、儂らと似たような笑顔で言うのじゃった。

《 7 魔物の集落 》

対策しようと思っとったのに、ウカミによる監視は、大量撃墜したあの日を境に消えたぞ。ロッツァとナスティが、『珍しい』と言っていたウカミを十三機も落とされては、さすがに対処が難しかったんじゃろ。第三者の目を気にすることがなくなった儂らは、自由気ままな旅を続けておるってわけじゃよ。

王都へ向かいながら寄り道。道草を貪《むさぼ》りながら襲い掛かってくる魔物を退治して、合間合間に食べられる山菜などを採取する。食事は一度たりとて忘れることなくきっちりとったし、湯舟に浸かるのは毎晩じゃ。個人用の岩風呂を使うのは、三日に一度くらいじゃったか。

砦の赤鬼に教わった魔物の集落にも、三ケ所ほど立ち寄れた。暴力的でないからと紹介されていたが、そこはやはり魔物じゃからのぅ。多少のいざこざはあったよ。それでも武力衝突などには至っておらんし、ちゃんと会話で交渉できるほどじゃった。

土台としているのが魔物の文化じゃから、より強い者に従うという部分が大きく影響していたがの。

身体の一部に鹿の部位を持つ一族なんて、のんびり歩いて登場したロッツァに姿勢を正す始末じゃったわい。しかも馬車から出てくるルーチェたちを見ては、数人ずつが頭を下げていってのぅ。最後に儂が馬車から下りる時なんぞ、全員で平伏しておったわい。

『何か面白い』なんて言いながら、カブラとルーチェも鹿一族の者に交じって真似しおってな。バルバルも面白がって儂の頭で、王冠のように変身しておった。悪ふざけも大概にせんと、儂だって怒るんじゃからな……

最初こそ躓《つまず》いたが、商業的なやり取りも問題なく行えた。貨幣経済ではなかったが、物々交換はできたからの。鹿一族は、狩りよりも採取が得意なんじゃと。勿論、身を守る術はしっかり持っておるから、狩りもできなくはない。

さりとて、自分たちが食べるわけでもない獣や鳥を襲う必要はなくてな。それよりも、食べられたり着飾ったりする為の素材を集めているそうじゃよ。木の皮や草花、あとは蔓などを上手いこと加工して、衣服や装備品にしておったわい。

それらは周辺の集落でも人気なようで、いろいろ交換しとると聞いた。なので、儂らもそれに倣ったってわけじゃ。

鹿一族の者が最も欲したのは食べ物。次いで服飾関係じゃった。工芸品などは、とんと見向きもされんかったよ。意外なところで、木材が人気を集めていたな。集落の近辺に生えている樹木は、建材向きでないかららしいぞ。

儂らが求めたのは、調味料や香辛料じゃ。ナスティは民族衣装なども交換していたよ。カブラとバルバルは、鹿一族の身体……いや、伸びて切ったり生え変わったりした蹄《ひづめ》や角を欲しておった。

「じいじ、これ欲しいな」

物をねだるなんて珍しいこともあるもんじゃ……ルーチェの指さす先にあったのは、儂の背丈くらいの種じゃった。鹿一族が果肉を採り終えた残りらしく、この後は種の殻を染料に使うくらいなんじゃと。

集落を囲むように生えている大木が、この種が成長した姿とも教えられた。今以上にこの樹木を生やすと、集落への出入りが難しくなり、孤立する可能性も出てきてしまうようでな。伐採《ばっさい》するのも大変な労力を強《し》いられるから、果実や種の段階で間引いとるらしい。

「食料にもなるが少々食べ飽きてきた。いくらでも持って行け」

とは、立派な角を生やした長《おさ》の言葉じゃった。なので、遠慮なく頂いたよ。勿論、物々交換の品じゃからな。こちらからは、ルーチェお気に入りの野菜とその種子を分けた。

鹿一族は農耕民族ではないんじゃが、興味は持っていたようじゃからの。森の中にある集落なので、開墾《かいこん》すれば土地は十全にあり、土自体も大変肥沃《ひよく》。その上、肥料も豊富となれば、とっかかりを教えてやるくらいで何とかなるじゃろ。野菜だけでなく、森に自生する希少な樹木を増やしたっていいんじゃからな。そこは自分たちで試行錯誤してもらおう。

儂が鹿一族から受け取ったのは、木の実を発酵させて出来た酒と蜂蜜酒《はちみつしゅ》じゃ。程々に楽しむ分には、酒は最適な娯楽じゃて。

あとは香料《こうりょう》じゃった。これにはクリムとルージュが大興奮じゃったよ。自分たちがカタシオラで獲った蟹《かに》や貝の外身……殻を投げ売りしとった。鹿一族の者も海に棲む魔物の素材は珍しかったようじゃから、双方共に合意した上で、相当な量を交換しとったわい。

値段付けなどしたことがなかったクリムたちは、相手の言う通りの量を渡していたが、丸損って感じもせんかったな。クリムたちにしてみれば、食べ終えたカスじゃからのぅ。たとえ底値で買い叩かれていたとしても文句は言わんじゃろ。

取引相手の鹿一族に話を聞いてみれば、香料は原料も製法も至って普通の品だったそうじゃ。貝殻などを貴重な素材だと思って、逆に気にしていたくらいじゃったよ。こちらも本当のことを話したら、大笑いしておった。まぁ、双方欲しいものを安く買えたと思えばいいってことじゃ。

鹿一族の集落をあとにした儂らは、のんびり進んでおる。三ヶ所くらいが寄れる限界かと思ったんじゃが、予想以上に巡れてのぅ。熊に狸、狐にテン、水鳥の集落なぞにも立ち寄れた。二日から三日ごとに、一ヶ所の集落へ立ち寄る感じじゃな。魔物の集落ってだけで珍しいのに、そのどれもと交流を持てたとあっては嬉しいもんじゃて。

中でも珍しかったのは、甲虫《こうちゅう》の部位を持つ一族じゃった。見た目が虫寄りになるので、他の部族……特に人族から敬遠されることが多いらしくてな。儂のような応対をされて交流までするとは、予想だにしとらんかったんじゃて。最悪の事態として、討伐隊などが襲撃してくるかもとは思っていたそうじゃがな。

自分たちとしては悪さをしていないつもりでも、文化が違って見方が変わればどうなるか分からん。何もできずにむざむざ殺されるつもりは毛頭《もうとう》ない。とはいえ、衝突してしまったら今の暮らしを続けられるか不明になる。その辺りを考慮して暮らしていたんじゃと。

儂が見聞きした限りでは、問題に思えるようなこともなかったな。食文化の違いは確かにあったが、強要されたりせんかったしの。そんなのは誰が相手だって嫌なもんじゃ。生活時間の差異も見受けられたが、これぱっかりは仕方ない。どこの集落でだって起こりうることじゃて。

交流の一環として行った物々交換は、非常に好評じゃったよ。草木……中でも食べられる花弁《はなびら》には、特に人気が集まっていたわい。ロッツァが魚獲りの他に率先してやってくれる採取の一つじゃな。自身が好きな食べ物だって理由からじゃが、こんなところに同好の士がいたことに喜んでのぅ。大喜びで交換していたもんじゃよ。

こんな風に随分と寄り道しとるんじゃが、普通の旅程と比べるとかなりの速さになるそうじゃ。ロッツァによる高速移動と、マップを使った方向指示のおかげなんじゃと。

ここ数日の移動速度ならば、王都まであと十日はかからんくらいの距離に儂らはおるという。そう告げてくれたナスティも、陸路で王都へ行くのは初めてらしくてな。あくまでも山の稜線《りょうせん》や地形からの予想とのことじゃ。それでも、目安くらいにはなるわい。ある程度でも状況が分かれば家族にはありがたいもんじゃろ。

目と鼻の先ってほど近くもないが、街までそれなりに近付いた。その為、それなりの広さを持った道も出てきてな。目立たんように、ロッツァはかなり控えめな速度で歩いとるよ。その弊害かのぅ。今、儂らは盗賊らしき者たちに狙われとる。

盗賊っぽい者たちは全員みすぼらしい身なりに、禿《は》げ上がった頭が特徴的な十八人じゃった。人を襲うことに慣れているんじゃろな。馬車の後方から馬で近付き、あっという間に前方以外は塞がれた。三方向を囲って何処かへ誘導しようとしとるのかもしれん。

御者《ぎょしゃ》のように振る舞うナスティに導かれ、ロッツァは少しだけ速度を上げる。馬車の後方を確認する儂と、盗賊の目が合った。

「馬車ごと奪え！」

黒い馬に跨る痩せ細った男が、片刃の剣を片手にそんなことを宣言する。

「頭《かしら》ー！　中のやつらはどうしやす？」

「女以外はいらん！　殺せ！」

「「へい！」」

頭と呼ばれた男に問いかけた下っ端は、予想通りの答えをもらえて笑っておる。気色悪い笑顔で鳥肌が立つわい。

「アサオさ～ん。進行方向の橋に～、人がいますよ～」

いつも通りののんびりした口調のナスティは、儂を見ずに報告だけしてくれた。《索敵《レコナ》》で確認してみると、前方の人は真っ赤っかな表示じゃったよ。

「挟み撃ちにして、儂らを止める気なんじゃろ」

「それならば突破しても構わないな」

鼻息荒く儂に答えたロッツァは、更に速度を上げた。

「《加速《クイック》》、《堅牢《スタウト》》、《結界《バリア》》」

やる気満々のロッツァに、儂は魔法をかけてやる。これが肯定の合図と、ロッツァならば分かってくれるからの。

馬車を包囲する盗賊たちを難なく置き去りにしたロッツァは、速度を一切緩めることなく橋を駆け抜ける。そのまさかの行動に面食らったのは、足止め担当の盗賊じゃよ。ギリギリでロッツァの突進を躱《かわ》せたようじゃが、あれは馬の本能によるものじゃろな。その証拠に、馬から放り出された盗賊二人は、受け身も取れずに落ちておる。馬は川上と川下に分かれて逃げだしたよ。

橋を渡り切ったロッツァが、馬車ごと急旋回して振り返る。この程度の走りでは、ロッツァの準備運動にもならんかったらしく、まったく息が上がっておらん。

儂が馬車から出て、ナスティがロッツァの背から下りて少ししたら、漸《よう》や盗賊たちが追い付いてきた。落馬した足止め盗賊たちは、まだ橋の向こうで転がっておる。落ち方が悪く、骨でも折ったのかもしれんな。落馬しても生きているんじゃから、悪運だけはあるんじゃろう。

こちらは本来の大きさに戻ったロッツァに、儂とナスティを含めた合計三人。橋と川を挟んだ先には、馬に跨る盗賊が十八人。数的に優位なのは盗賊じゃが、実力差は歴然じゃよ。ロッツァの巨体に恐れをなしたほぼ全員、身体が震えておる。

「目障《めざわ》りだ！　散らんか、小童《こわっぱ》ども！」

ロッツァの一喝で、馬たちが嘶《いなな》く。馬はこの場から逃げ出そうと暴れ出し、それを必死に抑えようとする盗賊たち……生存本能に従った馬を御するほどの術を、盗賊たちは持ち合わせておらんのじゃろう。相対してからほんの数秒のうちに、全員が落馬して盗賊一味は瓦解《がかい》した。

「何もすることがありませんでしたね～」

馬に振り落とされて地面をのた打ち回る盗賊たちを見たナスティが、のほほんとそんなことを言っておった。一喝しただけでことが済んだロッツァも、予想以上の結果に目を丸くしておるよ。

「子供らを行かせる必要もなかったのぅ」

「そうですね～」

悲惨な状況になっている盗賊たちから視線を外し、儂とナスティは後方を見る。この場で盗賊退治する気満々だった子供たちを、斥候《せっこう》部隊ということにして王都方面へ逃がしたのに……まったくの無駄になったわい。

見える範囲にはルーチェたちはおらんし、盗賊の仲間が残っている様子もない。

盗賊たちを縛り上げて連れ歩くのも面倒じゃ。治療してやる義理もないから放っておこう。人を襲うくらいなんじゃやから、それなりに腕は立つんじゃろ。だったら魔物に襲われたって、自分の身くらいは守れるはずじゃて。

「満足に動ける盗賊は一人もいないようじゃから、このまま放置して合流するか」

「は～い」

ナスティの返事にロッツァも頷いてくれた。

儂ら三人、横並びで歩いて先を目指す。幌馬車はとりあえず【無限収納《インベントリ》】に仕舞った。さすがに後方を監視し難い。《索敵《レコナ》》があるといえども、自分の目で確かめるのは大事なことじゃ。

三人で歩くこと数分。街道のど真ん中に不自然な場所が現れた。何が不自然って、草もまばらにしか生えておらんこの通りに、葉っぱが山積みにされとるんじゃよ。その山の端っこには枝も見え隠れしとるし……

「バレバレの罠ですね～」

「うむ。分かりやすすぎるな」

苦笑いのナスティと違い、ロッツァは呵々《かか》と笑っておるよ。一応は、子供たちの成長の証じゃからな、嘲《あざけ》るような響きはない。

「ルーチェだけなら、こんなこともあるかもしれん……ただ、今回はカブラも一緒じゃぞ？　こんなあからさまな物を拵えんじゃろ」

二人に話しながら、よーく目を凝らして山積みの葉っぱの手前を観察すれば、掘り返したばかりの土をかけたように若干色が濃くなっておった。左右も同じような色合いになっとる。罠の多段構えじゃな。

「あの短時間で凝った罠など作れんだろう。アサオ殿でもあるまいし――」

笑顔のまま進んでいたロッツァが、葉っぱの手前で足を踏み外す。儂の予想通り穴が掘ってあったわい。穴自体はかなり浅く作られておるが、馬や人が相手なら十分な足止め効果を得られるじゃろ。走ったりしていれば、少しばかり危険なほどじゃ。

「どんな教育を施したのだ？　こんな罠を作るなんて――」

穴から足を抜いて儂を振り返ったロッツァは、すぐ隣にあった穴にまた嵌まった。あると思った地面がないのは、予想を超える衝撃を受けるもんじゃて……ロッツァの顔が痛みに歪《ゆが》んでおる。それでも足を持ち上げて、体勢を戻した。

二連続で罠に嵌められたせいで、ロッツァは疑心暗鬼《ぎしんあんき》に陥《おちい》ったらしい。今通った場所ですら、慎重に確かめながら足を置いておるよ。

「《浮遊《フロート》》」

「……すまぬ」

魔法で宙に浮かせたロッツァが、しょんぼりと項垂れておった。

「いやいや、まさかここまで性悪《しょうわる》に育ったとは思わんかったからの」

「素直なルーチェちゃんじゃ～、こんなことできませんよね～」

儂とナスティが、わざと大きな声で話せば、近くの藪ががさごそ鳴り出した。徐々に大きくなるその音にロッツァが顔を向ける。すると、突然背後の藪が大きく揺れた。

「ざんねーん。こっちでしたー」

そんな声と共に、ルーチェがロッツァの尻尾に飛び乗った。ルーチェを皮切りに、クリムとルージュが木から飛び降りて、ロッツァの甲羅へ着地する。最初に音が鳴った藪からは、バルバルがにゅっと現れた。さっきの罠からこっち、子供たちにいいようにあしらわれているロッツァが、一層凹《へこ》んでしまったわい。

気落ちしているロッツァは、首まで移動してきたルーチェに撫でられる。クリムとルージュは、甲羅をぽんぽん叩いて慰めているらしい。バルバルはロッツァに向かわず、ナスティの右肩に鎮座《ちんざ》しとる。他の子らが姿を見せているのに、一人だけ現れん。

「主役は最後に登場、とでも思ってるカブラは、この葉っぱの下なんじゃろ？」

「あ、バレてる」

ロッツァの首にぶら下がっていたルーチェが、儂の指摘に思わず答えてくれた。

「ちょっ！　なんで分かるんや！」

ばさっと葉っぱが散ったと思えば、カブラが姿を現わした。困ったように眉を八の字にしとるその表情は、儂から見たら面白いもんじゃった。

「落とし穴も伏兵《ふくへい》も、戦術としては基本じゃからな。『そんなところにはいないだろう』って心理を突くならば、ここしかないじゃろ？」

「おとんを驚かせられると思ったんやけどな」

悔しそうなカブラは、口を尖らせ不貞腐《ふてくさ》れとる。

「発想もいいし、着眼点もいいと思うぞ？　ただ、儂のように捻くれていると、裏を見ようとするからのぅ。相手に合わせて、単純なものも選ぶんじゃよ」

「裏の裏の裏の裏……って難しく考える人もいますからね～。裏の裏は～、表なんですよ～？」

儂とナスティの言葉に、カブラは悩み顔じゃ。

「そういえば、斥候を頼んだルーチェたちが、なんで罠を作ったんじゃ？」

本来の役目を忘れていたとは思えんが、まだ子供じゃからな。楽しいことに目が向くこともあるじゃろ。今回がそれかもしれん。

「んとね。誰もいなかったから、じいじたちのお手伝いをすることにしたの」

「そやで。おとんたちが振り切れんかもしれん……そう思って穴を掘ったんや」

ルーチェとカブラの説明に、クリムとルージュが首肯する。

「まぁ、万に一つもないと思ったんやけど、仕込みはしとかんとー。それに、もしかしたら、おとんたちを驚かせられるかもしれんやん？」

カブラが小声で付け足した言葉に、ルージュがにやりと笑うのじゃった。

《 8　学んだこと 》

子供たちが拵えた落とし穴を見てから今日まで、通りを大きく外れることなく進んでおる。馬車の中でする作業のない儂が、外での見張りを頼まれてな。ロッツァの背に乗るナスティに前方を任せて、儂は幌馬車の上から後方を確認しとるよ。

馬車の中では、子供たちが意見を出し合って、次に試す罠の相談の真っ最中じゃ。

「小さい罠が連続するのをやったんだから、次はどどーんと大きなのにしようよ」

「せやね。その後で、そこら中を落とし穴だらけにする案もやってみんと」

ルーチェの案にカブラが同意して、更に追加案まで出す始末。それらに賛同したクリムとルージュの仕業だと思うが、馬車の通り過ぎた道には、いくつか穴ぼこが出来ておった。二匹が使える《穴掘》《ディグ》は随分と精度が高くなっとってのぅ。ルーチェとカブラに頼まれた大きさと深さ通りに出来上がっとるんじゃ。

二人は細かく指定せずに、何となくのイメージで伝えておるんじゃがな……曖昧な表現なのに、器用なもんじゃよ。ずっと一緒に暮らしとる影響なんじゃろか？　儂にはできんぞ。

「なんとかして、おとんを驚かさなあかん」

「だね。でもじいじは、何やっても驚かないんじゃない？」

盗賊や魔物から身を守る為の罠じゃなかったのか……先日、少しでも驚いてやれば違ったのかのぅ……しかし、わざとらしい反応をしたら、簡単に見抜きそうじゃし……

目的がすり替わったカブラたちの相談を聞きながら、儂は思わず悩んだわい。そんな時、儂らを追いかけるように一羽の鳥が飛んできてな。必死に羽ばたいて、なんとか幌馬車の縁《ふち》に止まったんじゃ。何やら頼み事があるらしい。

詳しく聞いてみれば、何のことはなかった。この馬車の音とロッツァの走る振動、それに強い魔力の移動に森の生き物たちが驚いておるんじゃと。

極々稀《まれ》に起きる人間の移動とも違うので、戸惑っているらしい。特に今年生まれた雛《ひな》や幼子《おさなご》が、初めて感じる強者の気配に興奮冷めやらぬ日々を過ごし、親たちの言うことを聞かなくなったそうじゃ。その苦情を伝えた上で、もし良ければ仲間に顔見せをお願いしたい……そんな依頼じゃったよ。

森の生き物の生活には、弱肉強食が基本に据えられておるから、より強者に幼子を注意してほしいんじゃと。無鉄砲な若者などは、『挑んで負かしてやる……いや、挑戦させてやろう』なんて言っとるらしいぞ。ここらで妙な伸び方をした鼻っ柱を折っておかないと、そう遠くない未来に命を落とす可能性も否定できない。そんな悲しい未来を消したい内情もある。

一部の愚者《ぐしゃ》が暴走したせいで、森に住まう者が危険に巻き込まれるのも困る。そんな理由がいくつも重なって、今回の頼みに至ったとも教えてくれた。

伝令役として来たこの鳥も、それなりに強い魔物なんじゃよ。彼我《ひが》の戦力差を推し量って、身の丈を把握している分、長生きしとるそうじゃ。

「いらん喧嘩を吹っ掛ける馬鹿者がいるのは、人でも魔物でも変わらんか。生き物全てに共通するんかのぅ？」

儂のこぼした愚痴に同意したのか、表情を変えん鳥が頷くのじゃった。

ロッツァとナスティに鳥からの依頼を伝えて、今日の目的地にしてもらった。王都までの道から逸れるが、仕方ないことじゃろ。費やしたとしても一日じゃしな。

空を悠々と飛ぶ鳥に先導されて、移動すること半日。障害物をものともしない儂らが遅れることはない。ロッツァが押し倒した樹々を、儂が【無限収納《インベントリ》】へ仕舞えば、《結界《バリア》》と《浮遊《フロート》》をかけてある馬車が通るまでには道が出来ておるからな。

儂らが向かうことは、鳥が甲高い鳴き声を響かせて伝えてくれた。それでも森の生き物たちに今以上に興奮されても困るので、ある程度の距離を範囲に含めて《沈黙《サイレス》》を使ってある。音はこれで何とかできたが、振動までは無理じゃったよ。ロッツァに《浮遊《フロート》》をかけると、移動速度が落ちてしまうからな。だもんで、あとは森の生き物たちが驚かんよう願うのみじゃ。

移動を続けていたら、少し開けた丘に出た。丘の上には石が並んでおる。そこまでの道は赤い花で縁取られ、その外側で様々な生き物が種類ごとに整列しておった。

鳥に案内されるまま進み、生き物たちに見送られながら登った丘には、十三個の石が円形に置かれていたよ。その中心に儂らが到着する。馬車が止まったので、中からルーチェたちが顔を出してのぅ。

「じいじ、今日はここで寝るの？」

「おわ！　なんやなんや！」

儂らのいる丘全体を囲むように生き物が集合し、その視線は全てこちらを向いている。そんな景色じゃから、カブラが驚いても仕方あるまい。もっとも、一番異様なのは、最前列にいる者たちが、地面に頭を擦り付ける姿勢を取っていることなんじゃがな。こやつらが、『儂に挑戦させてやる』と言っていた若者なんじゃと。

ロッツァとナスティ、それに儂を見て動けなくなったところに、クリムとルージュの顔を見た途端、瞬きする間に今の姿勢に早変わりしておった。二匹の正体が、熊種最強のキングクリムゾンとクイーンルージュだと見破ったらしい。

一瞬で彼我の戦力差を見抜ける目を持っとるなら、最初から大口叩かなければ済む話じゃろが……あぁ、そうか。言いたいお年頃ってやつなんじゃな。

「若気の至り……若さゆえの暴走……青臭さ……どれも過去の出来事じゃ」

「やめてくださいー。アサオさんはまだまだ若いんですからね～」

生温かい視線を浴びせて思わず目を細めた儂を、実は最年長者なナスティが窘めるのじゃった。

集まってくれた森の生き物に、これから暫くこの先の街で暮らすことを伝え、無駄な諍いを起こしたくないと宣言しておいた。皆が分かってくれたようで、各々の返事をしてくれたよ。その後は、一緒に食事をして親睦《しんぼく》を深めたわい。

《 9　王都が見える 》

魔物を含めた森の生き物との晩餐《ばんさん》から一夜明けて、今はのんびり朝ごはんを食しておる。森で生活する野生生物たちには、決まった時間に食事をとるような風習はないそうじゃ。だもんで、儂らの食事風景は昨夜のものも含めて珍しかったらしい。

魔族に近しい者などは、儂の料理も気になったみたいでな。食い入るように見ておったよ。鳥や虫などの生き物も気にしていたが、さすがに手が使えんと料理は難しいからの。

朝ごはんを終えた儂らは、さぁ王都へ向けて歩き出そうとした……んじゃが引き止められたわい。先日まで行っていた物々交換の話を聞きつけた者たちがおってな。自分たちともやってほしいと、頼まれたんじゃよ。今の季節では採れない果物や野菜、あとは塩を求められた。

儂らがもらうのは主に樹木や樹皮、あとはそれぞれの身体から抜け落ちたり生え変わったりした、毛や爪じゃ。一部は牙や角などもあったが、これらは最近やらかした喧嘩の代償らしい。勝者が敗者から受け取るそうじゃが、その後どう扱おうと自由なんじゃと。

敗者にとっては見たくもない過去の屈辱、勝者にとっては栄光らしいが、永続的に持つには置き場に困る……そんなこともあって、今回の代金代わりとなったみたいじゃよ。

衛生的に問題なさそうな素材でも、一応《清浄《クリーン》》をかけておいた。その時、持ち主にもかかってしまってな。本人たちにしてみれば、水浴びや砂浴びをしていて綺麗なつもりだったのに、諸々の汚れが落ちていく様は、傍から見ていて驚愕だったようじゃ。

「自分にもかけて！」

と、期待の眼差しと共に並ばれては、やるしかあるまい？ 《清浄《クリーン》》を使えないクリムとルージュを除いた家族総出で、風呂屋の様相になったよ。

バルバルは、マッシュマシュたちに施した、マッサージ込みの全身クリーニングをしておって、これが《清浄《クリーン》》以上に人気になっとった。一部の者は、野良《のら》スライムに頼もうとまで考えたそうじゃよ。さすがに、意思疎通や加減のできるバルバルと違うから、身を預ける危険を考慮して諦めたようじゃがな。

物々交換を済ませた儂らが、十三個の石が並ぶ丘をあとにできたのは、太陽が天辺に至る少し前くらいじゃった。

予定より遅くなった出発時間を取り戻す為と、ロッツァが張り切ってな。今はひたすら走っておるわい。食事の時間も忘れて……はおらんから、走りながらごはんとなったよ。

馬車の中で、サンドイッチやバーガー、おにぎりを皆で食べとる。ロッツァの分は、食べたい具材などを儂らに伝えてもらって、それをバルバルが運ぶ。そんな連携で上手いことといったんじゃ。

昨日同様、ロッツァの倒した樹木を、【無限収納《インベントリ》】へ仕舞う係になると思ったが、違ってな。通ってきた道を逆走して、出発地点にまで戻り、そこから王都への順路へ戻ることになった。

だもんで今日、儂には役目がない。手持無沙汰な儂に、クリムとルージュが寄ってきた。どうやらただ甘えたいだけでなく、頼み事があるようじゃ。

何をするのかと思えば、木の器作りらしい。ナスティが作った石の器に触発されて、自分たちでも作ってみたくなったんじゃろ。木製の器は、バルバルも作れるから、それに対しての対抗意識も含まれているのかもしれん。

儂が教えるまでもなく、皿などを作りよったバルバルじゃが、あれを真似できるのはルーチェくらいじゃて。身体の中に木材を包み込んで溶かしながらの成形……ついでに取り込んだ端材や溶かした部分を再構築して作ったりもしとる。

自分たちの弟分？と思っていたバルバルにできることが増えたのは、嬉しくもあり羨ましくもあり……きっとそんな心持なんじゃろな。

クリムとルージュへの木工指導はなかなか難儀したよ。少しずつ爪で彫るクリムは、丁寧な作業の代償として進みが遅い。片やルージュは、目標の線などをはみ出ても気にしない豪快な削り。そんな理由から、想定していた形に仕上がる皿などは少ない。

性格の違いで、やり方自体がこうも変わるもんなんじゃな……足して二で割れると理想的じゃが、それをすると個性が消えるかもしれんからの。好きにやらせとるよ。

出来上がりの数に雲泥《うんでい》の差があるクリムとルージュは、それでも満足いくものを作れたらしい。一番良い出来の皿を儂に見せてきおる。クリムが楕円形の皿で、ルージュは上から見ればまん丸ながら、左右の深さが違った不思議な出来栄えの椀。今夜からは、この器を自分専用にするんじゃと。

それを見ていたカブラとルーチェも作りたがるかと思ったが、そうはならんかった。あの子らには、ナスティが作った石の器があるからな。それで満足しとるみたいじゃ。

夜。ずっと走っていたロッツァの希望で、具沢山キノコ鍋となった。昼前からの半日で相当な距離を稼いだようで、ナスティの見立てでは明日には王都に着くそうじゃよ。そんな情報を得たロッツァは、明日も走る気満々でな。食事を済ませたら、即座に寝るほどじゃ。儂らは食後にのんびり一服してから、風呂で温まり寝るのじゃった。

明けて早朝。やる気漲《みなぎ》るロッツァに起こされた儂は、玉子焼きを作っておる。ロッツァはアジの干物を焼いて、香りを周囲に届けとるわい。バルバルが味噌汁の入った鍋をお玉でかき回せば、そちらの香りも広がる。朝食の匂いに刺激された他の家族がのそのそ起き出し、身支度と食事を手早く済ませたらもう出発じゃ。

ナスティがロッツァの背に乗り進行方向を示せば、そちらへ向けて一直線。今日は森林破壊を気にしている素振りはないな。なので、【無限収納《インベントリ》】に仕舞う役の儂は大活躍じゃよ。まだ寝足りない子供らは、馬車の中で二度寝を決め込んでおる。

「見えましたよ～」

森の中を突き進むロッツァから樹木を折る音がしなくなった時、ナスティがそう言うのじゃった。

王都が見えたことにより、ロッツァの進行速度を緩めてもらう。まだ城らしきものの一部が視界に入った程度じゃがな。こちらから見えるってことは、あちらさんからも見えているって思わんと……用心するに越したことはない。となれば、森の中を突っ切るのもそろそろ控えんといかん。森林破壊からの木材大量入手はお終いってことじゃな。

速度を普通の馬車程度にして、今までよりは道と呼べるものに出る。するとどうじゃ。クリムたちが穴掘りの練習を始めよってのぅ……そこら中が穴ぼこだらけになってしまったわい。

先日と違って、さすがに街の近くで穴を掘って、それを放置するわけにもいかん。掘ったそばから儂が穴埋めをしとるよ。

ところが、二匹にはそれが楽しかったんじゃろ。一向にやめる気配がありゃせん。手が足りないほどではないが、漏らしがあってはいかんでな。多少穴埋め作業へ注力しておる。

そんな状況を見て、考えこんでいる者が一人おってな……カブラじゃよ。にやりと笑ったかと思えば、

「ルーチェはん、今や。おとんが手一杯になって、あわあわする姿を見られるかもしれへん。クリムはんたちに加勢するでー！」

「おぉー？」

そんなことを言いながら参加してきよった。

「じいじへの悪戯？」

「ちゃうちゃう！　盗人《ぬすっと》はんに追われたら足止めせなあかんやろ？　その時の練習や！」

ルーチェに問われたカブラは、言い淀むことなく答えた。至極真っ当な理由も用意していたんじゃな……あぁ、儂らを見ていたあの短時間でそれを考えていたのか。まったく、よく回る頭じゃよ。

しかし、掘り手が一気に倍増して四人になると、結構厳しいものがあるぞ。それでも今のところ埋め残しは出しておらん。

馬車よりも前方に《穴掘《ディグ》》は出さんし、てんで方向違いのところも掘らん。一応、盗賊に追われたことを想定しての稽古《けいこ》じゃからのぅ。儂に叱られんようにする為にも、そこだけは間違えんか。

「もう少しで着きますから～、穴掘りはそろそろやめましょうね～」

ロッツァの背に乗るナスティが、こちらを振って返りそう言えば、やっとこ穴掘りを中止してくれたんじゃ。なんだかんだと一時間近くやっておったわい。カブラ以外の子供らは魔力が少ないから、疲れたようじゃよ。まだまだ元気なカブラは、少しばかり悔しそうな顔をしとるわい。

ナスティの声に合わせて、ロッツァの速度も更に落ちる。馬車に戻って周囲を見れば、ゆっくり流れる景色が、綺麗なもんじゃ。

「もう少しだけでも早く魔法を使えるようにならんと、おとんに勝てへんな」

「目的がすり替わってますよ～」

小さく呟き、先ほどの反省をしていたカブラに、ナスティが指摘を入れる。

「ちゃんと最後まで～、隠し通しましょうね～」

「「はーい」」

バレバレの理由——言い訳じゃったが、注意するところが違うと思うぞ？　ナスティの言葉に返事したのはカブラとルーチェだけじゃなく、クリムとルージュも手を挙げて答えよったからな。皆揃って酷いもんじゃて。

そんなやり取りを聞いていたバルバルは、儂の頭で跳ねておる。きっと慰めてくれているんじゃろ。馬車を曳くロッツァも少しばかり振り返り、こちらへ顔を見せる。『やれやれ』といった表情をしとったよ。

先ほどよりも大きくなる王都の城。近付けば近付くほど全景は見えなくなる。そして、都をぐるりと囲む石造りの塀は随分と高いもんじゃった。

かなり近付いたと思うが、街に入るまでロッツァの足でもあと一時間はかかるとナスティは見立てたらしい。そして、走り続けたロッツァは勿論、先ほどの穴掘りで疲れた子供らが、

「お腹が空いた」

と、大合唱してな。王都に入るまで持たんそうじゃよ。だもんで、昼食じゃ。

魔道《まどう》コンロと一緒に、下準備を終えてあるうどんダネを【無限収納《インベントリ》】から取り出す。たっぷりの湯を沸かした鍋で、切りたてのうどんを躍《おど》らせている間に、かき揚げを作っていく。

いつものつけ汁の他に、昨日作ったキノコ鍋の残りもロッツァから頼まれてな。少しばかり味を調《ととの》えたらキノコ汁うどんに変身じゃよ。

儂が昼ごはんを調理している間に、手の空いたナスティとカブラでそこかしこに何やら罠を張ったらしい。確かに《索敵《レコナ》》に反応してる赤点がちらほらあるのぅ。

出来上がったうどんを啜っていると、周りから音がする。『ガサゴソ』だったり、『ドサッ』だったり、『うぉっ!?』なんて短い声だったりした。

「ワオン！」

すると、藪を抜けてきたウルフが三匹、ジグザグに進んで儂の前に辿り着いた。この子らは《索敵《レコナ》》が赤く反応しておらん。一匹のウルフは、体長1メートルを超えるヤマドリを咥《くわ》えておる。儂の前にヤマドリを差し出し、キノコうどんをじっと見ていた。これと交換したいようじゃ。

「森の生き物に知れ渡ったんじゃろか？」

「そうかもしれませんね～」

儂の問いに、石碗を手渡して答えてくれるナスティ。ウルフ一匹につき一つの石碗となるべくよそってやると、競うように食べ始める。その後も穴熊や山羊、ドワーフにエルフまで現れる始末じゃ。誰もが王都でなく、周囲の山野に住まうんじゃと。

招かれざる客も来ておったが、そのほぼ全数が罠に落ちたみたいでな。唯一残った者は、今目の前におるよ。落とし穴をひょいと飛び越えて、木の葉に隠された罠も回避する。木の枝から垂れ下がる蔓を手で振り払うと、

「のん気に飯なんて——」

そう言いかけた汚い身なりの男が、地面から斜めに飛び出した丸太に吹き飛ばされた。分かりやすいものを複数個用意して、本命の罠を隠す。見え難いようにメタルスパイダーの糸まで使うなんて芸当は、カブラだけではできんじゃろ。案の定、ナスティがカブラとハイタッチしとったわい。吹き飛んでいった男を含め、罠にかかった者たちはバルバルに捕まっておる。盗人や追いはぎなどの人種は、王都に突き出せばええ。

敵意を持つ魔物や生き物は、そのほとんどが素材や食材としての価値も見込めんようでな。儂には必要ないんじゃが、野放しにすると多少の危険があるとドワーフに教えてもらえた。

それに、ドワーフをはじめ、食事に来ていた者たちにとっては有益な魔物も含まれていたらしい。だもんで、この後の処理は一任しておいた。喧嘩や取り合いにならんようなら、儂は何も言わんよ。

空になった食器を下げ始めると、ナスティは子供たちを連れて罠の解除に向かった。作るだけでなく、取り除くことも覚えなきゃいかんからのぅ。洗い物と片付けを済ませた頃、ナスティたちが戻ってくる。

家族が揃ったので儂らが移動を再開すると、森に住まう者たちはそれぞれの住処へ帰っていった。今日使った石碗などは各自の土産《みやげ》に持たせたよ。次回以降があるならば、目印にもなるじゃろて。

バルバルからカブラに引き渡された盗人たちは、装備品をひん剥かれて下着姿じゃ。その上で猿《さる》轡《ぐつわ》と《束縛《バインド》》で一人ずつ縛っておってな。このまま歩かせると遅くて敵わんから、ひとまとめにして《浮遊《フロート》》で人間風船を作る。これを馬車に固定したら、王都の門へと儂らは進む。

「じいじがこれ作るの、なんか久しぶりに見たね」

「えげつないわぁ……」

ルーチェののんびりした感想とは対照的に、カブラは若干顔を引き攣《つ》らせるのじゃった。

ナスティの予想通り、一時間ほどで儂らは門まで辿り着いた。遠くから大きく見えた石造りの塀は、大小さまざまな石が積み重ねられ、ゆうに10メートルを超える高さじゃった。複数階層で作られているのか、真ん中くらいにある覗き穴と屋上に、森のほうを監視する兵隊さんの姿が見える。

儂らがこれから通る門も大きくてな。塀の半分ほどの高さがあるわい。左右の幅も高さと同じくらいあるし、これならばロッツァが小さくならんでも楽々通れるぞ。ただし、街中で動くことを考えたら、本来の大きさじゃ無理かもしれん。

これから探す家も、カタシオラの時みたいな物件ならば問題ないが、ロッツァだけ離れて暮らすようになるのは寂しいもんじゃて。ここでも住居を決める時の第一条件にしておかんといかんな。

そういえば、以前ロッツァに聞いたんじゃが、身体の大きさを変えることは一切負担にならんらしい。

「街から出られる時は、本来の姿に戻れるので気にせんでくれ」

とは、本人の弁じゃよ。ここまで通ってきた道には少なかった河川が、王都のそばにはあるそうじゃからな。港もあるということは、勿論海もある。また食材獲りなどを頼んで、その時に元に戻ってもらうとしよう。

儂とルーチェ、ナスティは、身分証を提示しただけで入る為の審査を難なく通過できた。一応、水晶を使った装置に翳《かざ》したが、特にこれといって反応しとらんかったのぅ。

ロッツァたち従魔組も問題なしじゃ。大亀に子熊、スライムとマンドラゴラという珍しい組み合わせに、門番さんが多少面食らったくらいじゃな。

あぁ、それ以前に、こちらの入口を使う旅人に驚いていたか。世間話程度で聞けた話でも、ほとんど誰も通らんと言っておったわい。

儂らが捕らえた盗人たちは、ギルドに行くまでもなく門番さんたちが預かってくれたよ。ざっと調べてくれた限りでは、賞金首や名の通った者はおらんかったそうじゃ。それでも捕縛できた頭数分の懸賞金はもらえたよ。

カタシオラのように大門近くに通用門は見当たらん。となればこの馬鹿でかい門を一々開閉するんか……面倒そう……いや、仰々《ぎょうぎょう》しいのぅ……

「おーい！　客を通すから、開けてくれー！」

「あいよー！　門から離れてろよー！」

門番さんの声に別の者が声を返す。こちら側に開閉痕がないから、きっと内開きなんじゃろ。それでも『離れて』の言葉に従い、数歩下がっておいた。

声に遅れること数秒ほどで、大門が振動を始める。ズズズという音と共に門が開いていったんじゃが、儂の予想していたものと違ったよ。なんと徐々に門が沈んでいきよる。驚いて思わず目を丸くしたぞ。ナスティ以外は儂と同じ反応でな、ルーチェなどは大興奮じゃった。

「ふわぁぁぁぁ！　すごいね、すごいね！」

上部に50センチほどの隙間が出来たと思ったら、ガシャンと音が鳴る。それを合図に、門が一気に落ちていったんじゃ。余りの勢いに身構えたが、揺れは一切伝わってこんかった。

地面と門の上端が平らになると、

「王都シトリネマットへようこそ！　他にも驚くことがたくさんあるだろう。ぜひとも街を楽しんでってくれ！」

門番さんはにかっと笑って儂らを通してくれた。

まるでアトラクション……来客に国の力を見せつけ、度肝《どぎも》を抜く演出の一つにしておるんじゃろな。あの大門の開閉は大変だろうから、きっと複数の動力を合わせているはずじゃ。さすがに内部構造を見る機会なんぞないじゃろうから、想像でしかないがのぅ。聞こえた音的には、歯車を使っとると推察できるが……これ以上気にしたところで答えは出ん。とりあえず街へ入ってしまおう。

シトリネマットへ無事入ると、儂らの後ろでは大門が閉まっていった。この街に暮らす者にとっても、珍しいことなんじゃろ。通りに見物客がおるし、門を見られる側の窓には住人の顔も見て取れる。

「こんなに広い道は、カタシオラにもなかったで」

座布団に跨るカブラが、両手を目いっぱい広げておった。伸ばされた右手をクリムが掴み、左手はルージュが握っておる。組体操の扇《おうぎ》みたいな恰好になっとるが、それくらいで届く幅じゃないぞ?

「ねぇ、ママー。あの熊さん可愛いね!」

枯草色《かれくさいろ》の帽子を被った子供が、にぱっと笑って隣を歩く母親に伝えておる。

「そうね」

子供の手を引きながら笑顔で答えた母親は、儂らに会釈《えしゃく》して立ち去っていった。

「危ないですから~、道の真ん中で遊んじゃダメですよ~」

「はーい」

カブラの素直な返事と共に組体操は終わる。クリムとルージュはナスティの前後にしがみ付き、カブラはロッツァの頭の上へ移動した。

街に入る段階で興奮していたルーチェは、あっちこっちに視線を向けて鼻息を荒くしておるよ。いきなり駆け出したりせんように、儂の右手とルーチェの左手が繋がれとる。空いた左手で邪魔になりそうな幌馬車を【無限収納《インベントリ》】へ仕舞い、ひとまず商業ギルドへ向かうのじゃった。

行きがけにナスティに教えてもらったんじゃが、シトリネマットの商業ギルドは、部門ごとに建物が分かれとるんじゃと。大きさはまちまちじゃが建物だけで十数軒……だからなのか、街の一区画が商業ギルド専用の範囲になっとるらしい。今日行くのは不動産部門だけじゃて、残りは追々《おいおい》覚えよう。

ナスティに連れられて辿り着いたのは、見てくれだけなら小さな郵便局かのぅ。造りも他の建物と違い木造でな。大きさもこぢんまりしとる。他の部門は、それはそれは大きな建物ばかりじゃよ。まぁ扱う品が小物から大物まであるから仕方ないんじゃろうが、儂には威圧的としか見えんかった。

子供たちを同行させても楽しくなさそうじゃから、ナスティに頼んで近所を散歩してきてもらうことにした。こちらの希望を述べた上で、無事に契約できるとなれば、儂だけいれば十分じゃからな。口頭で希望の広さを伝えるにも限界があるかもしれんから、一応、ロッツァだけは建物のそばに残ってもらったよ。

通りを行き交う人の数や、他の部署の長蛇の列を見ていたから、ここも混雑しているかと思ったが、そうでもなかった……いや、正確に言えばガラガラじゃった。儂ら以外の客がおらん。

それでも書類整理や管理などの仕事はあるらしく、見える範囲の職員さんたちは忙しなく動いておったよ。

一区切りついた様子の職員さんが儂に気付いてくれたので、ここで新たに住み始めたいことと希望条件を伝えてみた。その際、誰かの紹介はあるかと問われたので、カタシオラ商業ギルドでマスターをしとるツーンピルカの名を出したんじゃ。ついでに一筆認《したた》めてくれた文も手渡しておいた。鞄から取り出す時にもう一枚出てきたが、こちらはクーハクートからのものじゃった。こっちの文も職員さんが受け取ってくれたわい。

それらを持って、職員さんは一度奥へ引っ込んだ。とりあえず物件を見繕うことを優先してくれるらしい。審査だ保証だと難しいことはその後でやるんじゃと。

「えーと、御希望の物件となると、こちらになりますね」

狐獣人の職員さんが、片眼鏡を持ち上げながら書類を持って戻ってくる。ロッツァと子供たちのことを考えて『海に近くて広い』を最優先事項にしたからのぅ。先に住んでいるご近所さんが魔族や従魔を恐れるようじゃ困るから、そちらも考慮してもらった。店が開けるかは二の次で、市場や商店との近さは更に後回しじゃ。

ただ、最初の条件が厳しいのか、今儂の前に差し出された書類は三枚しかない。それでも、三ヶ所も見つけてくれたんじゃから、かなり頑張ったんじゃないかの？

「御希望に添える物件になっていると思いますが、街の中心部からは離れてしまいます」

「構わん、構わん。街外れからだって歩けばいいだけじゃ。それより家族が安心して暮らせることのほうが、何万倍も大事じゃて」

儂の答えを聞いて職員さんはにこりと笑う。

「そうですか。でしたらどれを選ばれても大丈夫ですね。今から御案内しましょう……私はお客様と出てきます」

他の職員さんに声掛けしてから、儂らと一緒に建物をあとにした。

外で待つロッツァを連れ、途中でナスティたちとも合流できたので、全員で向かうことになった。

大所帯になった儂らに職員さんは笑顔を見せるのみ。門番さんですら驚いていたのに、多種族が一緒でも見慣れとるんじゃろか？

世間話をしながら一軒目を見た。良い家じゃったよ。ただし、ルーチェとカブラが『うん』と言わん。何か気になることでもあったのか、首を捻って難しい顔をするのみ。二人以外からは高評価を得とるんじゃがな。二軒目に着いても、

「なーんか違うよね？」

「そやね。こー、しっくり来んっちゅーか……」

ルーチェとカブラからは、良い言葉が出んかった。通りから敷地に入り、海に面した庭へ回り込む。二人は海を背にして家を見とるが、眉間に皺を寄せる表情には、子供らしさが欠片《かけら》も見当たらんぞ。

そんな二人の背後を船が通り過ぎていく。船の乗客が手を振っておるので、儂が手を振り返していたら、ふいに声がかかった。

「あぁ、やっと見つけた！　こんな物件じゃダメですよ！　何してるんですか、まったく！　これだから獣人は！」

振り返れば男と女が一人ずつ。でっぷり太った男が肩を激しく上下させており、隣に立つ女性は全然息が切れておらん。女性のほうが先ほどの言葉を口にしたんじゃろ。鋭い眼光を職員さんに向けとるわい。

「先ほど渡された紹介状を確認しなかったんですか？　アサオ様はオーサロンド家と懇意にされて

いる方です。なんでこんなみすぼらしい家を紹介してるんですか！　もっと良いお屋敷があるでしょう！」

激しく叱責するように、女性が一気に捲し立てる。

「借主であるお客様の御希望に沿った物件を紹介するのが、私たち職員の役目です。アサオさんは『海に近くて広い』物件を御所望されました。先に住まわれている近隣の方への配慮もしてくださり、『家族が安心して暮らせる』ことも考慮されてますから——」

「口答えはいいから、君は戻りたまえ。あとは私たちがやっておく」

職員さんの言葉を遮り、太った男が耳障りな音を発しておる。女性の金切り声もそうじゃが、滑舌の悪い話し口も不快なもんじゃよ。

「すまんのぅ。儂が頼んだのはこの職員さんじゃて。こちらさんは、儂の希望をしっかり考えてくれとるでな。心配りはありがたいが、貴方がたに案内してもらわんでも大丈夫じゃよ」

予想していなかった儂からの横槍に、職員さんを責めていた二人は面食らっておる。

「それじゃ、残り一軒に行ってみようかの」

「はーい」

儂の言葉にルーチェが返事する。クリムとルージュが職員さんの両手を引っ張って、二軒目の物件から去るのじゃった。

三軒目に向かう道中、職員さんに話を聞いてみた。どうやらあの二人組、地位や金を持つ者に滅《めっ》法《ぽう》弱く、自分たちの顧客にしようと必死なんじゃと。ここ最近は目ぼしい客が現れなかったので静かだったそうじゃ。

そんな時に儂が、他所の街とはいえギルドマスターと貴族の紹介状を持ってきた。そんな客ならば是非とも取り込もう。そんな安直な考えで走ってきたらしいぞ。露骨な依怙贔屓《えこひいき》を好む者も多いから、なりふり構わず取り入ろうとしたのに、儂に袖にされた……今頃、顔を真っ赤にしてるんじゃないかと、職員さんは笑っていたよ。

職員さんに案内された三軒目は、丘の上に立つ一軒家じゃった。崖の手前って言ったほうが適切かのぅ。他に建造物もありゃせんし、街の外れにしてもとりわけ辺鄙《へんぴ》なところじゃよ。先ほどまでぽつりぽつりとあった家屋も、すっかり見掛けんようになったしの。

まあ、途中で敷地を囲う外壁を潜《くぐ》ったからおかしいなとは思ったが……王都の外ってわけではないそうじゃ。一応、まだ街中らしい。珍しい物好きな貴族が建てたものの、いざ生活するとなった段階で不便すぎることに気付いて売り払ったんじゃと。見栄や話題性のみを追求したせいで、ムダ金だけたんまり払うとは……馬鹿な貴族もいたもんじゃ。

売りに出されたからギルドも買ってみたものの、予想以上に借り手も買い手も付かん本当の不動産になってしまったそうじゃよ。

買う段階で相当な値切りをして買い叩いたものの、これほどまで動かんとは思わなかったそうでな。再三賃料を値下げしたせいで、王都でも類を見ないほどの安値になったらしい。

それなのに借り手が付かず、ギルドとしても涙を呑んでおるみたいじゃよ。だもんで借りてもらえるとありがたいと頼まれたよ。ちなみに五ヶ月分の賃料で買えるほど安くなっているから、買うほうが断然お得とも教えてくれた。

とりあえず儂が最初に提示した条件通り、切り立った崖は確かに海に近い。直下が海じゃからな。書類を見た限りでは、ロッツァが複数いても問題ないほどゆったりした間取りじゃ。外観も綺麗で申し分ない。

内見させてもらったら、誰も住んでいない期間が長いとは思えんほど、綺麗なもんじゃったよ。これは定期的に掃除などの手入れをしているからなんじゃと。ついでに何かしらの魔法をかけてあるような感じもするが、そちらは教えてもらえんかったわい。

内見しながら伝えられた事実としては、先ほど潜った外壁からこっちは、全部この屋敷の敷地みたいでな。外壁の外とはいえ、街の保護下にはある。沖へ向かって数十メートルは、魔物避けが施されとると言っておったしな。強大な魔物が現れる土地でもないので、小物対策が主体らしいがの。

今一度物件を見直してみれば、一軒家が立っている場所は崖。海面までの距離がさしてなくても崖は崖。まぁ、崖の突端から屋敷まで30メートルは離れとるから、見た目ほど危険ではないじゃろ。傾斜が急ながら、浜まで下りていける斜面も付いておったしの。広大な庭もあり、ご近所さんに何か言われる心配もなさそうじゃ。

何より、先に見学した二軒に好感触を示さなかったカブラとルーチェが、この屋敷に来てからは

大層機嫌が良い。もうずっとニコニコしとってな。クリムもルージュも上機嫌。ロッツァはバルバルを連れて、何度も浜まで往復しとる。こんな家族の反応を見てしまっては、もう決まりじゃよ。

「ここにしますか〜？」

バルバルを抱えたナスティが、家を背にして沈む夕日を眺めながら聞いてくる。

「そうじゃな。金額的にも払えるし、家族の誰からも反対されんなら、決まりでいいじゃろ」

西日の眩しさに右手を翳す儂が答えると、左手が握られた。狐獣人の職員さんは思った以上に力が強いぞ。

儂以外は屋敷に残り、荷解《にほど》きに取り掛かる。儂は職員さんと二人でギルドへ移動じゃ。ギルドへ着いたら、すぐさま契約を交わして代金を支払った。これで儂らの住まいは無事に確保されたぞ。しかし、カタシオラだけでなく、王都にまで屋敷を持つことになるとはのぅ。

明日以降の予定を考えて、狐獣人さんに他の部署に関することも相談してみたら、いろいろ教えてもらえたよ。商業ギルドへ商品を卸すなら朝一番から並ばないと大混雑になるそうじゃ。

急ぎでなければ、昼を少し過ぎた時間が空いているから狙い目なんじゃと。新たに店を開くことの申請は、どの時間に行ってもある程度待たされる覚悟が必要らしい。他にも料理レシピの登録、使用料の受け取りなんかは、いつでもあまり混雑してないみたいじゃよ。

ただし、今回に限って言えば、儂は商業ギルドのマスターと直接会う必要があるようでな。どうにもツーンピルカとクーハクートの紹介状がいらんことをしたらしい。なんでも『最優先で面談の機会を与えるべき』と記されていたそうじゃ。ついでに『割り込み厳禁』とも書かれていたんじゃと。儂の性格をそれなりに掴んでいる二人じゃからのぅ……その判断は外れておらん。

「明日中に連絡がいくと思いますよ」

と職員さんが断言してくれたわい。

神殿《しんでん》などの施設や市場の場所、あとはお勧めの商店や屋台なども職員さんに教わった。これで明日以降、散歩するにも迷う心配が減るってもんじゃ。しかし、職員さんは博識《はくしき》じゃな。直接業務に関係ないことでも、すらすら答えてくれる。

この街で暮らすことの諸々を教わった礼も込みで、儂の出した茶で共に一服じゃ。楽しそうな儂らに釣られ、他の職員さんたちも参加して、盛大な休憩となってしまったが……まぁいいじゃろ。なんだかんだと雑談しているうちに時間も大分過ぎていった。昼間出会った差別主義っぽい二人も儂が出した茶を飲んでいたが、その表情は険しいもんじゃよ。

狐獣人さんを含めた全員に、差を付けず同じものを提供しとる儂に腹を立てとるのか、自分らをまったく気にせず楽しそうにしとる職員さんが嫌なのか……どっちも要因かの、こりゃ。

全ての者を等しく扱えとは言わんし、儂だってできん。そこに好き嫌いが存在するのは、人として当たり前じゃ。必要な区別ならば儂もする。じゃが差別は好きになれん。それに、ヒト種以外を毛嫌いして見下す理由が儂には分からん。だもんで、儂がここではっきり言えるのは、あんな態度をとる輩《やから》に頼む仕事などないってことくらいじゃな。

狐獣人さんとの楽しい一服を終えた儂は、新たな住まいへ足取り軽く帰るのじゃった。

《10　順番待ち》

家を買って二日目。今日は朝から、部屋の掃除と荷物整理じゃ。そうは言っても手入れがされとるから、掃除の必要なぞほとんどありゃせん。これから調度品を置く場所を軽く拭く程度じゃな。

この家は、家具一式……いや、普通ならあるはずの調度品がほぼほぼないんじゃよ。土地と建物だけしかないと言っても過言じゃないくらいじゃて。先の所有者である貴族が、屋敷に合わせて誂《あつら》えたのに、売り払う際に全部持っていったんじゃと。だから、朝日を遮るカーテンすら下がっていなくてのぅ。朝日が眩しかったわい……

非常に開放的な造りの屋敷は、朝日も夕日も入り放題じゃ。早急に家具とカーテンを仕入れんといかん。なんて思っていたら、ナスティがカーテンを作り出してくれたよ。暖簾《のれん》に近い感じじゃが、それでも十分遮光の役目を果たしてくれそうじゃよ。

以前に買った布の余りだから、部屋ごとに違う色柄になってしまったとナスティは顔を顰《しか》めていたが、これはこれでありじゃろ。それぞれ自分がよくいるであろう部屋のカーテンを選べたんじゃからな。

カーテンの作製を任せている間に、儂は台所作りじゃ。【無限収納《インベントリ》】から、手持ちのオーブンやコンロを取り出して並べるだけじゃがな。

崖側の庭にロッツァの使う焼き場を拵えて、その隣にナスティの鉄板焼きの為の場所と、ルーチェの焼き台も作った。どれも石を並べたり、高さを揃えたりするくらいじゃて。最後の微調整は自分たちでするると言っておったからの、大まかに造ったら儂の仕事は終わりじゃよ。

バルバル、クリム、ルージュは、木工を嗜める場所を欲しておった。だから、崖の反対側――家の玄関側に小屋をこさえてやったわい。岩風呂を作る時に拾っておいた大岩をテーブルのようにして小屋の中央に置き、周囲を適当な材木や倒した樹木で囲んだだけじゃ。屋根に傾斜を付けてあるから、雨風くらいは凌《しの》げるじゃろ。

カブラが求めたものは畑じゃった。と言っても儂に作ってほしいわけではなくてのぅ。自分で作りたいんじゃと。その材料だけ頼まれたってわけじゃ。

儂は【無限収納《インベントリ》】から思いつく物を片っ端から出してやる。ジャミの森の腐葉土《ふようど》、骨粉《こっぷん》は陸のものと海のものの両方じゃな。エノコロヒシバの灰や、オナモミンの発酵《はっこう》肥料。焼いた魔物の死骸に、野菜、薬草、果樹に花の種子も一緒くたに並べておいた。足りない物が出てくればカブラのことじゃ、また言ってくるじゃろ。

各自手空きの時に食べられるようにと、サンドイッチやおにぎりなどの摘まみやすいものを、食卓に山盛り用意しておく。

住みやすく楽しめるように家を改造していたら、昼過ぎに五人も客が来た。男性二人が商業ギルドの使いで、女性二人が冒険者ギルドから、残る一人は王家の執事さんじゃったよ。《鑑定《エヴァルア》》で確認できた誰もが、それなりの立場の者じゃ。だからか、身なりだけでなく、所作も非常に綺麗なもんじゃよ。

全員の用件は同じで、儂と面会する日取りを決めに来たんじゃと。商業ギルドは家を買う都合で世話になったし、昨日の話にも出ていたから分かる。冒険者ギルドは何用じゃろか？

「たくさんの従魔を連れた老人が、陸路で王都に辿り着いたと話題になっていまして……従魔の危険性の確認と調査です」

深い緑色をした短髪女性の言葉を引き継ぎ、同じ色の髪を巻き上げて盛った女性が話し出す。

「――というのは表向きの用件でして、『絶対に敵対せずに、友好関係を築きなさい』との通達がズッパズィート管理官から届きました。一切笑わず、冗談を口にしないあの管理官がです。何の間違いかと思いましたが、とても正確な判断だったと断言できますね。素材の売却がありましたら、ぜひお立ち寄りください」

恭《うやうや》しく頭を下げた女性を追うように、最初に口を開いた短髪女性も頭《こうべ》を垂れた。その様子を見ていた商業ギルドの男性二人は、目を見開いて固まっておる。そりゃそうじゃろ。今日初めて出会う爺《じい》に、王都の冒険者ギルドのマスターと副マスターが、自ら出向き挨拶《あいさつ》しとるんじゃから。

それを言ったら、商業ギルドのほうだってなかなかのもんじゃがな。渉外《しょうがい》部門の長と、資材調達部門の長がわざわざ訪ねて来ておるんじゃよ。行く先々の商業ギルドで、たんまりコーヒーなどを卸したからのぅ。きっと話が伝わっておるんじゃろ。

新人さんや状況を理解していない者に場を荒らされたくない思いで、ここに来たのかもしれん。関係が良好なのに越したことはないが、最悪スールの街でのように事務的な取引だけでも儂は構わん。そんな儂の態度や考え方も、たぶん耳に入っておるんじゃろうて。

この四名の用件は分かったが、分からんのは王家の執事さん……正確に言えば『王の懐刀《ふところがたな》』さんじゃよ。そんな立場の者が、儂のところに来る理由はないじゃろ。

クーハクートが共通の知り合いじゃが……そんな細い縁を辿られる謂《いわ》れはないと思うぞ？　あぁ、あやつのことじゃから、面白おかしく話を盛って儂のことを伝えとる可能性は否定できんな。クーハクートの興味を引いた人間ってだけでも、もしかしたら話題に上っていたかもしれんし……儂の表情が変わっていく様を見ていた執事さんは、柔らかな笑みを見せて頷いた。

国内の地位の面を考えて、両ギルドは儂との面談の優先順位を王家へ譲ったらしい。執事さんの三歩後ろで四人は待っておる。

だもんで、執事さんが提示してくれた日程から考慮して、最短の一週間後に面談することになった。その前に面談するのはどちらのギルドも憚《はばか》られると言っておったが、時間を無駄にするのは良くないじゃろ。商業ギルドは明後日、冒険者ギルドは五日後に面談となるのじゃった。

……ん？　冒険者ギルドは、今面通しを済ませとるのに、また会う必要あるんじゃろか？　まぁ、【無限収納《インベントリ》】の肥やしになっている品々を売り払う機会だと思うことにしよう。

家を無事に手に入れ、予想通りの客ももてなした……予想以上の人数じゃったが、まぁ良しとしよう。とりあえず問題も起きておらんしな。

商業ギルドに冒険者ギルド、王家との面談まで儂らは各自自由に過ごすことにした。宿なし旅もそれはそれで楽しいもんじゃが、定宿や家を確保して街を適当にぶらつくのも楽しいもんじゃて。どちらか片方を選ぶ必要もなし、楽しんだもん勝ちじゃよ。

今日は朝ごはんが済んだら、儂とルーチェが街へ繰り出す予定じゃ。カブラは畑を見るほうを優先し、ロッツァは早速海へ潜るんじゃと。

ナスティはクリムたちと一緒に留守番をするつもりらしいが、それだってやりたいことをする為じゃからのぅ。なんでもクリムたちの木工部屋が羨ましくて、石細工用の小屋を作るそうじゃよ。気兼ねなく作業に没頭できる場所があると、嬉しいもんじゃて。儂も手伝おうかと思ったが、

「自分でやってみます～」

と断られたからのぅ。手伝いはクリムとルージュで足りるそうじゃよ。木材や石材の微調整をバルバルが請け負うらしいから、問題はないじゃろ。

昼ごはんを台所に用意して、儂とルーチェは家から出掛ける。

我が家の門である街の外壁を潜ると、ちらほら石造りの家屋が並んでおる。多少離れているが、敷地的に見ればご近所さんになるここいらは、ゆったり土地を確保して家を建てておってな。

日本的な感覚で言えば『お屋敷集落』になるのかもしれん。商業ギルド職員の狐獣人さんの話によると、他種族への偏見もなく穏和な住人しかおらんらしい。

街中への行きがけに手土産持参で立ち寄り、一言二言挨拶を交わしたが、どのお宅も柔らかく丁寧な物腰じゃった。ルーチェくらいの子供はあまりいないようで、随分と可愛がられそうじゃよ。

儂と同世代と思しき老夫婦や、クーハクートのような隠居貴族もちらほらいるらしく、それなりに年配の方が多いみたいじゃや。何組かは陶芸《とうげい》や絵画などを生業にしているそうじゃが、そちらは若くして名を上げた者なんじゃと。変わった風貌や妙なこだわりがあると聞いたが、そんなもん気にせんよ。

紅茶と緑茶、それにかりんとうを手土産に渡したら大変喜ばれたわい。緑茶を飲んだことはなくても耳にしたことはあるらしくてな。あちらさんたちも値段を知っているせいで逆に恐縮されたが、受け取ってもらったんじゃよ。ご近所さんへの挨拶回りは、『これからお世話になります』『何かと迷惑をかけるかもしれません』って言いながらの顔見世じゃからのぅ。

しかし、この街で店をやるならば、ここでなく、大通りで屋台でもやったほうが良いな。市場の片隅でひっそり開いてもいいじゃろう。静かな住宅街で、カタシオラやレーカスの時みたいな店を開くのは、心情的に憚られるってもんじゃや。

住宅街を抜けて街の喧騒《けんそう》を目指す。儂らが陸路で街に入ったのは北西側。住んでいるのが南西側で、港は南東側に作られている。街の北側には巨大な城があり、その背後に峻険《しゅんけん》な山が聳《そび》え立つ。地の利を考えて、攻めてこられる方位を限定したんじゃろ。難しい戦略などは分からんが、たぶんそうだと思うぞ。

この王都は東西南北で大まかに街割りをされとるが、どこも住居の区画、商店の区画などを囲っているると教えてもらった。扱う品や住んどる者の違いから、結構色合いが変わるらしい。それに広い街になるからか、道路に並走する形で水路も走っておってな。物流に人の移動にと、大層役立っているみたいじゃよ。

まだ聞いただけじゃが、この街には資料館のようなものがあるらしい。文献だけでなく遺物《いぶつ》なども見られるんじゃと。交易のある国からは書物も買い付けているらしく、一部だけとはいえ一般公開もされとるそうでな。何かの役に立つかもしれん、暇な時にでも見に行ってみるか。

ルーチェと手を繋いで市場へ足を踏み入れたら、人の多さと音に吃驚《びっくり》させられたよ。徐々に増えていたから、ある程度の覚悟はしていたんじゃがな……予想を軽く超えたわい。

背の低いルーチェでは、人ごみに巻き込まれて何も見えんじゃろ。そう思い肩車をしてやれば、

「あ、じいじ見て！　ポテチが売ってるよ！」

右前方を即座に指さされた。驚いたことにポテチが一種類じゃなくてな。見える範囲で三種類。三軒の屋台が競うように並んどる。

「ジャガイモにサツマイモ、あとはカラガラ？　カラガラって何だろ？」

ルーチェが首を捻っておるが、儂にも分からん。絵など描かれておらんし、素材を陳列しとるわけでもないからのぅ。とりあえず気になったものは買ってみよう。

ポテチを三種類購入して、それぞれの店で話を聞けたが、儂のレシピを参考にして作り上げたそ

うじゃよ。味付けは勿論のこと、イモの厚さや揚げ加減などを研究したらしい。だからか、儂が作るよりは多少割高な値段設定じゃったがな。それでも美味いもんを簡単に手に入れられるのはいいことじゃ。

カラガラはよく分からん。《鑑定《エヴァルア》》で見ても伝統野菜としか出てくれんでな。一つだけ生のまま食べさせてもらったが、ダイコンっぽいようなカブっぽいような、そんな食感じゃった。生だと朱色の果肉で、それが火を通すと橙色に変わってな。見た目でも楽しませてくれる面白い野菜じゃ。

その後も目を引いた食材や料理、食器に小物といろいろ買い回った。家具と寝具に関しては、あまり質の良い物が見つからん。これは神殿経由で他所へ買い付けに行ったほうが無難かもしれんな……そうじゃ、新しい場所へ来たのに、イスリールに挨拶するのを忘れておった。

ひとまず買い付けを終えた儂とルーチェは、昨日教えてもらった神殿へ足を伸ばす。神殿のある北東区域に足を踏み入れてみれば、そこはまた面白いもんじゃったよ。商業ギルドで教えられた限りでは、敬虔《けいけん》な信徒が多く住んでいる地区とのこと。てっきり宗教的色合いが濃くなるとばかり思っていたのに、儂から見れば観光地でしかなかったわい。

主神であるイスリールを筆頭に、四大属性の神々の像がたくさん祀《まつ》られておる。そのどれにも値札が付けられておってな。土産物屋で見かける木彫りの熊やこけしのようにしか、儂には思えんかったよ。木像に石像、あとは絵画もあった。今まで見てきた街と比べて、芸術的には成熟しとるのかもしれん。

芸術に馴染みの薄い儂には、どれも同じように見えてしまうがな。それに、イスリールたちの美しさは、どんなに頑張っても描き切れんと思うぞ。

通りから眺めている分には、神様の像や絵を売ることに抵抗を感じる者はほとんどいなそうじゃ。少し不純かもしれんが、稼いで食べていかんことには生きていけん。イスリールらとて、生きることを蔑《ないがし》ろにしてまで、自分たちに仕えてほしいとは思わんじゃろ。

その手段として使われたところで、怒るような度量の狭い者には見えんかったし、問題ないんじゃろうな。

門前町のような賑わいを見せる通りを抜けて入った神殿は、しんと静まり返っておった。外の喧騒が嘘みたいな、雑音のない静けさじゃ。神官さんたちが各々の職務をしておるから、その動きで多少の音はすれども、生活音などは聞こえん。

儂ら以外の参拝者はちらほら見掛ける程度で、こちらの相手をする神官さんはいないようじゃよ。勝手に祈り、終われば帰るだけらしい。

居並ぶ石像の前でいつものように目を閉じると、周囲の気配が薄れていくのを感じる。

「ようこそ、セイタロウさん。どうかしましたか？」

かけられた声に目を開ければ、儂の周りは樹々に囲まれておる。正面には白い椅子に座るイスリール。一服していた最中だったようで、右手のカップを傾けておった。他の子はいないようじゃ。

儂の隣にいたルーチェは、小走りでイスリールに近付くと、空いている席へ着く。それを合図に急須《きゅうす》から湯呑みに茶が注がれる。薄い緑色をしているから、きっと緑茶じゃが、以前に出されたものは酷かったからのぅ。前回と同じ轍《てつ》は踏まんと思うが……ダメだったらしい。ルーチェが儂を振り返り、顔をしわくちゃにしていた。口を開けて舌も出しとるから、相当渋いんじゃろう。

「セイタロウさんのお茶より、大分不味《まず》いんですよね。何がいけないんでしょうか？」

首を傾げるイスリールの視線の先には、青々と葉を茂らせる茶の木が生えておった。前に見た時よりかなり成長しとるし、若葉が一切見当たらん。

「……苗木を儂に託したから、もう作らんのかと思ったが、諦めとらんかったのか……」

「はい！　僕だって美味しい緑茶を淹れたいですから！」

子供のような笑顔で、イスリールが儂に答える。実際に子供であるルーチェは、眉間に皺を寄せながらずっと首を横に振っておる。それでも口内の渋さが消えんらしく、鞄からかりんとうを取り出して、口直しを始めたよ。

「一芯二葉《いっしんにょう》か一芯三葉《さんよう》で作らんと無理じゃよ。ここの茶の木は元気が良すぎて、既に収穫には向いておらん。ヴァンの村をちゃんと見学して観察せんと、上手に美味しいものは作れんぞ」

「見ているんですよ？　同じように作ってみても、どうにも違うものになってしまいまして……最近じゃ、あの子たちも味見してくれません」

イスリールの指さす先には、樹々の陰から覗く男神たちがおったよ。四人揃っておるが、儂の気配を察してやってきたんじゃろか？　あぁ、違うな、ルーチェの取り出したかりんとうに釣られたようじゃ。視線がかりんとうから外れん。

暫く王都への旅路じゃったからな。前回通行料を払った神殿移動時から日を数えれば、甘味が底を突いていてもおかしくないわい。

「研究に犠牲は付きものじゃが、他の子を巻き込むでない。とりあえず今日は儂の手持ちを置いていくから、それを飲んで学ぶんじゃ」

こつんとイスリールのおでこを突《つつ》き窘めてやれば、悪戯がバレた子供のような顔をしておったよ。覗き見していた風火地水の神々も同席させて、一服した。緑茶に紅茶、コーヒーも用意したら、全員が涙を流して喜びながら飲む始末じゃ。かりんとうにホットケーキ、きんつば、ポテチ、おやきなども山盛り出してやったら、そちらには歓喜の舞を披露しとったわい。

皆の反応に若干驚きを隠せん。中毒症状を起こすような成分は入っとらんはずじゃが……こんな行動を起こすほど、イスリールの用意したお茶は酷かったのか？　前の時はまだ飲めたぞ？

怖いもの見たさでひと口味見したが、軽くない衝撃に襲われるほどじゃった。ルーチェがかりんとうで口直しする意味が分かるってもんじゃよ。

気を取り直して王都に無事到着したことを報告して、あとはのんびり近況を告げあった。イスリールたちは、儂らにちょっかいをかけてきとる三幻人《さんげんじん》の足取りを掴めておらんそうじゃ。儂もドルマ村以来出会っておらん。

王都へ来るまでに出会った魔物や魔族は、どれも平和に暮らし続けとるらしい。儂の影響を受けて進化した者もそれなりの数おるそうじゃが、のんびり森の中で過ごしているんじゃと。無益な殺生《せっしょう》も、無駄な諍いも起こしとらんと聞けたから、安心できたわい。

帰りがけにも、山ほど茶葉とコーヒー豆を渡しておいたから、悲惨な味見を繰り返さんで済むじゃろ……たぶんな。茶菓子も食べ切れんくらい置いたし、きっと大丈夫じゃよ……それでも風の女神や水の男神には、

「なるべく頻繁に来てください！」

と頼まれてしまったがの。

イスリールたちのいた場所から戻ってみれば、儂らの前には神官さんが一人立っておったよ。フォスの神殿で神官長をしとるルミナリスのように、イスリールから何かしら聞いているんじゃろ。突然現れた儂らに、柔らかな笑みを見せておるだけじゃからな。

いや、イスリールが幻術で、ずっと祈っているように見せてくれとったのかもしれん。どちらにせよ、まったく怪訝な表情を見せんから、きっと身内や眷属《けんぞく》なんじゃろうて。

たぶん味方だと思うから、とりあえずきんつばを大皿一枚分渡しておいた。神殿勤めをしておる神官さんが何人いるか分からんからのぅ。多めに渡しておけば大丈夫なはずじゃ。

「足りなければ、また今度ってことで」

儂の考えを先読みしたルーチェが、神官さんに断りを入れてくれたわい。軽くお辞儀をしてから神殿をあとにした。このままぐるりと王都を一周することも不可能ではないが、駆け足で巡ること

になるからのぅ……散歩にもならんし、目ぼしい店を探すことも難しくなる。

当初の目的である買い物は済ませて、追加で思い立った神殿にも立ち寄った。となればあとは、のんびりぶらぶらすればいいじゃろ。

にしても、この王都は広すぎる……家に帰りがてら、この北東地区だけ今日は攻めてみよう。それでも極一部しか見られんと思うぞ。

「じいじ、赤とか黄色の果物が多いね」

「そうじゃな。肉屋も魚屋もあるが、八百屋《やおや》がたくさんあるわい」

通りを歩きながら店先を見ても、肉屋と魚屋が一軒あるうちに、八百屋が三軒はあるぞ。だから か、目に鮮やかなんじゃよ。八百屋は様々な原色がちりばめられておるからのぅ。

ただし、一軒ごとに扱う品物は違っておってな。果物……とりわけ柑橘類《かんきつるい》に特化した店があったかと思えば、向かいにはパパイヤなどの南国果実を扱う店があるんじゃ。肉屋を一軒挟んだ隣には、葉野菜主体の八百屋があり、その奥にはネギ専門店としか思えん陳列をしとる店があった。

肉屋と魚屋も色味が少ないわけじゃないが、八百屋は別格じゃよ。

肉屋の色も塊肉の赤と脂身の白ばかりじゃなくてのぅ。皮付きのままで並べられている肉もあれば、ほぼ半身の枝肉状態で吊るされているものもある。客の細かな注文にも応えてくれるらしいから、こんな肉屋になったそうじゃよ。

魚屋は獲れたての新鮮な魚介《ぎょかい》を並べつつ『待ち』の状態を維持しとるんじゃと。なんでも、港に戻った漁師が直々に売り込みにくることが、そこそこな頻度であるらしくてな。

まとまった量の魚介類は、漁師組合が主体となって朝一番で競《せ》りを行っとるんじゃが、寝坊したり帰りが遅くなったりする漁師が何人かは出るんじゃと。それを待ってたんじゃ、先に水揚げしたものの鮮度が落ちてしまうから先に競りを終えてしまうでな。

だもんで、時間がズレたものは漁師個人で何とかするしかないらしい。とはいえ全部を自分たちで食べ切れるわけでもなし、折角獲った魚を捨てたんじゃ申し訳ない。そんな考えから、組合としても直接取引を認めているそうじゃ。寝坊助《ねぼすけ》や鈍間《のろま》な漁師とて、魚が売れなければ食っていけんからな。

漁師の持ち込みは、いつになるかは分からん。しかも、何が獲れるかも、確実に店へ来るかも分からんから、ある種の博打《ばくち》みたいになっとるそうじゃ。それに魚屋としては組合の取り組みに協力している建前もあるからな。仕入れ値をかなり安く抑えられるんじゃと。

漁師が来れば安売りできて、来なければいつも通りの商いをする。そんな感じの営業なんじゃと。これは他の地区も同じらしい。だからか、安売り狙いの客が一定数いるそうじゃよ。まぁ、同じ魚なら、安く仕入れたいと思うのが庶民ってもんじゃろ。

つい今しがた、そんな魚が入荷したようで、魚屋は多種多様なヒトでごった返しとる。儂とルーチェは、持ち込んだ漁師と会話しながら、店の喧騒を見学しとるんじゃよ。

こちらの世界でも『安売り』に反応するのは、ちょいと年季の入ったお姉さま方が多いようでな。見ているだけでも恐ろしいもんじゃ。どんなにステータスが高くても、儂では勝てる気がせん。ルーチェも儂と同じ意見らしく、隣で怖がっとるよ。

魚屋での見学を終えた儂らは、一軒の八百屋へ入る。この店は他の八百屋と違って、少しばかり惣菜を扱っておってな。晩ごはんの一品か、これからの参考になればと思って見とるんじゃよ。

「ほほぅ、キュウリを煮るのか」

「面白いね」

直径10センチを超えるキュウリが輪切りにされて、塩煮にされておる。皮が厚い品種らしく、緑の部分が1センチくらいあるのぅ。太いキュウリの割に種の部分は未成熟で、まだ柔らかそうじゃ。しかし、他の野菜と共にではなく、輪切りキュウリだけを塩で煮るとは……ダシを使っているようには見えんし、すぐに食べ飽きてしまいそうじゃよ。

他の皿には、儂の親指ほどもある赤いトマトが串打ちされて、真っ黒に焦がされた上で盛られとる。巨大なシシトウ、ナス、オクラなんかも見受けられた。どれも炭のようになっとったがのぅ。

店の人に話を聞けば、焦げを落として中身を食べるらしい。歯も刃も立たんほど硬い皮を剥くのは困難で、それでもなんとか食べようと研究されてきた結果なんじゃと。キュウリの塩煮も同じ理由で、美味しく食べる工夫と教えてもらえた。

素材と惣菜の両方を仕入れて、儂とルーチェは帰宅するのじゃった。

買い付けた目新しい食材を使い夜ごはんを作ったが、美味しそうに食べるルーチェたちに反して儂は不満じゃ。普段使いしているものと違うから、どうにも儂の料理に馴染まなくてのぅ……少しだけ味が浮いとる感じもするし、これは要研究じゃな。儂にも当面やることができて良かったぞ。

《 11 商業ギルドでの取引 》

商業ギルドを訪ねる約束の日の朝を迎えた。紅茶にコーヒー、望まれれば緑茶も卸すが、普通の取引ばかりじゃ家族を連れていっても楽しくなかろう。だもんで、今日は一人で行こうと思っていたところ、ナスティも一緒に行くと言い出してのぅ。朝の慌ただしい時間を避けて、のんびり二人で向かうことにした。

朝食後にゆったり一服していたら、早々《はやばや》と予定が崩れたわい……商業ギルドの職員さんが、わざわざ出迎えに来てくれたんじゃよ。カタシオラの時みたいに、若手の職員さんが連絡担当に就いたらしい。険しい目つきとガチガチに凝り固まった身体。緊張しているのが丸分かりでな。肩の力を抜く為にも、茶を勧めたんじゃ。

最初こそ遠慮していたが、儂とナスティに移動する気配がないからのぅ。諦めて一緒に一服してくれたよ。初体験の緑茶に驚きながらも気に入ってくれたようでな、ほっと息を吐いておった。

担当さんになったのも何かの縁、世間話ついでにいろいろと聞いてみた。名前はバザルで、くりんと巻いた角と横長の瞳孔が特徴的な白山羊人族《しろやぎじんぞく》。身体的特徴はこの二つくらいで、腕や顔が毛に覆われていたりもせん、ごくごく普通の女の子じゃ。獣人の中でもかなり人族に近いみたいじゃよ。

ただ、目が怖いと言われることが多いからと、丸眼鏡をかけておった。これで目から眼鏡に、視線を誘導しとるそうじゃよ。バザルは商業ギルドに就職して二年目で、初めて連絡担当を任されたのが儂のようでな。『とにかく粗相のないように』と、耳にタコができるかと思うほど忠告されたんじゃと。

今回任された連絡担当は、若手職員の最初の試練とも言えるものらしい。ここで何か問題を起こすと先がないとまで言われとるそうで、気合を十分に満たしてきたのに、出鼻《でばな》を挫《くじ》かれたとぼやいとる……いや、あのままだと空回って盛大に失敗をやらかしそうじゃったからな。

燃え盛るような熱を浴びせられても、こちらは対処できんし肩が凝ってしまうわい。肩透かしを食らったくらいに思ってくれるとありがたいんじゃが……やる気漲る若手には難しいかのぅ。まぁ、微笑ましいもんじゃ。

バザルとの会話で、商業ギルドの状況も把握できた。狐獣人さんに聞いていた通り、朝一の商業ギルドはどこも人と荷物でごった返しとるそうじゃ。そんな状況で新規の取引を落ち着いてできるとは思えん。やはり当初の予定通り、時間をズラして行くのが正解じゃな。

一服と世間話で小一時間経過。あまりにも遅い儂らを心配して、別の職員さんが来てしまった。バザルに責はなく儂の判断で出発を遅らせたと説明して、職員さんには先に戻ってもらった。他の職員さんを見たバザルは、大層しょげておる。商業ギルドまでの道のりでいろいろ紹介してもらったが、気持ちの切り替えまでには至らんかったようじゃ。

商業ギルド地区へ足を踏み入れてみれば、人と物の多さに圧倒された。ギルドへの卸が主目的だから、そちらの建物へ向かうとばかり思っていたんじゃが、目的地は中央棟でな。そこまで案内してもらい、

「儂からも一度伝えるから、そう気落ちせんでくれ。な?」

「私も説明しますから～」

儂とナスティで励ましたがダメらしい。

「……はい」

返事とは裏腹に、バザルの表情は非常に沈んだままじゃった。ギルドマスターの部屋まで案内するのが、彼女の今回の役目のようで、待合場所まで連れていってもらえた。

面会の順番待ちをしようと思った矢先、部屋へ通される。儂らが入室したのを確認したバザルが帰ろうとしたら、彼女も部屋へ招かれてな。これには彼女も驚きを隠せないようで、目を白黒させっぱなしじゃ。

室内には背の高い女性が二人に、椅子の背もたれを止まり木にしている派手な紫色の梟《ふくろう》が一羽。あとは先日訪ねてきた男性二人――渉外部門の長と、資材調達部門の長じゃよ。

「……お、お連れ、しまシタ」

なんとか言葉を絞り出したバザルじゃが、その声は裏返ったり掠《かす》れたりしとる。

「ご苦労様です。予想より遅かったので、何かあったのではないかと心配しましたよ」

梟がくりくりの目を細めながら、バザルに優しく語りかける。どうやら魔族だったみたいじゃ。

「朝の混雑時に伺っては落ち着いて話ができんと思ってな。バザルを引き止めたんじゃよ。彼女を叱らんでやってくれよ？」

「そうですよ～。今日面会する以外～、時間も決まってなかったですしね～」

儂とナスティの言葉で男性二人が思わず『しまった！』って感じの顔をしよる。これは王都の商業ギルドの慣例らしく、面会の約束だけならば朝一番なんじゃと。それ以外は時間をある程度緩く決めるそうじゃよ。儂らは余所者じゃから、そんな慣例は知らん。今回はバザルとの会話の最中に話題に上がったから知っただけじゃ。それをまさか『知らない者が悪い』とは言わんじゃろ？

背の高い女性二人がそれぞれ右の眉をぴくりと上げ、男性二人の後ろへ移動する。そのまま首根っこを掴まえて隣室へ出ていってしまった。大の大人を軽々片手で引き摺《ず》るか……すごい力持ちじゃな。

しかし、あれは叱られるだけで済むのかのぅ……血の気が引いて真っ青を通り越し、白くなっておらんかったか？

「これは約束を取り付ける際のこちらの不手際ですね。申し訳ありませんでした」

目を閉じたままの梟が両の翼を一度開いてから、片方だけを身体の前に持って来た。目を閉じたまま頭を下げとる。

「彼らに折檻《せっかん》もせんでくれ？」

LN_Ver.

召喚・トリップ系

こっちの都合なんてお構いなし!?
突然見知らぬ世界に呼び出された
主人公たちが悪戦苦闘しつつも
成長していく作品。

いずれ最強の錬金術師？

小狐丸

既刊8巻

異世界召喚に巻き込まれたタクミ。不憫すぎる…と女神から生産系スキルをもらえることに!!地味な生産職を希望したのに付与されたのは、凄い可能性を秘めた最強(?)の錬金術スキルだった!!

最強の職業は勇者でも賢者でもなく鑑定士（仮）らしいですよ？

あてきち

異世界に召喚されたヒビキに与えられた力は「鑑定」。戦闘には向かないスキルだが、冒険を続ける内にこのスキルの真の価値を知る…!

既刊6巻

装備製作系チートで異世界を自由に生きていきます

tera

異世界召喚に巻き込まれたトウジ。ゲームスキルをフル活用して、かわいいモンスター達と気ままに生産暮らし!?

既刊6巻

もふもふと異世界でスローライフを目指します！

カナデ

転移した異世界でエルフや魔獣と森暮らし！別世界から転移した者、通称『落ち人』の謎を解く旅に出発するが…？

既刊5巻

神様に加護2人分貰いました

琳太

便利スキルのおかげで、見知らぬ異世界の旅も楽勝!?2人分の特典を貰って召喚された高校生の大冒険！

既刊6巻

価格：各1,200円＋税

ゲーム世界系

VR・AR様々な心躍るゲーム
そんな世界で冒険したい!!
プレイスタイルを
選ぶのはあなた次第!!

とあるおっさんのVRMMO活動記

椎名ほわほわ

VRMMOゲーム好き会社員・大地は不遇スキルを極める地味プレイを選択。しかし、上達するとスキルが脅威の力を発揮して…!?

既刊22巻

THE NEW GATE

風波しのぎ

目覚めると、オンラインゲーム(元デスゲーム)が“リアル異世界”に変貌。伝説の剣士が、再び戦場を駆ける!

既刊17巻

のんびりVRMMO記

まぐろ猫@恢猫

双子の妹達の保護者役で、VRMMOに参加した青年ツグミ。現実世界で家事全般を極めた、最強の主夫がゲーム世界で大奮闘!

既刊10巻

価格:各1,200円+税

実は最強系

アイディア次第で大活躍!

追い出された万能職に新しい人生が始まりました

東堂大稀

既刊3巻

万能職とは名ばかりで“雑用係”だったロアは「お前、クビな」の一言で勇者パーティーから追放される…生産職として生きることを決意するが、実は自覚以上の魔法薬づくりの才能があり…!?

落ちこぼれ[☆1]魔法使いは、今日も無意識にチートを使う

右薙光介

既刊6巻

最低ランクのアルカナ☆1を授かったことで将来を絶たれた少年が、独自の魔法技術を頼りに冒険者としてのし上がる!

価格:各1,200円+税

自衛隊×異世界ファンタジーの決定版！
最新巻好評発売中！！
ゲート
GATE
SEASON 2
自衛隊　彼の海にて、斯く戦えり
柳内たくみ 著
Yanai Takumi
既刊5巻
価格：各1700円＋税

月が導く異世界道中
Tsukiga Michibiku Isekai Dochu
あずみ圭
Azumi Kei
既刊15巻＋外伝1巻
2021年
TVアニメ化決定！！
神と人族から
見捨てられた男の
異世界世直しファンタジー
価格：各1200円＋

続々刊行中!

話題の新シリーズ

転生・トリップ・平行世界…
様々な世界で主人公たちが
大活躍する新シリーズ!

この面白さを見逃すな!

レベル596の鍛冶見習い

寺尾友希　既刊1巻

鍛冶師を夢見るノアは生活のため自力で集めた素材で農具を打っていた。だが、素材はどれも激レアで!?無自覚で英雄越えのレベル596になった少年の物語が始まる―!!

最強Fランク冒険者の気ままな辺境生活?

紅月シン

最果ての街にふらっと来たFランクの少年、ロイ。新人と思いきや実は魔王を倒した勇者だった!!ロイの無意識なチートで街は大きな渦に呑まれていく…

既刊2巻

神に愛された子

鈴木カタル

善行を重ね転生したリーンはある日、自らの称号に気づく。様々な能力は称号が原因だった!!更に伝説の聖獣に呼び出され…!?

既刊5巻

初期スキルが便利すぎて異世界生活が楽しすぎる!

霜月雹花

転生後、憧れの冒険者になるが依頼は雑用ばかり…。しかし、持ち前の実直さで訓練を重ね、元英雄が認めるほどの一流冒険者に!?

既刊4巻

前世で辛い思いをしたので、神様が謝罪に来ました

初昔 茶ノ介

神様にお詫びにもらった全属性魔法を使用し、転生後まったり森で暮らしていたサキ。しかし、魔物に襲われていた人間を助けたことで波乱の幕が上がる…!?

既刊1巻

チートなタブレットを持って快適異世界生活

ちびすけ

ケントはタブレットを持ったまま異世界に来てしまった…雑用係としてパーティに入れてもらうが、チートアプリのお陰で家事にサポートに大活躍!?

既刊2巻

大自然の魔法師アシュト、廃れた領地でスローライフ

さとう

魔法適正「植物」のため実家を追放されたアシュト。第二の人生はスローライフと考えていたが、レア種族がどんどん集まって来て!?

既刊4巻

勘違いの工房主

時野洋輔

「戦闘で役に立たない」とパーティを追い出されたクルト。工事や採掘の仕事でも役立たず…と思いきや、実は戦闘以外の全適正が最高ランクで!?

既刊5巻

愛され王子の異世界ほのぼの生活

霜月雹花

アキトは転生者特典のガチャで大当たりを引き、チート王子として生を受けた。戦争や国の大事業に巻き込まれるが意地でもスローライフを目指すことに…!!

既刊2巻

追い出されたら、何かと上手くいきまして

雪塚ゆず

紫の髪と瞳のせいで家から追放されたアレク。素性を伏せ英雄学園に通うと桁外れの才能で人気者に!!実は彼の髪と瞳の色には秘密があり――!?

既刊3巻

水しか出ない神具【コップ】を授かった僕は、不毛の領地で好きに生きる事にしました

長尾隆生

シアンは成人の儀で水しか出ない神具【コップ】を授かり、順風満帆な人から一転、追放される。しかし、【コップ】には秘…あり…!?

既刊2巻

不遇職とバカにされ…実際はそれほど悪く…

カタナヅキ

生まれながらの…援魔術師」「…が最弱の不…国を追放さ…しかし、鍛…たる力に…

既刊5巻

前世は…

アル…

既刊4巻

既…

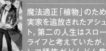

二人の身を案じて忠告してみれば、時を同じくして短い悲鳴が上がりよった。じゃが、叩いたり殴ったりの物理的暴力の音はせんし、声も先の悲鳴以外聞こえん。見当外れじゃったか。

「そんなことしませんよ。じっくり目を見て分からせるだけです」

目を開けずに少しだけ表情を変えてにこりと微笑む梟は、なかなか怖い顔をしておったよ。紫梟がいるのに、外ばかり気にしていても始まらん。とりあえずできることからやろうと思い、儂は紅茶とコーヒーの試飲の準備を始める。儂の動きを見て、ナスティも手伝いをしてくれてな。バザルは直立不動で固まっとるよ。

粉コーヒーをスプーンで一杯掬《すく》ってカップに入れる。全員で試すか分からんが、儂らの分と合わせて八杯。紅茶はカップとポットを温めるところからじゃ。緑茶はひとまず儂のだけでいいじゃろ。いや、気を紛らわせる為にバザルの分も用意してやろう。儂の取り出す道具や茶葉を観察する梟は、しきりに首を動かしとるわい。

粗方支度が終わった頃、やっと隣の部屋から四人が戻ってきた。男性二人が満面の笑みで、女性二人は先ほどとまったく変わらん顔色じゃ。

「注意と反省は終わったみたいですね」

儂の所作も見ていた梟が、四人へ顔も向けずに告げた。

「では改めましてご挨拶を。シトリネマット商業ギルド総責任者のチエブクロと申します」

両の翼を大きく広げ、真っ黒な内羽根を見せてくれた紫梟。

「アサオ・セイタロウじゃ」

「ナスティアーナ＝ドルマ＝カーマインと言います～」

儂らも自身の名を教えて、それぞれ握手を交わした。

続いて男性と女性も自己紹介をしてくれるかと思ったが、何も口にせん。

「この四名の名前は覚えなくて構いませんよ。アサオ様たちとの取引窓口は、私になりますから。その連絡要員としてバザルさんに動いてもらいます」

「ぁ……ぁ……あ、ふぇ⁉」

ギルマスの宣言を耳にして、瞳を縦横無尽《じゅうおうむじん》に泳がせるバザルは、まともな声を上げられず、意味のある言葉も発せておらん。

「何ケ所も建物を巡らんで済むならそれに越したことはないが、ギルマス自身で担当をせんでもよくないか？　多少高価な品を扱うと言ったって、儂は行商人でしかないんじゃぞ」

「アサオ様の持ち込まれる品々は特別なのですよ？　これ以上の粗相をして、取引中止になんてなったら取り返しがつきません。スールの街と同じ扱いなんて考えただけでも……だからこその人選となります」

自分で口にした台詞を噛みしめて、チエブクロが身震いする。

「スールは酷かったからのう。ただし、アレ以降は全員真っ当じゃったよ？」

「そう思っていただけて幸いです」

柔和な笑みを浮かべたかと思えば、それに相槌を打つようにバザル以外の職員が全員笑顔になった。一見すれば確かに笑っておる……なのに目が一切笑っとらん。外面を取り繕うにしたって、もう少し頑張らんか。

バザルだけは他の職員と違い、ナスティの隣で未だにあわあわしておった。

「難しいことを話す前に、皆で一服しようかの。喉を潤すには、ちぃとばかし刺激が強いかもしれんが、コーヒーを飲んでみてくれ」

ナスティがコーヒーカップに湯を注ぎ、皆へ一つずつ配る。砂糖は使うかどうか分からんので、小瓶のまま置いといた。

儂はバザルと自分の分の緑茶を淹れていく。淹れたての茶を勧めると、バザルはぎこちない動作ながらも受け取ってくれた。

全員、それぞれの飲み物で喉の渇きを和らげる。儂とナスティは飲み慣れたものだし、バザルにしたってついさっき飲んでいたものじゃ。驚きがなくて当たり前。初めて飲むギルド職員組はのぅ……五人がてんでバラバラの反応を示しとる。

チエブクロは何かをぶつぶつ呟いとるし、渉外部門長は全身を小刻みに震わせとるわい。資材調達部門長が涙を流して喜び、女性の片方が身体を硬直させて目を見開き、もう一人は不思議な踊りを披露する、何とも奇妙な絵面になってしまった。

「それが安いほうの粉コーヒーじゃよ。買ってくれるなら、卸値はこれまでの街と同じで構わん」

儂が言い終わるのを待っていたのか、チエブクロが羽ばたいて目の前に着地する。するとすぐさま儂の右手をしっかと握ってきた。何度も何度も頷き、『お願いします』と言っとるよ。

「……あれ？　もしかして、この飲み物も高いんじゃ？」

ほぼ空になった湯呑みを儂に見せてくるバザル。てっきりおかわりを頼まれたと思ったので、注ぎながらこくりと頷いといた。それを見たバザルは、また錆《さ》び付いたような動きになってしまったわい。

そんなバザルを横目に、ナスティは飲み干したコーヒーカップを置いて湯呑みに緑茶を淹れ始める。チエブクロたち五人も緑茶の存在に気になって仕方ないんじゃろな。ナスティに目で訴えかけよるが、

「欲しいなら～、ちゃんと言わなきゃダメですよ～」

「「「「「ください！」」」」」

異口同音《いくどうおん》。タイミングまで一緒じゃった。

その後、温かい緑茶から紅茶の試飲に移り、豆から挽《ひ》いたコーヒーまで試すに至った。それなりに高級品に慣れている面々のはずじゃが、全員が腹をたぽたぽにするほど飲んでいたよ。

粉コーヒーも含めた全種類をなるべく早い段階で卸してほしいと頼まれたもんじゃから、手持ちの一万ランカずつを早速取引したわい。女性二人は常日頃から金銭を扱っとるんじゃろうな。非常に慣れた手付きで勘定《かんじょう》しとった。現時点でのレシピ使用料も一緒に手渡されたので、予想以上の現

金を手にすることになったぞ。

それらの取引とは別で、儂の欲しい食材などの情報提供を頼んでみた。カタシオラのほうが輸出入が盛んらしいが、地理的に王都寄りの産地もあるはずじゃからのぅ。『もしかしたらあるかもしれん』くらいの淡い期待でも、依頼しておけば見つかった時に嬉しいでな。

あとは、儂を含めた家族を『様』付けで呼ぶのには、断りを入れておいた。地位や衆目《しゅうもく》に気を付けねばならん大店《おおだな》の店主でもなし、儂は一介の行商人じゃ。それにギルドとはあくまで対等な立場のはずじゃて。

商業ギルドでの契約と卸を済ませて、儂とナスティは帰路につく。ついでにギルドでいろいろと仕入れをしていこうかと思ったが、扱っている品数が豊富すぎたんでな……またの機会にした。

それにギルドと儂の間で金を回したところで、経済としての動きが足りんはずじゃ。儂一人でできることなどたかが知れとる。それに、いろんな店との交流を持たなければ、折角の街住みも意味が薄れるからのぅ。東西南北それぞれの区画を楽しまんと、もったいないわい。

そういえば、ナスティが儂に同行したのにはわけがあってな。商業ギルドでカードの更新をするのが一つ。あと帰りがけに石屋へ寄ることなんじゃと。

石屋と聞くと、儂の記憶では墓石を扱う店くらいしか思いつかんが……ナスティの話を聞くに、どうも建材屋に近い感じじゃった。

石の他にも丸太や板、屋根に用いる樹皮なんかも扱っとるそうじゃよ。大きな店になると、鉄に銅、錫《すず》あたりの柱や板までも取り揃えているらしい。

今向かっている店は小規模ながらも品揃えがいいそうじゃ。何より、帰り道からさして逸れずに寄れるってのが良い感じじゃよ。寄り道や道草はかなり好きなんじゃが、帰宅しても晩ごはんの支度などのやることが待っとるでな。あまり時間を無駄にできんよ。

……なんて思いつつも、新しい店には興味が湧いてしまうのがヒトじゃろ。ナスティが加工に使う石を選ぶ間に、一通りの商品に儂は目を通した。ついつい、気になったものを端から買い漁ってしまったわい……クリムたちの木工部屋に使えそうだったり、台所の改築に良さげだったりしてのぅ。

軍資金に余裕が出来ると、あれもこれもと買いたくなるもんじゃて。それが生活を豊かにする資材なら尚更で、自分では止められん。

こんな時に羽目を外さんように制止してくれるはずのナスティは、自分に必要な石を選んでいる真っ最中じゃからの。なんとか自制心を働かせて、これ以上は買わんようにせんといかんな。

ナスティの求めた石材と、儂が購入した資材を合わせたら結構な金額になった。運搬も儂らで行えるから、店主がかなり安くしてくれて助かったわい。

購入前の商品を《浮遊《フロート》》で移動させていたのにも驚いておったよ。便利な魔法なのに、運送を生業にする者以外はほとんど使っていないそうじゃからな。重量に比例して消費魔力が増えるせいで、使い勝手が悪いと思われとるのかもしれん。

もし職に困っているならば、十分な賃金を払うから手伝ってほしいとまで言われたのには吃驚じゃった。【無限収納《インベントリ》】と併用したら、食事の店を開かずとも食い扶持《ぶち》くらいは稼げそうじゃよ。

買い付けを終えた儂らは、いくらか食材を集めてから帰宅した。昼ごはん時を跨いでおったから、儂とナスティはパン屋や出店で済ませとる。

各々に料理入りの鞄を持たせとるから、食事に困る心配なぞしていなかったんじゃが、どうにも夢中になりすぎて食べることを忘れていたらしい。

帰ってきた儂とナスティの顔を見て、まず畑を作っていたカブラが腹を鳴らした。次に焼き場の調整をしていたルーチェも、腹がけたたましい音を立てる。作業部屋を弄《いじ》っていたクリムとルージュは、涎《よだれ》を垂らしながら儂とナスティに飛びかかってきたわい。

バルバルは手伝いがてらに木っ端などを食べていたみたいじゃな。それでも、食事には足りなかったようで、ナスティに甘えとるぞ。

唯一ロッツァだけは、腹の虫に悩まされたりしとらんかった。

「アサオ殿、この魚は生でも良い味だったぞ。炙《あぶ》るともっと美味くなりそうだ。ぜひ、今夜の一品にしてくれ。こちらの貝はとても硬かったが、身の味は抜群だ。見てくれの割に、貝柱が小さいのが残念だがな」

浜からの斜面を上ってきたロッツァが、大小様々な魚介類を儂に見せる。ただ獲るだけでなく、味見もしてくれとるからのぅ。料理をする際の参考になるってもんじゃ。

「こやつらがそこらの船底を突《つつ》いて悪さをしていた。いや、あの音は齧っていたのだろう。漁師の舟も旅をしてきた船もお構いなしで、相手を選ばずでな。目の前で沈まれては気分が悪い。根こそぎ退治したが、脂のりは良かったぞ」

そう話すロッツァの持つ網袋には、吸盤のような口を持つ魚がわんさか入っておった。大きいもので2メートル強、ほとんどが1メートル前後じゃな。細長い茶色の身体に規則正しい点々。記憶している顔立ちとは違うが、これ、アナゴかのぅ？　生のままだと毒を持っていたような気がするんじゃが……

「少しばかりピリピリしたが、まぁ大丈夫だと思う」

ロッツァの自己申告を鵜呑《うの》みにするわけにはいかん。念の為、《鑑定《エヴァルア》》で見てみたら、ロッツァは毒に侵されてはなかった。ただし、魚のほうは微弱ながら毒持ちじゃ。少しばかり腹が下る程度の、極々弱い毒じゃがな。並大抵の攻撃じゃびくともしないロッツァでも、毒を含めた状態異常の耐性を持っておらんからのぅ。無理や無謀は注意しておかんと。

「これは大丈夫じゃったが、見た目では分からん毒持ちもおるんじゃ。水辺の強者であるロッツァも、油断と慢心はいかんぞ」

「うむ……そうだな。以後、気を付ける」

ロッツァの攻撃方法は、基本が噛みつきじゃからな。獲物が体液や皮膚《ひふ》に毒を持っていたんじゃ何かしら対処法を考えんと、思いがけない事態に陥《おちい》るかもしれん。さりとて、それまで漁も狩りもできんでは可哀そうじゃし……

「ロッツァの知っている毒のない獲物以外は、とりあえず直接攻撃禁止じゃな。漁師たちに教えてもらうか、儂が鑑定するしか手がなさそうじゃ」

「毒々しい見た目のものには、はなから手を出さん。ひとまずは、学ぶとしよう」

一応、納得してくれたらしいロッツァの希望を聞いて、儂は夕飯の仕込みを始めるのじゃった。

《 12　外出と料理 》

王都にやってきてから、家族の皆が自身のやりたいことを見つけ、それぞれの居場所を確保しとる。

儂は近所の散歩と買い出しが日課じゃな。その他にも、新たに見つけた食材の美味しい食べ方を探しとるよ。初めて来た街だからって、そんなぽんぽん目新しい食材が見つかるわけないと思っていたんじゃが……野菜は今まで見てきたものと大差なくても、肉と魚はそれなりに違うもんじゃよ。系統とでも呼べばいいんじゃろか、ある程度の種類に分かれておってな。なかなか面白いことになっとるわい。

どれも魔物でなく普通の生き物らしい。魔物の肉や魚が欲しければ、冒険者ギルドに依頼する。それがこの王都では普通とのことじゃよ。

そうは言っても、王都近辺は魔物の生息数が少ないそうでな。満足な量を賄《まかな》えないみたいじゃ。

絶対量が足りないから、必然的に値段は高め。それに見合うだけの味や満足感があるかと言えば、そうでもない。まぁ金持ちの道楽になっとるのが現状……なんて教わったよ。

魔物を倒しての一攫千金《いっかくせんきん》が狙い難いからか、王都の冒険者は雑用や小間使いばかりが仕事らしいぞ。その為、腕に覚えのある者や、名を上げたい者、身の丈に合わない夢を抱く者などは、王都を離れてしまうんじゃと。

街の規模の割に冒険者を見かけないと思ったら、そんなことになっとるのか。雑務をこなすのが冒険者だと言われたら、確かに夢も希望もないからのぅ……安定した生活は見込めそうじゃがな。

肉屋で仕入れてきた馬肉を、《鑑定《エヴァルア》》で見ながら台所で調理していく。食中《しょくあた》りも寄生虫も怖いから、必要な時は迷わず《駆除《リドペスト》》を使おうと思っとるが、今のところ出番はなさそうじゃ。最優先で購入した調理器具は配置し終えているから、台所に不満はありゃせん。何かしら思うところが出てきたら、その都度、買い足したり移動したりすればええからのぅ。

買ってきた馬肉は、脂の少ない赤身肉じゃから、非常に噛み応えがあり、肉の味が強いはずでな。それを活かしてみたくて、馬肉に塩胡椒と香草をすり込んでいく。

馴染ませる為に少し休ませたら、直方体に近い塊の六面全てに焼き目を付けて、低温のオーブンでじっくり火を通す。オーブンから取り出しても、慌てて切らずに冷えるのを待つんじゃよ。

そうすれば、ローストビーフならぬローストウマ？の完成じゃ。これは昼ごはんのおかずというより、晩酌《ばんしゃく》の肴じゃな。

その他にもウマの内臓で味噌煮込みを作ってみたが、これは匂いが強烈じゃった。以前に作ったヌイソンバのモツ煮込みより、もっと好き嫌いがはっきりと割れるじゃろう。

誰が相手でも、嫌いなものや苦手なものを無理強いする気は儂にはない。そんなことをしたら、最悪食べること自体を嫌がることになるかもしれん。そんな事態は避けたいからの。

「アサオ殿、また匂いの強い料理を作ったな」

苦言を呈しているかのような口ぶりのロッツァじゃが、その顔は綻んでおる。儂の作ったウマの煮込みに対する期待が大きいみたいじゃよ。

「ニンニクとショウガ、それにたくさんのネギを入れても臭みが消えん。味噌も使っとるのに、内臓の匂いのほうが勝っとるよ。これは子供たちには無理じゃろう？」

「かもしれん」

ロッツァは儂の問いに困ったような表情で答えたが、ふと何かを思い出したらしい。にやりと笑い、無言で頷いとる。

「そうだそうだ、言い忘れていた。崖下の海中に、我が通れる広さの洞窟《どうくつ》があったぞ。行き止まりまで行ってみたら、頭が三つしかない小さなヒュドラが隠れていたよ。毒を持っている好戦的な輩ばかりと思っていたのに、弱腰で綺麗好きのようだった。悪さもしないし、迷惑もかけないから、このまま平和に暮らさせてほしいと懇願された。機会があれば、アサオ殿も会ってみぬか？」

ただ漁をしているとばかり思っていたロッツァが、儂の思いもよらぬことをしていたみたいじゃ。

「この家の下におるのか？」

「いや、洞窟は予想以上に長く、曲がっていてな。進んだ時間から考えるに、ここより随分離れていると思うぞ」

自身が進んだ方向を目で追っているんじゃろ。ロッツァの視線が家から離れて、海のほうへ向いておる。その後も何度か首を振っておったが、止まるまでそれなりの時間がかかったわい。結局終着点となったのは、家から見える隣の崖の方角じゃ。まさか、あの下ってことはないと思うが……行ってみんことには分からんな。

「折を見て行ってみよう。しかし、ヒュドラと言えば大蛇や竜の類じゃろ？　街の近くで暮らすものなのか？」

「普通はないと思うが、幼い子供だったからな。安全を考慮して親が置いていったのかもしれん。ほれ、アサオ殿も言っていたではないか。灯台……なんとかってやつだ」

「灯台下暗しじゃな」

「そうそう、それだ。近すぎると見逃されるのだろう？」

喉に閊《つか》えた骨が外れたように、何度も頷くロッツァじゃが、『見落とす』のであって『見逃す』ではないぞ。

「まだ先の予定になるのだろうし、まずは食事にしないか？」

ウマのモツ味噌煮込みが入った寸胴鍋に視線を定めたロッツァが、儂を見ることなく提案してきた。

時間も丁度昼時。その案に乗り、皆に昼ごはんだと知らせると、てんでバラバラの場所にいたはずなのに、ほぼほぼズレなく全員が食卓に揃う。

昼ごはんのおかずに味噌煮込みを少しだけよそってみたが、予想通り子供らには不評じゃったよ。口直しにと頼まれた天ぷらうどんは、作ったそばから食べ尽くされ、ロッツァと儂の胃袋を満たす量が残ることはなかったわい。

昨日ロッツァが獲ってきた、アナゴっぽい魚だけは食べられたがの。目打ちからの開きをする技術なぞ持ち合わせとらんのでな。適当に捌《さば》いて天ぷらじゃよ。サクサクの衣を噛むと口の中でほろりと身が崩れる。なかなかの美味で、ナスティを含めた大人組には特に大好評じゃった。

ロッツァに提案された『ヒュドラと会う』ことも、早速今後の予定に組み込もうかと思ったが、まずは冒険者ギルドと王家に面談してからじゃな。

そう心に決めて、儂は晩ごはんの支度を万端に済ませた。アナゴっぽい魚がまだまだたくさんあってのぅ。天ぷらの他は蒲焼《かばや》きと煮アナゴくらいしか知らないが、とりあえず知る限りのアナゴ料理を作り上げたんじゃ。ウナギと同じように使う発想しか浮かばん自分が憎いわい……

アナゴ料理はウマの煮込みと違い、ルーチェたちにも人気を博したよ。

「また獲ってね。お願い」

なんてロッツァに頼むくらいじゃからな。う巻き風に仕立てた『ア巻き』が特に好評で、ナスティはうざくのようにした『アざく』を気に入っておった。これだけ好いてくれるなら、ウナギを探すのも検討してみるかのぅ。

夕食後の一服ものんびり過ごして、温かい風呂に入ってから儂らは寝た。

翌日、まだ朝日も昇らぬうちに、カブラが寝床をあとにしたんじゃよ。話を聞いてみれば、畑いじりが楽しくて仕方がないんじゃと。それで目が覚めたから、様子見をしてこようかってことらしい。霜《しも》が降りるほどの寒さでないし、夜明け前から世話することもないじゃろ。それに様子見しようにも、暗くて何も見えんて。

「種の状態は分かるんやで？」

とカブラは言っとったがのぅ……あんまり最初から根を詰めすぎると、飽きるのが早くなるなんてこともあるからな。

熱いお茶でカブラの気持ちを落ち着かせて、その間に儂は朝ごはんの準備を始めよう。白いごはんにダイコンのお味噌汁。あとは漬物と玉子焼き、焼き魚にしておくか。まだ美味しいパン屋を見つけていないので、ごはん食の優先順位が高くなっとるわい。

ほっと息を吐いたカブラは、良い具合に肩の力が抜けたんじゃろ。朝ごはんをきっちり一人前食べてから畑に向かった。

起きてこない子供たちの朝食は、出来立てを鞄に仕舞って、ナスティに預けておいた。もし足りなければ何かしらを自分らで作るはずじゃ。

儂はロッツァと共に家を出る。連日海に出ていたロッツァは、今日は街中に出たいらしくてな。それならば儂と一緒に行動しようとなったんじゃよ。

今日の面会相手の冒険者ギルドは、先日聞いた話じゃさして混雑しとらんそうじゃし、ロッツァと二人くらいなら混乱は起きんと思う。

それにロッツァが獲ってきた魚介類の、食べられない部分が非常に立派でな。もしかしたら素材として売れるかもしれん。そうなれば、今後も主目的は食材獲りにしても、それ以外の部分がロッツァの稼ぎになると思ってのぅ。

金や物に興味を示さんロッツァも、子供たちへ小遣いをあげたり物を買い与えたりなんてことを考えるかもしれんじゃろ？

その時になってから用意するよりも、前以て準備してあれば手間が省けるってもんじゃ。それに金を工面する手段は、なるべく多く持っていたほうが安心できるのも事実じゃて……万が一の事態は常に想定しておかんとな。

ロッツァと街中を歩いて辿り着いた冒険者ギルドは、三つの建物に分かれていたよ。正面真ん中にあるのが、受付などを含めた事務処理をこなす場所。神殿や商業ギルドの建物より格段に小さいが、普通の民家と比べれば、床面積は延べ数軒分はくだらんじゃろな。基礎部分が石造りで、壁と屋根は木材をふんだんに使っとる。老若男女種族も問わず、疎《まば》らながらも出入りがあるわい。

儂から見て右側に建てられとる倉庫は、討伐した魔物を引き渡す場所じゃな。今は、大八車《だいはちぐるま》が一台入っていき、その荷台には灰色ウルフが三匹載せられていた。絶対数が少ないとは言え、魔物の討伐依頼はあるからのぅ。もっさりと草が詰められた籠を背負う若者も、この倉庫へ足を踏み入れとる。素材などを一ヶ所にまとめているのかもしれん。

左手にあるこれは、建物と呼べんじゃろ。儂には布張りの大型テントにしか見えん。しかし、良い匂いを漂わせとる。冒険者向けの食堂らしい。ちゃんと調理する場所があって人がいる。そして出来上がった料理を食べる卓と椅子が備えつけてある。見ている限りでは、メニューは二種類しかなさそうじゃが、子供でも十分支払えるくらいの安値じゃったよ。

真ん中の建物にロッツァと一緒に入ってみれば、中はせせこましく区切られていた。それぞれ担当部署が違うみたいでな。天井からぶら下がった看板の他に、色分けされた案内図らしきものが足元に描かれとる。

「用事があるのはギルマスじゃから……」

案内図を眺めるも、それらしき場所は描かれておらん。ならばと看板を見たんじゃが、結果は同じじゃ。周囲を見回しても、この場所に慣れた冒険者たちは、脇目も振らずに目指す場所に行ってしまってな……誰にも聞けず仕舞いじゃった。

「相手は一番偉いのだろう？　だったら奥へ行けばいいのではないか？　ダンジョンでも洞窟でも、ボスがいるのは最奥だからな」

ロッツァはそう言いながら、入り口から真っ直ぐ進んでいく。

「確かにそちらが奥で当たっておるが、目指す相手はボスじゃないからのぅ」

「立往生《たちおうじょう》しているよりはマシであろう。それに向こうから声をかけてくるかもしれんぞ？」

確かにこのままいたら、あとから来る者の迷惑になるな。

混雑している箇所が別にあるので、人ごみをかき分けつつ歩くなんてことをしないで済んだ儂らは、あっという間に壁際まで行けてしまった。

そこには深い緑色の布が垂れ下がり、その左右には掲示物が貼られているのみ。

「どこにおるんじゃろな？」

儂が呟きながら来た道を振り返ろうとしたら、

「お待ちしていました」

そんな声と共に、緑色の布が巻き上がっていきよる。

静かに幕が上がっていくのを、儂はロッツァと二人で眺めていた。周りにおる者は誰一人として、気にする素振りを見せておらん。

上がり切った幕は、緞帳《どんちょう》のように畳まれた。その状態を見上げていたら、正面から再び声がかかる。

「どうぞこちらへお入りください」

てっきり隠されていた壁が見えるとばかり思っていたのに、出てきたのは木枠でな。その枠内に深い緑色の髪を持つ女性が二人おる。先日も会ったギルマスと副マスじゃよ。どうやらこれは窓枠で、この中は部屋になっとるようじゃ。ただし、奥行きがなく狭っ苦しい感じがするんじゃが……これ、ロッツァと一緒に入れるんじゃろか？

ギルマスに促された出入口を見れば、そちらも布を巻き上げる方式になっとってな。カーテンで遮るだけの簡易なものじゃったよ。間口が九尺くらいはあるから、ロッツァと二人でも十分通れた。

部屋の中も、外から見た時より広く感じる。奥行きは今通った出入口とさして変わらんから九尺ほど。儂が壁だと思っていた部分全部が部屋の辺になっとるようで、もの凄く横長じゃった。幅広なウナギの寝床とでも呼べば良いのか……一直線の細長い廊下としか思えん造りなのに、等間隔に明かりと書棚などがあってな。一応部屋の体を成しておるよ。

「この部屋が執務室になるのか？」

「えぇ。建物内で優先すべき施設を配置していったら、余ったのが壁際だけだったそうです。それでこんな間取りになったらしいですけど、私たちがいる部屋なんてこれで十分ですよ」

深緑の長髪を巻き上げて、ソフトクリームのように盛った副マスが、頭を揺らしながら話す。

「それに問題や用事が出来たら、現場に向かえば良いだけですからね。書類整理ができて、休憩がとれる。それ以外に求めるものはありませんよ」

髪を短く切ったギルマスが、頷きつつ言葉を付け足した。

「だったらここに来ないで、家に招いたほうが良かったんじゃな。すまんことをしたのぅ」

「いえいえ。御足労頂いて、こちらこそ恐縮です」

慌てて両手で煽ぎ、頭も横に振ったから、盛られた髪がぷるぷる揺れて今にも折れそうじゃ。その上、何度も頭を下げるもんじゃから、崩れ落ちそうでな。そっちが気になって仕方ないぞ。これは儂だけでなくロッツァも同じみたいで、その視線は頭髪から離れんよ。

そんな儂らの様子にギルマスは笑顔じゃった。

「盛りすぎなんですよ。また皆さんの視線が釘付けじゃないですか」

「仕方ないでしょー。ここにいたいって言うんだからー」

笑顔のままギルマスが指摘を入れれば、副マスは顔を顰めて左手で髪を撫でる。するとどうじゃ。もぞもぞとソフトクリームが動き出してな。ぽっかりと割れた隙間から、身長10センチほどの女の子が出てきたよ。若葉のような淡い緑色の髪を持ち、若草色のワンピースを身に着けていた。

儂と目が合っても驚かず、ふわりと広がるスカートの裾《すそ》を摘まんで優雅な振る舞いを見せてから、また髪の中に戻っていった。

「守護精霊ちゃんを邪険にはできませーん」

「はいはい」

頬を膨らます副マスを適当にあしらい、ギルマスが儂に向き直る。ほんわかしていた空気感と目つきが変わった。いろいろ質問したいところじゃが、今日の面会の用件を聞かんとな。小さな卓を挟んで儂らは向かい合う。

「さて、本題に入ります。アサオさん、もし余剰在庫がありましたら売ってください」

ギルマスの言葉と同時に、副マスが冊子を差し出してきた。開かれたそれには、魔物の名前が羅《ら》列《れつ》されており、素材となる部位が書かれとる。他にも野草やキノコ、樹木や鉱石なども載っていた。ついでに引き取り価格もな。

「素材そのものの大きさや状態で増減しますので、これはあくまで参考価格となります」

「お肉も卸してもらえると嬉しいです」

そんなことを言いながら、副マスは二冊、三冊と追加していく。こちらは食用のものが抜き出されとるんじゃろな。我が家の食卓に並ぶ魔物や魚の名前が載っておるからの。

「我らが食べる素材は売れん」

儂より早くロッツァが答えた。

「そうじゃな。残った部位なら、いくらでも売れるから、それでどうじゃろか？」

「ありがとうございます。素材だけでも、大変ありがたいことです」

にこりと微笑み、食材の冊子を引き下げていくギルマス。それを引き止め、副マスが冊子を奪いよる。儂とロッツァそれぞれの前で再び広げた。

「まだ獲っていない魔物や生き物が載っていると思います。良かったら見てください」

らんらんと輝く瞳を儂とロッツァに向けておる。何を期待しているか丸分かりじゃが……この冊子は儂としても読んでみたいからのぅ。覚えておいて損もないし、じっくり見させてもらおう。

ロッツァと二人で冊子を見ていたが、いまいち情報が足りん。魔物の名前などが載っておるのに、肝心の見た目が描かれていなくてな。どんな姿か絵で見られれば、もっと使い勝手が良かろうに……

ロッツァも儂と同じことを考えていたんじゃろ。見たことある魔物の絵を儂が描いたら、ロッツァも筆を咥えてやってくれたよ。ただ、ロッツァに絵心はなかったようで、儂にも何を描いているのか分からんかった。

同じヌイソンバの絵を描いたはずなのにのぅ……なんで足の先に三本の線が出とるんじゃ？　赤《あか》鹿《しか》に頭は一つしか付いてないじゃろ……それでも興に乗ったらしく、鼻歌混じりで描き続けていたよ。

「おぉ、そうじゃ。今の時点での持ち合わせを伝えておかんとな」

さらさらと書き出したリストを儂が渡せば、ギルマスと副マスは二人して覗き込んでいた。ここ数日でロッツァが獲ってきた魚や貝の殻などは、現物を手渡してみたんじゃが、それらにも価値があるようで、二人がリストに書き足していたよ。

なんだかんだと会話しつつ冊子を眺めていたら、時間が結構経ってしまってな。小腹が空いたし、喉も渇いた。まだ読みかけの冊子を置いていくのも、二人にまた時間を作ってもらうのも気が引ける。そんなわけで、この部屋で食事と相成った。

行儀は悪いが、読みながらでも食べられる物をと思って、サンドイッチやバーガーを選んでおいた。あとお茶も出して、四人での昼食となった。

途中で二人に用のある職員さんが来て、その人たちの分の食事も追加したがのぅ。儂の提供した料理は、食べながらでも打ち合わせができると、随分評判が良かったわい。

冊子を粗方覚えた儂とロッツァは執務室をあとにした。帰りがけにリストの素材を卸してほしいと頼まれたので、それらを置いての帰宅となった。

品数と量があるから、査定に時間がかかるらしく、現金化できるのは数日後なんじゃと。急ぎで換金する必要もないから、誰か使いの者に連絡してもらえるように頼んでおいたよ。

商業ギルドのように連絡員を用意するも良し、その都度、冒険者に依頼するも良し。その辺りは冒険者ギルドに一任じゃ。ちゃんと連絡が来るならば、どんな手でも儂は構わんからのぅ。

《 13 次の面会までにやってしまおう 》

先日の商業ギルドに続き、昨日の冒険者ギルドとの面会も無事に終えられた。これで残すは明日の王家のみじゃ。

面会したどちらのギルドからも、無理難題を吹っ掛けられるようなことはなかったし、今後も取引を続けられそうじゃよ。もし妙なことを言ってくるようだったら、二度と会わんと決めていたからな。金の工面なぞ儂にはまったく難しくないことじゃて。神殿経由で今まで寄った街に行けば済むからのぅ。多少は面倒じゃが、買い物ついでと思えば苦労と感じんじゃろ。

しかし、王家は分からん。何かちょっかいかけてくるかもしれんし、何も言わんかもしれん。クーハクートの親戚《しんせき》じゃから……確率は五分五分かの。一応、実力行使や喧嘩別れも念頭に置いておこう。

今日は朝から料理研究をしようかと思ったが、クリムとルージュに頼み事をされてな。今は木材ダンジョンに一人で潜っておるんじゃ。

王都で買った木材は、二匹にしたら柔らかすぎて細工し難いそうじゃよ。だもんで、もう少し硬い素材を欲しがってな。【無限収納《インベントリ》】に仕舞ってあったイレカン湖周辺の樹木と、ヌイソンバを狩った時にへし折った樹々を並べてみたが、どちらもお眼鏡《めがね》に適《かな》わなかったらしい。

残り数本になったジャミの森の大木を出してみれば、クリムがその彫り心地を気に入ったようじゃった。ルージュはダンジョン産のエルダートレントが、好みに嵌まったみたいじゃよ。

しかし、手持ちの少なさから、存分に与えられん。子供の欲しがる物なら、なんとか用意してやりたくてな。それでフォスの街を経由して木材ダンジョンに向かったんじゃ。

冒険者ギルドマスターのゴルドに話を通しておいたから、一人で潜っても文句は言われんよ。以前も一人で行動したからのぅ。目当ての素材が落ちやすくなることを考えれば、単独行動に限るってもんじゃ。

儂以外にもダンジョン攻略をしとる子はおるが、《索敵《レコナ》》を見ながら人のいないほうを選んで行けば、誰とも出会わず、迷惑をかけずに下まで進めるんじゃよ。余計な戦闘はなるたけせずに、ずんずん下層を目指していく。中ボス部屋の順番待ちもなかったので、暇をかくこともなかったよ。

まずはルージュへの土産をたんまり確保した儂は、ダンジョンを出た足でゴルドのところへ向かい、木材以外の戦利品を卸してやった。これが単独で潜ることの条件じゃったからな。植物系の魔物以外、儂が必要と思う物はなかったしのぅ。欲しがる者へ分配するのが、一番良いことじゃろて。

フォスの街を去る前に、木工職人のポニアにもいくらか木材を融通しておいた。これでまた茶筒を頼めるってもんじゃ。あとは家具も頼んでみた。そちらは材料以外に、寸法を書いた紙も一緒に渡したのじゃよ。

もしかしたら他の工房に仕事を振るかもしれんと言っていたから、加工賃と手間賃を先払いしておくことも忘れん。この工房で作ってくれるならば、後ほど清算すればいいだけじゃからな。

次に向かったのはジャミの森。儂がこの世界に来て最初に寝ていたあの祠《ほこら》じゃ。

祠周りの森に手を入れて、光と風が通るように樹々を間引いていく。難しい選別はできんが、ここは鬱蒼《うっそう》とした森じゃからな。儂の適当な手入れでも、それなりに効果を見せてくれるじゃろ。途中、レッドベアや赤鹿が飛び出してきたが、敵意剥き出しの者以外は相手にせん。それでも数週間分くらいの食料を得られたぞ。

祠を通ってそのまま帰ろうかと思ったが、ちょいと気になる物が見えてな。儂が初めて立ち寄った村が、もの凄い発展をしておったんじゃ。

少し教えただけのうどんが特産品になり、村の名前にまでなってしまったらしい。『ウドゥンの村』と名乗り、訪ねてくる者もそれで認識しとるんじゃと。

名前に恥じぬようにと、日々うどんの研究を重ねとるそうじゃ。ダシをとるキノコの種類、醤油の分量や具材の大きさを変えて、幾度も実験しとるみたいじゃよ。うどんを打つ際の水分量も天気などで微妙に変化させると言っておったし、もう儂が作るより遥かに美味いうどんを提供してくれとるわい。

ほんの数日しかおらんかった儂など、記憶の隅に追いやられていると思ったんじゃが、あの時村に住んでいた人たちは皆儂の顔を覚えていたよ。それでいろいろ聞けたんじゃ。まぁ会話だけでなく、土産として様々なものを渡されてしまったがのぅ。

皆代金を受け取ってくれないから、まとめて村長さんに渡しておいた。村長さんも断っておったが、儂は村の人と対等な立場と思っとるでな。施しを受けるつもりはないと言ったらやっと、渋々ながらも代金を手にしてくれたわい。

そういえば村長さんは、随分と若返った印象じゃった。そのことについて聞いてみたら、面白い答えが返ってきたんじゃよ。

「適度な運動に豊富な栄養、十分な睡眠だけですよ。あと影響があるとしたら、領主が交代してくれたので、心労がぐんと減りましたね」

うどんを打つ仕草を儂に見せながら、村長は笑っておる。痩せ細った住人が一人もいない……豊かで笑顔の絶えない良い村に変わってくれたようじゃった。

《 14　王家と面会 》

「じいじだけが行くの？」

左手に白飯を山盛りにした丼を持つルーチェが、儂の正面の席で聞いてくる。海苔《のり》の佃煮《つくだに》で、白飯の山頂部分を黒く染めとるが、それもすぐに崩してな。儂が答える前に、ごはんの山は見る影もなく消え去っておるよ。

ほっぺたにおべんとつけたままのルーチェが、次に箸で摘まんだのは玉子焼き。最近のルーチェが好んでいるダシ巻き玉子じゃ。それをひと口大に切って持ち上げとる。その玉子焼きも儂が口を開く前にはなくなってしまったわい。

「儂だけでいいじゃろ。家族で来いとも言われとらんし、何の話をするのかも分からん。面倒なことにならんよう祈るだけで、できることなら無視したいところなんじゃよ……あの執事さんとクーハクートの顔を立てる為に、行くだけ行くがのぅ……」

王家なんて貴族の親分なんじゃから、きっと偉そうにしてふんぞり返ってるんじゃろ？　クーハクートは違ったが、前に出くわした盗品を集めていた貴族なんて、態度だけ大きいクズじゃったし……あれで、貴族に対する印象が悪くなったんじゃったな。地位や金の有無で人を量るような輩には、最低限の面通しで十分じゃよ。

「アサオさんが思ってるほど～、ここの王家は悪くないですよ～」

どうやら考えが表情に出ていたらしく、ナスティが苦笑いじゃ。ルーチェの隣に座っておるから、儂の表情の変化がよく見えたんじゃろう。

「民を苦しめる政策なんてありませんし～、わがまま放題とも聞きませんから～」

味噌汁を飲み干したナスティが、ごちそうさまと手を合わせてから湯呑みを取る。ルーチェの朝ごはんももう終盤らしく、〆《しめ》の漬物を齧っておった。

「じいじのより美味しい料理は期待してないけど、何か珍しい物が見れるかなって思ったんだよね」

緑茶をひと息で呷ったルーチェは、ぷはっと息を漏らしながらそう話す。

「……普段お目にかかれない物は多そうじゃな……それらの見物だけでもしてみるか？」

「そだね。お茶を飲みながら見れるかなぁ？」

熱い緑茶を飲む儂の前に、ルーチェは空の湯呑みを差し出してきた。ナスティも同時に腕を突き出す。二人の湯呑みに緑茶を注いでやれば、ふーふーと息を吐いて冷ましながら飲んでいく。親子のように同じ所作をしとるよ。

お茶を飲みながらと言っても、湯呑みを持ち歩くわけにもいかん。となると水筒に茶を入れておくか。水筒、いや魔法瓶……作れると便利なんじゃが、こちらの技術ではまだ無理じゃろな。魔法瓶の作り方なぞ知らんからのぅ。

完成品が分かっていても、構造を説明できん儂には、職人さんたちに頼みようもないわい。今日のところは、アイテムボックスである鞄に竹筒を仕舞っておいて、魔法瓶作りは余裕が出来た時にでも考えるとしよう。

調理器具や食器を片付けて、ロッツァたち留守番組の昼ごはんを作り終えた頃、王家の使いが来た。先日、儂との約束を取り付けた執事さん直々のお出ましじゃったよ。

「おはようございます。早速ですが、あちらに馬車を用意させていただきました。御準備が出来次第、御同行願えますか？」

仕立ての良い執事服は黒……いや、非常に濃い紺色じゃな。白いシャツに、蝶ネクタイ。服もシャツもぱりっとしとるから清潔感に溢れとる。それに対して儂とルーチェは旅をする時の恰好じゃ。余所行きの服なんて持っとらんし、特別な服ってなるとキグルミじゃからな。あれで出掛けるなんてできんから、これが一張羅《いっちょうら》になっとるわけじゃよ。

執事さんが先導してくれた馬車にルーチェと共に乗り込む。御者は別の者がいるようで、執事さんも儂らと一緒に乗ってくれた。

城に着くまでの間に今日の面会の顔触れを教えてもらったが、一人以外は知らん名じゃった。役職名を付けてくれたので、お偉いさんがそれなりにいるとは分かったがな。とりあえずクーハクートがいるみたいじゃから、気負わずに済むじゃろ。

話によれば、クーハクート一行は昨日の夕方に港に着いたんじゃと。船員を含めた誰一人、体調を崩した者がいなくて、港湾関係者が首を捻っていたらしい。船旅と聞いたから、野菜と果物をできるだけ積み込むべきと助言したのが、きっと功を奏したんじゃろ。

食べ物と睡眠が充実していて、船酔いさえしなければたぶん健康でいられる。仕事のある船員さんは多少疲れとるかもしれんが、クーハクートたちは元気いっぱいなはずじゃ。

車窓から見える景色を執事さんが案内してくれた。国の歴史に絡めつつ建築物などを説明してくれたんじゃが、儂にはよく分からん。日本史も世界史も疎かった儂に、異世界の歴史などちんぷんかんぷんじゃよ。笑顔を絶やさずうんうん頷くしか、儂にできることはなかったわい。

城門を潜る際、多少速度を緩めた馬車は、執事さんが顔を見せただけで素通りじゃ。この人には、それだけの権限が与えられておるんじゃろ。しかし、儂もルーチェも武器の持ち込みなどを確認されとらんぞ？　城内で暴れられる危険を考慮していないんじゃろか？　それとも儂らを抑え込めるだけの力量を持つ者がおるとか？

……見える範囲に強者はおらん。魔道具で封じられている感じもせんし……あまりにも不用心じゃから、あとでクーハクートに言っておこう。

そんなことを考えている間に、馬車が停まるのじゃった。

馬車から下りた儂とルーチェは、執事さんを先頭に歩いとる。儂とルーチェを囲むように騎士さんが五人配備されてな。護衛と言うより護送のほうが正しい表現な気がするぞ。

騎士さん五人は、全身を甲冑《かっちゅう》で包み、顔も見せん。儂らと接する反対側の腕で槍を持ち、剣も佩《は》いておる。全員、儂より頭一つ分以上は背が高いが……弱い。武器も魔法も使わずに儂一人で難なく勝てる。騎士さんたちより、執事さん一人のほうがよっぽど強いぞ、これ。

城へ入り、何度か角を曲がったら、開けた通路へ出る。その通路の片側は柱と腰下くらいの壁だけでな。綺麗な刈り込みをされた植木がよく見える。執事さんがちらりとそちらを見ておるから、どうやら目的地はその先みたいじゃよ。

植木の隙間からほんの少しだけ覗く花は、色とりどりの薔薇《ばら》や鉄仙《てっせん》、向日葵《ひまわり》に菜の花、椿《つばき》に牡丹《ぼたん》まで咲いとるぞ……儂の知る花と同じならば、咲き誇る季節がバラバラなのに、綺麗に咲いておる。丁寧な仕事をする植木職人さんが、きっとおるんじゃろうな。

執事さんが言うには、なんでも儂に配慮して、中庭での面会になったんじゃと。正式な謁見《えっけん》の儀を執《と》り行おうと思っていた王家の面々に、クーハクートが『やめろ』と一言宣ってから、

「そんな場に来てもらっても、ものの数分でいなくなる」

と続けたらしい。相手が面食らっている間に畳みかける手法は交渉として間違っておらんが、もう少し言い方ってもんがあったじゃろ？

まだ影響力の大きいクーハクートの提言を渋々呑んで、王家としての妥協点を探った結果がこの茶会みたいでな。しかし、そのせいで儂は知らんうちに、重鎮たちから少なくない反感を買ったそうじゃよ。ついでにクーハクートも睨まれたそうじゃが、そんなもん暖簾に腕押しじゃよ。

儂もクーハクートも、反感を持っているような輩の相手をする時間なぞ持ち合わせとらん。面会を求めた相手のところに出向いてきたというのに、見える範囲が赤点表示ばかりなのはそういった

理由からじゃったか。原因が分かって少しばかり納得したわい。

この敵対意思を示しとる者らが、何か仕掛けてくるならば反撃するだけで、それは表立ってやられても陰から狙われても変わらん。『いのちだいじに』の信条を捨てるつもりはなくても、やられっぱなしは性に合わんからな。そこまでのお馬鹿さんがいないことを願うが……こればかりは分からん。

「《索敵《レコナ》》」

入城する前から使っていたが、身内の恥を晒《さら》してくれた執事さんに手の内を明かすのも一興じゃろ。そう思って《索敵《レコナ》》を披露したんじゃが、執事さんはまったく動じず、騎士さんたちが慌てふためいとる。

そのまま全員が一斉に身構えて赤点表示に変わった。しかし、この場でそれ以上何もできんじゃろ。執事さんに牽制されて、ルーチェに睨まれとるからな。力量の差が見抜けんほどの弱者でなければ、無用な争いは起こさんはずじゃ。

「儂から率先して敵対行動はせんよ？」

「分かっております。友誼《ゆうぎ》を結ぼうとお呼びした事実に変わりはありません。至らなかった場合は、どうぞ遠慮なくぶちのめしてください」

優しい笑みを浮かべる執事さんは、そう答えてから儂とルーチェを連れて、面会の場へ足を踏み入れた。騎士五人は誰も動けん。庭まであと数歩の位置に取り残されたまま、腰砕けとなり、その場にへたり込むのじゃった。

通路から庭へ入ると、大輪の花に囲まれた回廊を進んでいく。植木の高さは切り揃えられており、どれもが儂の腰ほど。ルーチェの背丈だと辛うじて頭が出るかどうかかのぅ。だもんでルーチェは、時折弾んで周囲の様子を窺っておる。

植木の並びが変わり、ぐるりと大きな円を描く。直径50メートルほどのそこには、豪奢《ごうしゃ》なテーブルがいくつも置かれておった。テーブルの上には、見るからに砂糖の塊な茶菓子と、余計な装飾がこってりと付けられたティーポットが置かれとる。

「うわぁ……美味しくなさそう……」

一目見ただけで、ルーチェがそう漏らした。小さな声じゃから、儂くらいにしか聞こえん。

「儂もそう思う。あれを用意した者とは、絶対に気が合わん」

儂の答えにルーチェがくすりと笑う。

執事さんが立ち止まり、儂とルーチェに道を譲った。どうやらここから先は二人で行くらしい。

儂の正面におるのが王様なんじゃろ。恰幅《かっぷく》の良くなった若いクーハクートって感じじゃが、その顔には少しばかり疲れが見える。

あとの面々は厚化粧に盛り盛りヘアー、髭に禿げに小太りのっぽ、おっさんおっさん、じいさんばあさん……誰を見ても見てくれだけは豪華に着飾っとるわい。金に糸目をつけない無駄な装身具。虚栄心《きょえいしん》と優越感を満たすのに必死なんじゃろな。これは、自身に似合うかどうか以前の問題じゃよ。

それらと比べたら、クーハクートの品の良さが際立つってもんじゃ。身の丈に合った衣装に綺麗な仕立て。身分を知らしめつつも、相手を不快にさせない程度の装飾品。何よりとても似合っておる。これが一番じゃて。他はもう一言『ヒドイ』と言うだけじゃから。

ルーチェより少し年上の男の子と女の子もおったが、見事に服に着られとる。

「これは、早々と帰宅することになりそうじゃよ……」

「私ももういいかな……」

儂とルーチェは二人して、既にこの場に来たことを後悔するのじゃった。

茶会の参加者に辟易《へきえき》していた儂とルーチェじゃが、一歩前に踏み出さんことには話が進まん。このまま回れ右をして帰りたい気持ちしかないが……ぐっと堪《こら》えて前を向く。

儂とルーチェの恰好を見て、あからさまに侮蔑《ぶべつ》の目を向けてくる輩の多いこと多いこと。幼子も年若い男女も似たような視線をしとってな。周囲にいる大人の真似をするのが子供じゃて……純粋培養《ばいよう》、英才教育の賜物《たまもの》じゃ。他人を見下すのなんて朝飯前なんじゃろう。

今の状況で笑えるルーチェと儂は、少しばかりおかしいのかもしれん。いや、クーハクートも黒い笑みを浮かべとるから、想定通りにことが運んでいるのかもしれんな。敵意や害意を見せてくれれば、《索敵《レコナ》》で篩《ふるい》にかけることが容易《たやす》いからのぅ。

「よくぞ参られた。私はレメネ十九世と申す。伯父上の話に聞く通りの御仁《ごじん》のようだ」

正面で儂を待ち構えていた男性が、両手を広げて迎えてくれる。名乗ってくれたが役職は言ってくれん。一目で分かるような、王冠や王笏《おうしゃく》などは持っていない。それでも立ち居振る舞いが他の者とは雲泥の差じゃ。しかし、伯父だったとは……そこまで王家と近しいとは思わなんだぞ。

「クーハクートが何を教えたかは分からんが、ここは行商人の爺を呼びつけるような場所じゃないと思うんじゃよ。面通しさえできれば、用事は済んだんじゃろ？　儂もルーチェも忙しい。お前さんも同じじゃろうから、これで失礼するとしよう」

「はーい。ばいばい」

跪《ひざまず》くでもなければ、畏《かしこ》まるでもない。そんな儂らの姿勢に、周囲の者は呆気にとられておる。

しかし、名前だけしか教えずに、地位を伝えないのは相手の落ち度じゃ。知ってて当然、知らぬは恥……なんて考えは横暴だと思うんじゃよ。儂はこの国の民でないから、知らなくたって不思議じゃない。クーハクートから話に聞いていて、《鑑定《エヴァルア》》もしているから、目の前の彼が『国王』だとは分かるがの。

「こ、ここここっ国王陛下に失礼な！」

カイゼル髭の小太りなおっさんが、顔を真っ赤にして怒り出す。儂の左後方に立つこの男は、儂を指さしながら激高しとるよ。茶の席をぐるりと囲む騎士にも喚《わめ》き散らす。

「……不敬である」

銀色の髪を真っ直ぐ垂らした男性も一言告げて、その懐へ手を差し入れた。その隣に立つ、白地に金の刺繍《ししゅう》が施されたローブを着る禿げ頭は、既に何かしらの呪文を唱えとるわい。この二人はカイゼル髭よりか信頼されとるんじゃろ。もう少しばかり国王の近くにおった。

この茶会の席順は、国王の信頼が厚い者ほど近くにおられるそうでな。国王やクーハクートは《索敵《レコナ》》が儂の味方と示しとるが、離れれば離れるほど赤くなっとるんじゃよ。それで儂の態度に即座に反応したこの三人は、真っ赤っかじゃった。

「のぅ、クーハクート。これは敵対と見做《みな》していいんじゃよな？」

「構わんぞ。カタシオラを出る前に渡された物を持参しているから、私と甥《おい》家族は安全だ。怪我くらいまでに抑えてくれたらありがたいな」

国王の左後ろにいたクーハクートは、儂の贈った湯呑みを片手に寛いでおった。いつの間にやらメイドさんも傍らにおるし、先ほど案内をしてくれた執事さんも国王を守るように陣取っておる。付与してあった諸々の魔法も問題なく発動しとるから、あっちの心配はせんで良さそうじゃ。

儂らが会話しとる間に粗方の準備を終えたらしく、

「捕らえよ！」

短く叫んだカイゼル髭の命に従った騎士が躍り出る。

「《堅牢《スタウト》》、《加速《クイック》》、《結界《バリア》》」

儂とルーチェを魔法が覆う。

「……城内で魔法が使えると思うなよ」

いや、何の問題もなく効果が現れとるよ？　銀髪男の言葉に首を傾げる儂へ、驚きながらも彼は間合いを詰めてきた。懐に仕舞っていた腕は抜かれ、その手には櫛状《くしじょう》の刃を持つ短剣が握られておる。

「《泥沼《スワンプ》》、《麻痺《パラライズ》》」

使えるはずがない魔法を再度普通に使われた男は、一瞬だけ戸惑いの表情を見せたものの、躱そうと進行方向を変える。足を取られまいと跳んで避けるが、あまりにも無策で無防備じゃよ。儂の隣でルーチェが鞄に手を突っ込んで笑っとるわい。

「危ないよ？」

言いながら手を引き抜いたルーチェが、石礫を投げた。

「……甘い」

短剣で弾道を逸らしたが、跳ぶ勢いも減らされとる。それに一発だけだと思い込んでおらんか？ルーチェの鞄には、わんさか石が詰まっとるんじゃぞ？　それこそ数え切れんくらいな。

――ほれ見たことか。何度も何度も投げつけられる石礫に、銀髪男は押されとる。投げられた弾の勢いを上手に利用して、地面に落ちないようにしとるみたいじゃが、徐々に大きくなる石に弾かれ、麻痺沼に叩き落とされてしまったわい。豪華な衣装に綺麗な銀髪まで泥まみれ。その上、麻痺までしとるから表情はよろしくないぞ。

さっきのクーハクートとの会話からかなりの時間が経っているが、派手派手ローブの禿げ頭の魔法が飛んでこない。見ればうつ伏せに倒れて詠唱をやめておった。どうやら弾かれた石礫の流れ弾

にやられたようじゃ。腹と頬に手を添えて回復魔法を使っとるみたいじゃが、仲間を助けんのか？　それに呪文を唱えている最中に、無防備なのはいかんと思うぞ。

「《沈黙》《サイレス》」

と魔法をかければ、必死に口をパクパクさせる禿げ頭は諦めたらしく、地面に突っ伏した。

「だ、第五騎士団長と、第三魔導兵団補佐長が……」

最初に動いた騎士たちは、儂らを遠巻きに囲っただけで近付かんかった。どうにも流れ弾を恐れておってな。今はルーチェと儂に熨《の》された二人を見て、言葉に詰まっとるよ。

「あぁいかん。植木が傷ついてしまったぞ。これで治るかのぅ、《快癒》《ヒールオール》」

「ごめんなさい。水あげるから許してね」

倒した二人と、流れ弾に当たってしまった不運な騎士を放置して、枝葉が抉《えぐ》れた植木を儂は癒していく。それに付き添うルーチェは、鞄から取り出した樽から、盛大に水を撒いていた。

「栄養も与えんと治りが遅いかもしれん」

「だったら灰もだね」

儂とルーチェは、ジャミの森の腐葉土に、エノコロヒシバの灰も付け足して撒いていく。

沼に変容させた地面や折れた植木を直した儂は、ついでに騎士たちも治してやる。多少の怪我は勘弁してもらおうと思ったが、放置しといたらいらん恨みを買うことになりそうじゃからのぅ。治療を施したところで、さしたる労力でもないでな。

庭をぐるりと囲んでいた騎士たちは、全員が全員儂に敵意を示したわけでもなかった。全体の四分の一くらいは、国王やクーハクートを守ろうと動いておったからな。それが事前に割り振られていた役割によるものか、自分らの信念によるものかは儂には分からん。

「《治療《パナシア》》、《治癒《エイド》》」

末端の騎士たちの怪我を治してやれば、儂に対しての敵対表示は消えていた。未だに赤く表示されるのは、ルーチェに倒された銀髪騎士とカイゼル髭、その取り巻き連中くらいか。

取り巻きは流れ弾に当たることもなかったようでぴんぴんしとるが、儂らを見る目には若干の怯えが見え隠れしとるな。しかし、危険察知能力は非常に高そうじゃ。取る物も取り敢えずで逃げ出すか、騎士を盾に隠れておったからの。

この惨状を見て笑っているのはクーハクートだけで、平然としているのがメイドさんたちじゃった。国王も平静を装おうとしとるが、表情が強張ってしまっとる。懐刀の執事さんによる鉄壁の守護があっても、怖かったんじゃろうな。

身を挺《てい》してくれた騎士とメイドに国王が何かを告げると、儂の後方へ向かって走り出す。そちらにいるのは銀髪騎士とカイゼル髭。それに、傷を癒して《沈黙《サイレス》》も解いてやった派手ローブか。

暴れる危険を考えて、《暗闇《ダスク》》と《虚弱《フィーブル》》を三人にかけて、ついでとばかりに《浮遊《フロート》》もおまけで付けてやれば、騎士四人がかりで一人を持ち上げとる。両手両足を持たれて運ばれていく三人の様は、人というよりも物や動物扱いじゃな。

ぎゃーぎゃー喚き散らす姿は、最後の虚勢《きょせい》を見せとるようじゃ。駄々を捏《こ》ねる幼子に見えんこともないか……

そんな様子を見せられた取り巻き連中は、最初からいなかったかのように痕跡すら残さず消えておった。甘い汁を吸い、利権を得る為に互助関係を結んでいたはずじゃろうに、見切りを付けて切り捨てるのは早いもんじゃよ。

この場にいた事実がなかったことになるわけでもなし、遅かれ早かれ何かしらの沙汰《さた》があるじゃろ。それは儂が口出しする領分ではないからのぅ。偉い人たちに任せよう。

「それで、儂らは帰っていいのか？」

「いや残ってくれ。顔と名を覚えてほしい者だけは残ったのだからな」

悪童の顔をしたクーハクートが、儂に答えてくれた。

「しかし、植木を直すよりも、騎士たちを治すほうが弱い魔法なのだな」

「当然じゃ。巻き込まれてしまっただけの樹木と、自身に責のある者……どちらを優先するべきかは一目瞭然《いちもくりょうぜん》じゃろ？」

「うんうん。植木さんは何も悪くないもんね」

儂とルーチェの答えに、クーハクートは大笑いする。その後ろに控える国王は、笑うべきか咎めるべきかを悩んでいるようじゃった。

「庭師さんにも謝罪をせんと……とりあえずこの肥料を渡してもらえるかのぅ」

先ほど撒いたジャミの森の腐葉土とエノコロヒシバの灰を、執事さんに手渡しておく。儂が直接会える機会が得られるか分からんのでな。それに口頭だけでの謝罪より、物を添えたほうが『形ある誠意』って気がするじゃろ？

「さてとアサオ殿、予想以上にすっきりできたよ。ありがとう」

クーハクートが、すっと頭を下げた。しかし、姿勢を正した時は真面目な表情をしていたのに、ものの数秒で崩れていく。いつものお気楽隠居の顔に戻ったクーハクートは、

「これが甥で国王だ。まぁ、名前くらい覚えていても損はないと思うぞ」

隣を指さしながら軽く言い放つ。紹介された国王は苦笑いじゃよ。

「伯父上、これとはまたぞんざいな扱いですな……」

「自分の部下たちを躾《しつ》けられないような者は、そんな扱いで十分だろう？　大事な客人と言っておいたのに、こんな問題まで起こしてからに」

口答えしようとした国王じゃったが、クーハクートに口では勝てんじゃろ。

「えっ⁉　『良い機会だから、膿《うみ》を出し切れ』と言ったのは、伯父上じゃないですか」

「知らんなぁ」

素知らぬ顔のクーハクートに、しどろもどろな国王……どちらが今回の絵を描いたのかは、誰が見ても分かるってもんじゃ。それに演じていたはずの国王から、素の状態に戻っておらんか、これ。

「それに何ですか、あの桁外れの魔道具は？　私たちを包んでも余りある《結界《バリア》》だなんて――」

「魔道具じゃない、湯呑みだ。しかし、いい湯呑みだろう？　ほっと一息吐いた時も守りは万全なのだ」

クーハクートが見せびらかすように持ち上げた湯呑みに、メイドさんがおかわりを注ぐ。急須から注がれた茶を呷れば、湯呑みの底に貼り付けた透明な宝石がきらりと輝いておるわい。

「万全なんてものじゃありませんよ！　昨日見せてもらった揺り籠も非常識でしたし――」

「あれもこれもアサオ殿が作ってくれたのだぞ」

傾けていた湯呑みを指さしたクーハクート。湯呑みと儂の間で何度も視線を往復させる国王。儂はこくりと頷くのみじゃ。

儂らの会話に飽きてしまったルーチェは、鞄から湯呑みと茶菓子を取り出して、メイドさんたちと一服し始めてしまったわい。メイドさんもクーハクートに勧められとったからのぅ。国王の前だというのに剛毅《ごうき》なもんじゃ。そしてメイドさんの持つ湯呑みは、クーハクートのものより一回り小さいだけでな。それ以外の効果は全て同じにしてある。

大きさの他はそっくりじゃから、国王も気付いたらしい。メイドさんの持つ湯呑みを震える手で指さした。儂はまた頷く。するとどうじゃ、糸の切れた人形のようにしゃがみ込んでしまった。

「疲れたのかな？　それともお腹が空いたの？」

かりんとうを頬張っていたルーチェが、熱い緑茶と共に胃の中へ落としてから首を傾げるのじゃった。

国王は数人のメイドさんに抱えられながら連れられていく。これ以上の面会は、精神的にも肉体的にも難しいようでな。執事さんから、

「また後日でお願いします。その際は、今日のようなことは起こさせませんので」

と言われたよ。言葉以外に、執事さんからは銀色のメダルらしき物も渡された。貨幣ではなく、身分証になるそうじゃ。何かしら面倒事が起きた時にでも使ってくれと言っておったから、どこかで役に立つんじゃろ。これ以上の面倒事は御免蒙《こうむ》りたいもんじゃが……どうかのぅ……

《 15 王都をぶらぶら 》

予《あらかじ》め都合を付けていた面談を一昨日で全て終えた儂は、暫く暇になるはずじゃ。さすがに気疲れしたから、昨日は何もせんかったし、する気も起きんかったよ。

一日完全休養を挟んだおかげで、のんびり何かをするくらいの気力は戻ってくれた。目下のところ、誰かに会わなければいかん用事はもうない。だったら、王都を散歩して美味しいパン屋や八百屋を探そうと思ってな。今日はクリムをお供に歩いとるよ。

普通に街中を歩くだけでも、目を引く店が多いこと。王都に来るまで暮らしていたカタシオラも大きいと思ったが、王都は別格じゃな。並んでいる店の数が桁違いじゃわい。

街づくりの段階である程度の割り振りをしとるらしく、区画ごとに扱う品が分かれとる。しかし、兜《かぶと》専門店に帽子専門店。その隣に革鎧の店、金属鎧の店、石鎧の店、鱗鎧の店と順番に並べる

必要はあるんじゃろか……細分化しすぎておらんか？　盾を扱う店だって見えるだけで四軒もあるし……冒険者の数が少ないのに、食いっぱぐれは起きんのかのぅ。

儂とクリムに必要のない装備品でも、見ていると楽しいもんで、思わず手に取ってしまう。儂が気になったのは、何かしら特別な効果が付いている品じゃ。今まで軒先に並んでいるのをあまり見たことがなかったし、これから作る物の資料になるかもと思ってのぅ。

結論から言って、ほぼほぼ参考にならんかった。見た目と素材が変わっても、付いている効果がどれも同じでつまらん。冒険者が生き残る為に必要な効果は、防御力と攻撃力の底上げじゃからな。求められる物を売るのが商売じゃから、当然っちゃ当然なんじゃよな。

ただし、一点だけ面白い物があった。丸い盾に損耗《そんもう》軽減なんてものがあったんじゃ。壊れにくくて傷つきにくいから、修理の手間と金が減るそうじゃよ。

武器も防具も消耗品とはいえ、そう頻繁に買い替えなんてできん。ならばと思って、付与師が試しに作ってみたらしい。大きな声では言えないが、武器防具の売主側から相当なクレームが入ったそうじゃ……付与師自身も稼ぎが悪くなることに思い至ったので、現存する数少ない品なんじゃと。

いくつかの店で話を聞けば、この街は他所から来た冒険者の引退者数が多いらしい。危険な状況に身を置かずとも稼げる王都は、落ち着いた暮らしを求めるには十分じゃし、刺激が足りないと思えば他所へ行ける。腕っぷし一つで生きてきた冒険者ならば、王都周辺で狩りをすれば食うにも困らんか。少ないながらも、魔物も魚も獣もいるからのぅ。

元冒険者がこの辺りで行う狩り程度なら、一線級の装備品は必要ないらしく、一部を手放す者も少なくないんじゃと。だから、良い品が手頃な値段で手に入りやすく、旅の冒険者が装備品を更新するにはうってつけな場所になっとるようじゃ。それで細分化した専門店が軒を連ねておるんじゃな。納得したわい。

そんな店が立ち並ぶ中でクリムが欲しがった物は、色とりどりの鱗や鳥の羽根、あとは宝石などをあしらった装飾品じゃった。色や形は勿論のこと、値段もまちまちてんでバラバラじゃ。一番喜んでいたのは、星や雪の結晶などいろんな形を数珠繋《じゅずつな》ぎにしていた首飾りじゃな。

今までは木工品のデザインに、爪で付けた傷跡や、魚の骨、あとは儂らの見た目をモチーフに使っておった。となれば、これら仕入れた装飾品が、新しいデザインの一部に用いられるようになるのかもしれん。

なんだかんだと買い出しをしていれば、昼ごはんの頃合になる。王都の料理も気になっていたんじゃや。ただ出店が見つからんから、クリム同伴でも入れる店を探さんと……そう思って何軒か立ち寄ってみたが、従魔が一緒ではダメと全て断られたわい。場所によっては、獣人の来店も断っていると困惑顔で言われてしまった。

結局、パンを買って広場で昼食にした。小振りな丸パンを半分に割って【無限収納《インベントリ》】から取り出した燻製肉《くんせいにく》と野菜を挟み、マヨネーズとカラシで味付けじゃ。カラシが得意でないのにカラシ抜きを嫌がるクリムの分は、マヨネーズ多めでカラシ控えめじゃよ。

小さなバーガー一個じゃ物足りん儂らは、二個三個とおかわりをしていく。具材も煮込みハンバーグにトンカツ、サカナフライと様々じゃ。フィソロフに来る前に見かけたサバサンドも作ってみたら、これが思った以上に美味しいもんじゃったよ。案外焼き魚もパンに合うもんじゃな。

次々にバーガーを作って食べている儂らは、視線を集めていたわい。パンはパンだけで食べるのが普通じゃから、儂らの食べ方が珍しかったんじゃろう。

虎顔の獣人さんと鹿のような角を頭に生やした獣人さんが、それぞれ手に持つパンを割っておる。そこに肉屋で売られていた燻製肉を挟んでおるが、あれだけじゃ味が足りん。

燻製肉が炙ってあるならまだ肉汁が出るからいけそうじゃがのぅ。味のバランスと食感、パサつき防止の為にも、野菜に加えてソースなりタレなりが欲しいところじゃ。

ひと口齧っても思った味にならんかったようで、手に持つバーガーを残念そうに見ておった。そして美味そうに食べる儂とクリムを不思議がって見ておる。

そこで思い至ったらしい。野菜と何かを入れていたと。しかし手元にあるのは、パンと燻製肉じゃからな。儂らと同じ物を食べたい二人は儂の前にまで来て、

「「どうしたら美味しくなるの？」」

と単刀直入に聞いてきたよ。二人の食べかけバーガーを開かせた儂は、手持ちの葉野菜とマヨネーズを載せていく。辛い物は平気か問うてみたが、首を傾げるだけじゃ。香辛料を味わう機会に恵まれなかったらしい。

そう判断した儂は、ほんの少しだけカラシを付けてやり、二人にまた齧らせてみた。カラシの刺激に驚いていたようじゃが、がつがつ食べ進めとるから美味しいと思ってくれたんじゃろ。そんな獣人さん二人に倣ったらしく、儂の右側には二十名ほどの列が出来ていたよ。人種も性別も年齢すら関係なく、皆手に手にパンを持っておる。

「この場でお金をもらうと商《あきな》い扱いになって、後々面倒事になりかねんな……皆のお勧めの店を代金替わりに教えてくれんか？」

儂のこの提案に、皆が首肯する。

その後、店の名前や特徴、取り扱う品物などを教わり、非常に有意義な時間を過ごしたのじゃった。

《 16 来客 》

ちまちま続けていた家の改修はほとんど終わった。残るはカブラの畑くらいじゃが、あれは明確な終わりなどありゃせん。

手直ししている最中の家に客を迎えるわけにもいかんからと、再訪を打診してきた商業、冒険者の両ギルドに加えて王家も断っていたんじゃが、これで言い訳がなくなってしまったのぅ。

そんな中でもクーハクートの屋敷で働くメイドさんたちは、儂からの料理指導を理由に、受け入れていたんじゃよ。食事の支度は毎日行うし、我が家に来るメイドさんの半数以上はカタシオラからの同行組じゃから気心も知れとる。無理も言わんし、無茶もせんから少人数制の料理教室になったわけじゃ。それにクーハクートも、

「食事が美味しくなるのは大歓迎だ」

と賛同していたんじゃが……日を追うごとに態度が硬化してきたんじゃと。その理由は……実に子供っぽいものじゃったよ。

帰宅したメイドさんたちは、習った料理を早速披露していたんじゃが、その際、何があったかも一緒に伝えていたんじゃと。最初はにこやかに聞いていたのに、だんだんと渋い顔になりだしたそうで、一昨日はついに、

「自分も行きたい」

なんてクーハクートが駄々を捏ね始めたらしい。昨日、相談された儂も思わず目が点になったぞ。儂から教える料理なぞないクーハクートは、単なる客人になるからダメと断ったんじゃが……諦め切れんかったんじゃろ。ついに今日やってきて、庭でルーチェに相手をしてもらいながら、焼き鳥を自作しておる。

王都在勤のメイドさんたちは戸惑いつつも、『あぁまたか』くらいの反応で面白かったぞ。

「この焼き鳥はどうだ？　渾身の力を込めた出来だと思うのだが！」

左頬を炭で汚したクーハクートが、悪童顔で鶏もも焼き鳥を五本持って来た。味見してみれば、焼き加減、塩加減共に良い塩梅《あんばい》じゃった。メイドさんたちも、主人手ずからの料理に喜んどる。

「美味いもんじゃな。貴族を辞めて、焼き鳥の出店を開けるんじゃないか？」

「そうだろう、そうだろう」

儂の褒め言葉にご満悦の表情じゃが、メイドさんたちが少々慌てとるよ。

「しかし、隠居した素人が商いできるほど甘い世界ではあるまい。今の生活で十分満足だよ」

くるりと踵《きびす》を返した彼は、またルーチェの隣へ戻っていった。

「そういえば、王都では獣人差別が顕著なのか？」

先日、昼ごはんの時にあった店の対応を聞いてみたが、ここでは普通のことらしい。メイドさんは顔色一つ変えずに、首を横に振るのみじゃ。特定の種族を虐げているのではなく、余計な揉め事を起こさない為に、最初から住み分けがなされているんじゃと。

大まかに東西南北それぞれの地区で、対象となる客の種族が分かれているそうじゃ。それで先日対応してくれた店員さんが、困惑気味の顔をしていたのか。しかし、それならあの場で教えてくれればいいのに……

ん？　王都での常識を知らないとなると、このこと以外でも何かやってしまっている可能性があるな。あの茶会で最初から敵視されていたのも、ひょっとすると、それが関係しているやもしれん。

「そういえば、王家との面談で、国王への態度以外でも儂は何かやらかしたか？」

「簡単なこと。手土産を持参せず、手ぶらで参加しただろう」

顎髭に手を添えて首を傾げたら、そんな言葉が返ってきた。おかわりの焼き鳥を持参したクーハクートじゃったよ。今回はタレ味にしたらしく、香りが腹を刺激しよるわい。

「手土産？」

「何かしらの献上品を持ってくるのが一般的なのだよ。しかも今回は、茶会にしただろう？　茶葉なり茶請けなりを持ち込むのが慣例でな。それをアサオ殿は故意に破ったと思われていたのだ」

にやりと笑うクーハクート。持っている皿から漂うのは強い香ばしさ。見れば若干の焦げが付いておる。

「……儂、何も教えてもらっとらんぞ」

「だろうな。出会った誰もが、知ってて当然のことと思っていたのだろう。誰かが確認すれば多少違う結果になったかもしれんが……まぁ良い結果を得られたから良しとしようではないか」

「お前さんもその一人じゃろ？　いや、今回の絵を描いた張本人じゃろうが」

てへっと笑顔を見せとるクーハクートじゃが、可愛さは微塵もない。周囲を見回せば、メイドさんも似たような顔をしとる。こちらは少しばかりの可愛らしさを感じるわい。どうやら彼女らは何をするか知らされとったらしい。

「協力に感謝する」

「感謝などせんでいいから、何か新しい食材でもくれんか？　そのほうが万倍も利益になりそうじゃ」

軽口で応じた儂も、クーハクートにしてみれば想定内だったのかもしれん。指を一つ鳴らして、メイドさんにある物を取り出させた。それは爬虫類《はちゅうるい》のような表皮をした骨付き肉じゃった。

「船旅の途中で襲ってきた魔物の肉だ。アサオ殿と共にジャナガシラなどを獲ったトビーが仕留めたのだよ。デスロールと呼ばれる危険な魔物なのに、『これしきの相手に負けてられません！　アサオさんに笑われてしまいます！』なんて言って軽々と仕留めたのだぞ？　我が家のメイドに何を仕込んだのだ、いったい……」

卓上に置かれた肉は相当な重さで、机の脚が軋《きし》んでおる。家族総出で食べてもきっと残ると思うぞ。それほどの大きさじゃ。しかし、白っぽい肉質に鋭い爪、独特の模様を持つ鱗……これ、たぶんワニじゃろ。海にも生息しとるのか。

「何も仕込んでおらんよ。魚の角を譲ったのと、一緒に魚獲りをしただけじゃて。あぁ、メガマウロンドなんてものに出会ったくらいじゃな」

「……そういえば、そうだったな。あの経験で一皮剥けたのやもしれん……」

唸りながらそんなことを呟くクーハクートは、顎を擦《さす》ったせいでタレが付いてしまっとる。頬の炭汚れもあるから、立場のある者には見えんぞ。

デスロールの肉は儂への謝礼らしい。ただし、自分たちもここで試食していくんじゃと。まだ肉を屋敷に残してあるから、それらは留守番組と共に食べるつもりとも言っておる。

つまりは、新たな食材を提供しつつ、調理法を学んでいくって魂胆《こんたん》じゃよ。今までと変わらん。場所が違っても、儂らとの接し方は変わらんと、暗に示しとるのかもしれんが……悪戯小僧の顔をしとるから、深く考えすぎかのぅ。

その後、デスロールの脚肉を捌いて、ステーキやタタキを作って食したのじゃった。

《 17 ルーチェの発見 》

畑づくりに精を出すカブラに頼まれて、儂とルーチェはポテチを作っておる。作業の合間の休憩時間に軽く摘まめる物が欲しいんじゃと。それで、ここ最近植えた野菜は何かと聞けば、ジャガイモだと教えてくれたから、なんとなく作りたくなったんじゃよ。

最終的に美味しく食べられると、作り甲斐《がい》があるじゃろ？　そう思って、作り置きも含めて大量に仕込んでおるんじゃが、ちょいと量を間違えたかもしれん。儂らの前には、ジャガイモの小山が十を超えるくらいあってのぅ。

ポテチのみだと作るのも食べるのも飽きてしまう。実際、多少味付けを変えたところで、やることに変わりはない。薄くスライスしてから揚げて、味を付けるくらいじゃからな。ルーチェの希望でフライドポテトも作ることになったが、揚げた芋って大きな括りからは抜け出せておらん。

ルーチェがジャガイモをスライスして水に晒す。水気を切って揚げるのが儂の役目で、味付けはメイドさんの一人がやってくれとるよ。

小さいジャガイモのスライスは危険じゃから脇に避けてもらったが、これが思った以上に量があってな。ルーチェが親指と人差し指で作る輪より小さいジャガイモがゴロゴロしとるわい。これだけを別にして蒸かすのも面倒じゃ……いっそのことこれも揚げてしまえと、素揚げにしてやった。

しかし、このままだと芸がないからのぅ。ダシと醤油で揚げ煮にしておいた。これならば、カブラのおやつにも、晩ごはんのおかずにも出来るじゃろ。

「じいじ、ボウルの底に白いのいっぱいあるんだけど」

スライスしたてのジャガイモを晒していたボウルを、儂の前までルーチェが運んできた。さっきまでは、そのボウルから移したものを持ってきておったからのぅ。

「白いのはたぶん、でんぷんだと思うが、どれ。《鑑定《エヴァルア》》」

ルーチェが抱えているボウルの中身は予想通り、数センチほど堆積したでんぷんじゃったよ。ただ思わぬ副産物でな。これを乾燥させれば、片栗粉《かたくりこ》を作れそうじゃ。

「盲点じゃった……日本で使っていた片栗粉も、カタクリから作っているのなんてほとんどなかったわい」

「それ食べられるの？」

きらきらした目で儂を見るルーチェに、儂は頷く。

「このまま食べるよりも、いろいろな料理に使ったほうが美味しいぞ。小麦粉だってそうじゃろ？」

「そうだね！　これが何になって、晩ごはんに出てくるのかなぁ……」

ルーチェの中では、既に今夜の料理に化けておるらしい。まだ片栗粉を作れておらんし、上手く乾燥するのかも分からんのに……孫の期待を裏切らんように頑張ってみるか。

そんな儂の腹積もりを察してくれたみたいで、メイドさんがジャガイモの調理を替わってくれた。片栗粉作りの細かな手順など知らんでな。とりあえず《乾燥《シーズン》》をかけて水分を飛ばす。カラカラになった沈殿物は、ポロポロと割れてな。《鑑定《エヴァルア》》で見るまでもなく、まだまだ粒が大きい。砕いていくにしてもすり鉢……だと溝に詰まってしまいそうじゃよ。なので薬研《やげん》ですり潰してみた。すると思った以上に上手くいき、滑らかできめ細かい片栗粉になってくれたわい。鑑定結果にもちゃんと片栗粉と書かれておる。

出来の良さににんまりしていたら、別のメイドさんに奇妙なものを見るような目を向けられた。心外じゃが、知り合いが白い粉を手に持って笑っていれば、そんな顔もするか……

片栗粉で儂がぱっと思いつくのは『あんかけ』でな。寒風吹き荒《すさ》ぶほどではないが、まだまだ朝晩は冷え込んどる。ロッツァが好きなうどんをあんかけにしてもいいし、ただの白飯にダシあんをかけたって美味そうじゃ。

おぉ、そうか。まだあまり作ってなかった中華系もいいのぅ。天津飯《てんしんはん》や酢豚《すぶた》、八宝菜《はっぽうさい》、エビチリに麻婆茄子《マーボーなす》もいける。麻婆といえば麻婆豆腐もじゃな。日本で作っていたニジマスの唐揚げの甘酢あんかけも美味かった。

「じいじ、今言ったの全部作っていいよ！　皆で食べるから！」

再度、でんぷん入りのボウルを持って来たルーチェに、そう言われた。儂は考えていただけのつもりじゃったが、しっかりと声に出ていたようでな。メイドさんたちも無言で頷いておる。

儂が片栗粉を量産して、ルーチェたちがジャガイモのおかずとおやつを大量生産。あっという間に時間は過ぎていき、食材集めに出掛けていたロッツァがクリムとルージュを供にして帰宅した。

「今日は海藻がたくさん採れたぞ。ルージュがエビを、クリムはカニを仕留めたので、どちらかを今晩食べられたら嬉しい」

ロッツァの説明を補足するように、子熊二匹はそれぞれの獲物との戦いを演じていた。しかし、ルージュは脈絡なく動くから、エビの攻撃なのかルージュの攻撃なのか分からん。その点、クリムは賢くてな。カニの動きをした後で自身の身体の向きを変え、今度は自分の動作を伝えとる。

状況が伝わりにくいルージュじゃったが、儂らの前でやり切って満足したようじゃ。むふーと鼻から息を吐いて胸を張る。少し遅れてクリムの説明も終わったらしく、こちらはぺこりとお辞儀をしておった。

随分と違う育ち方を見せとる二匹も、その後は同じような行動でな。儂の腹部へ飛び込むルージュと、背中をよじ登るクリム。まだまだ甘えたい盛りの子供じゃよ。

ロッツァの希望を叶えつつ、ルーチェの願いに応える為に、今夜の主菜はエビチリに決まった。ルージュが捕まえたエビは、触角抜きで長さ1メートル足らず。ロッツァの話によれば、かなり小さいそうじゃが、儂の知るエビとは比べ物にならんほど大きい。

それが、今鞄から渡されただけで八匹。しかもまだ十匹以上残っているんじゃと。殻や触角は武器や防具の素材になるそうじゃから、今度冒険者ギルドに売ってやろう。

このエビは、下処理の手順も調理方法も、儂の知るもので問題なかった。エビチリの味付けに豆《トウ》板醤《バンジャン》がなかったのだけは残念じゃったよ。それでも手持ちの調味料が豊富になっとるからのぅ。儂以外の家族全員が満足できるエビチリになってくれたようじゃ。

メイドさんたちにも土産にエビチリなどを持たせたでな。そのうちクーハクートから感想が来ることじゃろう。

《 18　あんかけ祭り 》

片栗粉を作れた喜びから、儂は料理に精を出しておる。家族の皆も望んでおってのぅ。後押しがあるので、朝ごはんを済ませてからじゃんじゃん試作しとるよ。

世の中の移ろいを長いこと見てきたロッツァとナスティも、あんかけは初体験だったらしく、大層気に入ってくれとるわい。ソースを煮詰めて濃度を上げるなんてことも、あんまりしていないくらいじゃからな。儂の作るあんかけ料理は、新鮮に映るのかもしれん。ロッツァなんて、

「あんかけにしたら、何でも美味くなるのではないか？」

とまで言い出すほどじゃ。それをナスティが苦笑いで見ておったぞ。【無限収納《インベントリ》】に仕舞ってある煮込み料理は、一通り水溶き片栗粉で緩めながらも、トロみを付けておいた。

そしたら、どの料理も丼物への変身を希望されてしまってのぅ。まだ昼ごはんまで時間があるし、試食だと言っとるのに、危うく白飯がなくなるところじゃった。

ただ、煮込み料理を変身させると、汁ごと全部食べられるから味付けが濃くなりすぎじゃ。あんかけにする場合は、塩や醤油を減らしつつ、ダシを強めにするといった工夫がミソなんじゃよ。

著《いちじる》しい体形の変化や、体重が右肩上がりに増えていくなんてことは、家族の誰一人として起きておらん。病気になっとる者もいない。だからといって、際限なく与えるわけにはいかんじゃろ？

ただでさえうちの家族は、人様より食べる量が多いんじゃから、できることからコツコツとやって、肥満家族にならんように気を付けねばな。慢心、ダメ絶対ってやつじゃよ。

儂の手伝いをしているバルバルだけは他と反応が違って、トロみに対抗心を燃やしとるっぽいんじゃ。出来上がった料理の見た目や状態と同じように自分を変じさせて、儂に何かを伝えようとしとるが……よく分からん。

似たようなことができると知らしめたいんじゃろか……それとも変異のスライムに、自身の立ち位置を奪われたとでも思ったとか……細かな心情を掴み切れんから、こういったところでやきもきするのぅ。

……そうそう。今日来たメイドさんが教えてくれたんじゃが、クーハクートの屋敷でも片栗粉を作っているんじゃと。いくらかお裾分けしたあんかけ料理を、クーハクートが好いたらしい。そのせいで、一緒に渡した片栗粉が底を突きかけて、作るに至ったそうじゃよ。

ルーチェが原料を見つけた時に、メイドさんも居合わせたしな。作り方も難しくなく、魔法を使える者が、屋敷に相当数いるみたいじゃからな。

カタシオラから同行してきたメイドさんたちと違い、王都住まいの者らは、料理や下拵えに魔法を使うのに若干の抵抗感と疑問があったと言っておったが……完成品を見た後にはそれも消えていたと聞いた。美味しい物を食べる為ならば、固定観念から外れたっていいんじゃよ。

商業ギルドの連絡員バザルは、二日に一度くらいの頻度で我が家を訪れる。御用聞きとしての役割よりも、なるべく顔を出して親しくなれと言われとるそうじゃ。彼女は生真面目な性格で、馬鹿正直に全て話してくれてのぅ。

裏表ないのは美徳だと思うが、商人としてはどうかと思うぞ。儂としては好感が持てるからいいんじゃがな。その辺りも計算ずくで、チエブクロが人選したなら流石じゃよ。

今日は儂から商業ギルドに頼み事をしたくて、チエブクロにも足を運んでもらった。片栗粉の原料を集めるにあたって、料理屋に協力してほしくてな。その依頼によって何が作れて、結果どんな料理に姿を変えるのかを知ってもらう為にも、チエブクロ本人に来てもらったんじゃが……予想以上にバザルが喜んでおる。

どうやら連絡員の職務を全《まっと》うできたことが嬉しかったらしい。チエブクロは、儂の料理に感動したようで、しきりに首と口を動かしとるよ。味見程度はお願いしたいと伝えてもらい、昼過ぎの約束にしたのに、ものすごい腹減り状態で来たようじゃ。

チエブクロの話によれば、今回のような案件では強制力のない『お願い』しか出せないんじゃと。

だもんで、どれだけ集まるかは、蓋を開けてみんことには分からんそうじゃ。とはいえゼロってことはありえないから、多少は集まるかなくらいで考えておいてほしいと言われたよ。

「それで十分じゃ。片栗粉の材料を集めるのは手がかかるから、手間賃《てまちん》の負担は儂が持つでな。一度商業ギルドで立て替えてもらって、後ほど請求を回してもらう……でお願いできるか？」

「分かりました。そのように手配致します」

頼み事が終わったら、あとは試食の続きじゃ。役目と仕事が終わったバザルは、やっと舌鼓を打てるみたいでな。料理を少量ずつ皿に盛って楽しんでおる。

それに対して、チエブクロはまだ仕事が残っとるらしい。そりゃ、こんな大都市の商業ギルドマスターが、早引けできるわけないわな。

盛大に後ろ髪を引かれとるチエブクロには、持ち帰りの料理を渡しておいた。儂らの持つ鞄ほどではないが、それなりの容量を持つバッグを彼も持っておったからな。

「上手くいけば、こんな美味しい料理を食べる機会が増えるんですね……」

そんなことを言っていたチエブクロは、みたらし団子を頬張りながら帰っていく。

それと入れ替わりに、王家の執事さんが二人の若い男女を伴ってやってきた。二人の顔からは、少しばかりの緊張と、溢れんばかりの不安が滲み出ておった。

聞けば、クーハクートからの推薦《すいせん》と王たっての願いによって、ひとまず若手料理人を儂のもとに派遣して、修業させることに至ったそうじゃ。中堅以上の者は『王家の料理人』としての自尊心から、一市民に教えを乞うことを受け入れられんかったらしく、辞退したんじゃと。

雇用主の願いより自尊心が大事か……とはいえ表面上は従っておくべきとの打算から、若手に役目を押し付ける……人柱のように来させられたこの二人は、断れん立場なんじゃろう。

「聞かれれば教えるが、そもそも嫌なら断るんじゃぞ？　無理したって、何一ついいことはないからのぅ」

儂の言葉にメイドさんたちが無言で頷いた。

「嫌々やったって、一歩も前進しません。そんな人にアサオ様の時間を割くなど勿体ないです。その分、私たちが教わります」

そんな彼女たちを代表して、一人が厳しい物言いをする。

「どうするかは、貴方たち次第です。断ったからと言って、解雇や不当な扱いをすることはありません。受けるのも断るのも自由ですよ」

執事さんの言葉に、女の子が鋭い視線を向けた。

「……私やります。あそこにいるより、きっと自分の為になると思いますから。それにここにいれば、王の願いを叶えられるんですよね？　ならば迷いません。ご指導よろしくお願いします」

言い終わると腰から身体を折り、深々と頭を下げてきた。一緒にいた男の子は圧倒されるまま何も言わず、動けず終いじゃった。

《19　スープと紋章《もんしょう》》

執事さんが連れてきた若い料理人の女の子は、あの日から毎日我が家へ通っておる。メイドさんに交じっていろいろ体験しとるが、まだまだ見習いらしく手付きが覚束《おぼつか》ないんじゃよ。それでもやる気はあるようでな。だからこそ危なっかしいとも言えるが……前向きに頑張る若人《わこうど》は応援したくなるもんじゃて。

そういえば男の子のほうは正式に辞退したよ。あれ以来一度も顔を見ておらん。今回の件を断っても咎を与えることがないように、儂からクーハクート経由で忠告しておいた。

『断れるけど受ける』と『断れない』には天と地ほどの差があるからのぅ。まさか辞退した者を先輩たちが虐《いじ》めることはなかろう。そんなことをするような者が貴族の一員とは思いたくないんじゃよ。

城仕えをしている者たちは、元々が貴族家の次男坊以下らしくてな。今、厨房で包丁を握るこの子も、男爵家の四女と言っておった。貴族家の慣習や礼儀作法を、平民上がりに一から仕込むよりは、ある程度までの教育がなされている者を雇ったほうが、指導する先輩たちも楽じゃからな。昔からの習わしなんじゃと。

ある程度、能力や性格を鑑みるが、最終的には本人の希望を通してあげてるそうじゃ。『食べることが好きだから』と、料理人を希望したこの子は、やる気と味覚は冴《さ》えておる。

王家にあるのか分からんが、毒見役の資質も持っておった。聞けば幼い頃から、毒物に耐性が付くように育てられていたらしいからのぅ……貴族ならば必ず体験させられるとも言っとった。高い身分の者には、儂らが想像もできん苦労があるみたいじゃよ……

料理を基礎から教えることになった儂じゃが、初心に帰る機会を得たと思うことにした。

「野菜、魚、肉。一つも無駄にしちゃいかん。食べられる部位は残さず食べる。それが命を頂く儂らにできる、感謝の行動じゃよ」

そう言いながら儂は寸胴鍋で鶏ガラを煮込む。一緒に入っているのは、野菜の皮や茎などのクズ。今回はバルバルの食料に回さず、スープの素材として使わせてもらっとる。ダシを全て出し切った出がらしでも、バルバルはきっちり食べてくれるから、今回はそちらで我慢してもらうことにしたんじゃよ。その分、どこかで穴埋めをしてやるつもりじゃがな。

王家や貴族の悪いところの一つに、食材を無駄にすることがある。見栄えを大事にするあまり、必要以上に野菜の皮を剥いたり細工したりしてのぅ。食べられる部分まで削っているんじゃよ。肉や魚も一緒じゃや。骨やアラ、内臓などはハナから『食べるものではない』と決めつけておる。

その辺りの意識改革から始めてみたが、彼女にしてみれば目から鱗だったらしい。これはカタシオラから同行してきたメイドさん以外全員同じじゃな。

そんなことを話しながら、野菜の選び方、いくつもある調味料・香辛料、包丁の持ち方まで説明してやった。

鍋の中身を沸騰《ふっとう》させることなくじっくり煮込んで三時間。鶏ガラなどを取り出して布で濾《こ》せば、薄い琥珀色《こはくいろ》のスープが出来上がる。スープ一杯を作る為に、こんなに時間をかけることはないそうで、初体験の子らは誰もが驚いておったよ。

粉末や固形になった素《もと》などない世界で美味しいスープを飲みたければ、これくらいしたいところじゃ。とはいえ、儂だってこんな本格的なものはそうそう作らん。それでも家族が喜んでくれるなら、たまにはやったっていいじゃろ。

小皿に琥珀色のスープを少しだけよそい、口へ運ぶ。エグみや臭みのない上品なスープになってくれとる。野菜の甘みも出とるし、大成功じゃな。

「ほれ、味見じゃ。まだ塩も入れておらんが、十分に旨味が出ておる」

今回のダシ取りを初めて経験する子らへ勧めたのに、手を伸ばしてきたのはカタシオラからの同行組じゃった。美味そうな香りに惹かれつつも、王都組には若干の抵抗があるらしい。

「おまえさんたちは味を知っておるじゃろ……」

「遠慮しているようなので、僭越《せんえつ》ながら一番槍を承ろうかと思いまして」

にこりと笑顔を見せたメイドさんは儂から小皿を受け取り、スープを口に含む。ほんのひと口分しかないスープなのに、口いっぱいに広がる旨味と香り。それを存分に味わってから、極上の笑みを儂に向けた。その表情を見ていた子たちは喉を鳴らしとる。再度儂が勧めた小皿は、誰一人臆することなく手にしてくれた。

それぞれ反応の仕方は違っておったが、美味いと思ってくれたようじゃ。

「このスープに少しばかりの塩と胡椒を入れるとこうなる」

別の小皿へよそってやると、行儀良く順番に受け取っていく。味わった途端に目を見開き、動きが固まる見習いの子とメイドさんたち。

「毎日、毎回これを作れと言われたら大変じゃが、たまにならいいもんじゃろ？」

一同は揃って無言でこくこく首を振る。空になった小皿を名残惜しそうに見つめてから、寸胴鍋へ視線を移す。気持ちは分かるが、欲しがるからとあげていたら、料理に使う前に全部なくなってしまうわい。

そう思った儂が寸胴鍋を【無限収納《インベントリ》】へ仕舞うと皆からため息が漏れた。悲しそうに再び小皿へ目を向けてから、そっと儂へ返してくる。それらを片付けると、ロッツァから呼ばれた。

「アサオ殿、羽を広げた鳥の紋章が付いた馬車が来たぞ。その後ろには竜の紋章だな」

その声を聞いたメイドさんたちは、身なりを整え始める。互いに確認し合い、問題ないとなったところで、見習いの子が急にそわそわし出した。

ロッツァが出迎えた鳥の紋章の馬車は、見習いの子の実家の物らしい。竜の紋章は王家の印で、誰かしら王族が乗っておるそうじゃ。

儂のいる場所へ直接向かわせることにしたようで、ロッツァは台所へ案内してきおった。客人は、敷地内の崖側にある庭から回り込ませられたらしい。まさかの対応に、儂と目が合った執事さんが苦笑いしとる。儂も同じ表情になっとると思うぞ。

執事さんの他には、高齢の男性が一人。三十代の女性が二人に、男の子と女の子が一人ずつ。全員、綺麗な衣服に身を包んでおるが、場違いなほどの華美な装飾品は着けておらんかった。

少し遅れて顔を見せたナスティが、にこりと微笑み、儂を見てからロッツァを連れていく。ロッツァが後退《あとずさ》るというか、ずりずり引き摺られていっとるわい。唐突な事態に面食らっておるが、儂には何もできん。なんとか生き延びるんじゃぞ。

執事さんから紹介されたので、肩書きと名前は分かった。四番目と五番目の王妃さんとその子供たちで、儂とさして変わらん年齢の男性は、見習いの子の祖父じゃったよ。

現役の王家や貴族に関わるつもりはないから、その程度の認識で構わんじゃろう。

しかし、血を絶えさせない為とはいえ、奥さんをいっぱい娶《めと》る王様も大変そうじゃ。カミさん一人で、儂はてんてこ舞いだったからのぅ。一般家庭と違うとは思うが、奥さんたちが結託したら、王様一人じゃ勝てんじゃろな。

今日来た目的は、儂の料理教室を見学することらしい。孫が何をしているのか気になった祖父と、クーハクートが『気の置けない友人』と呼ぶほどの者を見たかった王妃さんたち。それらを引率して執事さんが来たんじゃと。

取り立てて珍しいことをしとるつもりはないんじゃが……見られて困ることもないから構わんか。

鶏スープは作り終えたので、次は昼ごはんじゃな。一応聞いてみたら、見学者さんたちも食べるつもりじゃったよ。昼ごはんは食べたり食べなかったりな習慣みたいじゃから、なるべく軽めの食事を用意してやろう。

となると、さらさら食べられる茶漬けが楽かもしれん。お漬物や玉子焼きを添えれば、栄養バランスも悪くないし、腹も膨れるはずじゃて。

そうと決まればごはんを炊く係と、浅漬けを仕込む係、玉子焼きを作る係に分かれてもらおう。

【無限収納《インベントリ》】から取り出すだけより、目の前で作ったほうが美味く感じるもんじゃからな。

多少の失敗はあったが、無事に出来上がった昼ごはんを皆で食べた。護衛のメイドさんを連れてクーハクートが徒歩で来たくらいで、特筆することは何もありゃせん。クーハクートは食べ始める直前に来たから、きっと出来上がりの時間を見越していたんじゃろな。

お椀に直接口を付けるのに抵抗がある貴族さんたちは、スプーンで食べていたよ。隠居していると言ってもクーハクートだって貴族だと思うが、彼は儂らと同じでズズッと茶漬けを啜っておった。ナスティに叱られたロッツァも、何事もなく昼ごはんを食べていたから、過度のお仕置きはなかったんじゃろな。

「今更と思うが、毒見役などは必要ないのか?」

ふと尋ねてみたら笑われた。

「本当に今更だ。食事にこだわりを持つアサオ殿が、何かを混ぜるなどありえん。食事をダメにするくらいならば、他の手を考えるだろう？」

「そりゃそうじゃが、確認くらいはしなくちゃダメじゃろ」

儂の答えに、クーハクートがまた笑う。執事さんも笑みを見せとるが何でじゃ？

「私が鑑定していますので、毒見役は必要ないのですよ」

王から全幅の信頼を置かれとる執事さんが鑑定すれば、他はいらんってことか……王妃さんたちもにこりと柔らかな笑みを見せておる。

子供たちは、ルーチェに勧められたかりんとうを食べておった。食感と甘さを気に入ったようで、作り方をルーチェに質問しとる。左右からの質問攻めにルーチェがタジタジでな……

「そんなに気になるなら、自分らで作ってみるか？」

「はい！　作ります！」

子供らに問うたのに、元気良く手を挙げて返事したのは見習いの子じゃったよ。祖父に頑張る姿を見せたいんじゃろな。だったらかりんとうとは別に、もう少し手のかかるお菓子を教えてやるとしよう。

子供たちのかりんとうはルーチェとナスティにお願いして、儂はシフォンケーキとクッキーを作ることにした。以前カタシオラで手に入れた魔道具ミキサーたちが大活躍じゃ。マヨネーズ作りにも必要じゃし、ドレッシングだって簡単に作れる。

刃先や入れ物を交換すれば、フードプロセッサーやジューサーにもなるんじゃ。一台で何役もこ

なす万能魔道具じゃよ。クーハクートが紹介してくれた職人さんの作品で、あれ以来手放せん。

儂が頻繁に使うそれを見たクーハクートは、改めて有用性に気付いたらしい。

「カタシオラを出る前に手に入れておくべきだった……」

と後悔しっぱなしじゃったよ。同行組と王都組のメイドさんたちが、交代しながらミキサーを使い感心しきりじゃ。見習いの子にも使わせてみたら、早速欲しがっていたわい。

これだけ望まれるなら取り寄せるべきだと、クーハクートは早速一筆認《したた》めていた。できる限り早く、そして大量に発注するんじゃと。

皆がミキサーを使うもんで、シフォンケーキが何ホールも作れた。メレンゲさえ出来てしまえば、あとは楽じゃからのぅ。泡を潰さんようにさっくり混ぜて、型に流し込んで焼くだけじゃ。焼き上がったケーキを逆さにするのを言い忘れたのは、儂の失敗じゃったがの。

儂が作ったクッキー生地は二色で、市松模様と渦巻き模様にした。あとはそれぞれを子供たちで切り分けてもらって焼き上げた。かりんとうと同様に、仕上げの直前をやってもらったんじゃよ。

どれも初めての体験だったらしく、目をキラキラさせておった。望んだってこんなことさせてもらえないじゃろうから、王妃さんたちも子供たちに負けず劣らずわいわいはしゃいどったよ。

見習いの子の祖父だけは料理体験をせず、ずっと孫の仕事を観察していた。優しい眼差しを絶えず向けて、一瞬たりとも見逃すまいと見ていたのぅ……最後は孫の作ったシフォンケーキを大事そうに抱えて馬車に乗り込んでいたわい。

王妃さんたちは、子供たちと一緒に作ったクッキーやかりんとうを土産にしていた。王様や他の子たちに分けるんじゃと。

儂は、ただ終わるのを待っていた御者さんにお土産を渡しておいた。もらえるなんて思っていなかったようで、大層喜んでくれたよ。馬車を曳く馬には、《浄水《ウォータ》》の差し入れくらいしかできんかったが、それでも機嫌良く飲んでおったわい。

《 20 そらみみ 》

参観日のようなことを済ませてから幾日か経ち、いつもの昼ごはんを終えた儂は、食器を洗って片付けをしていた。そしたら一人のメイドさんが訪ねて来てな。食材を持って来たと言っておったから、そのまま台所へ来てもらったんじゃ。

「アサオ様、こちらをどうぞ」

儂の右前に立つメイドさんが、30センチほどの何かを差し出す。

「アサオ殿、獲ってきたぞ」

今度は庭側の引き戸から顔を覗かせているロッツァが、いつも漁で使っている袋を儂の前に置く。

そこから取り出した獲物は、2メートルになるかならないかくらいの大きさじゃった。

それらは黒い見た目に長い髭、大きな口を持ち表面がぬるぬるしている魚……そう、ナマズじゃよ。大きさこそ違えどどちらも同じナマズで、二匹が台所の長机に載せられた。軽く鑑定してみても魔物でなく魚と出ておったし、ちゃんと下処理をすれば美味しく食べられるはずじゃ。

「このナマズを何かに使うのか？」

「え？」

「ん？」

儂の問いに二人して似たような返事をしてくる。何を言っているのか分からんって顔をしとるが、それをしたいのは儂じゃよ？

「それとも食べ方が分からないから、儂に聞こうと思ったのか？」

尾の付け根とエラ下辺りに刃を入れてあるのを見るに、血抜きだけは済ませてあるようじゃな。泥は吐かせてあるらしく、そちらの処理をする必要はなし。

表面のぬめり取りはどうすればいいんじゃろか？　タコと同じで塩や糠《ぬか》を使えばいいんかのぅ……それともアンコウみたいに捌いてしまったほうが手っ取り早いか……

そんなことを考えながらナマズを鑑定していたんじゃが、二人から答えがもらえん。

「いえ、あの……アサオ様が作るあんかけは、ナマズを使うのですよね？」

「我もそう耳にしたぞ。だからナスティ殿に詳細を聞いて、ナマズを捕まえてきたのだ」

メイドさんは不安に駆られたのか目が泳ぎまくっとる。ロッツァのほうは首を傾げつつも、自信満々じゃよ。

「こっちでナマズを食べたことはたぶんないぞ？　儂が言った……何かと間違っておらんかのぅ」

「確かにナマズアンカケとおっしゃってました」

「うむ。あれが美味かったから、また作ってもらいたくてな。その為に、大物を捕まえたのだ」

……儂の滑舌が悪かったんじゃろか。『甘酢』と『ナマズ』を聞き間違えておる。片栗粉の発見に喜んで作ったのは、魚の甘酢あんかけ……『魚』の部分が聞き取れずに抜け落ち、素材のことを言っていると思い込んだんじゃろな……

「あの日、皆に教えた料理名は『魚の甘酢あんかけ』じゃ。『ナマズアンカケ』ではない」

「なんと！　ナマズではなかったのか！」

瞠目《どうもく》したロッツァは、儂とナマズを交互に見やる。

「珍しい食材を使うな、と思いながら、用意したのですが……」

しょんぼりと肩を落としたメイドさんは、自身が置いたナマズを指で突《つつ》いとる。

「ナマズも魚じゃから、甘酢あんかけにすれば美味いんじゃないかのぅ。処理は終わってるみたいじゃから、あとは捌いて唐揚げにするくらいじゃし、今から作るか？」

儂からの提案に、二人は目を輝かせた。ほんの数秒前に聞き間違いと分かった時の反応はそれぞれまったく違ったのに、今じゃ同じような表情で儂を見ておるよ。

「全部を甘酢あんかけにしたら、とてもじゃないが飽きると思うぞ？　唐揚げのままレモンを絞ってもいいし、南蛮漬《なんばんづ》けにも出来るじゃろ。他に煮魚を試したっていいかもしれん。塩焼きに出来るかは分からんが、確か蒲焼きは美味かったはずじゃ」

「折角の大物。いろいろ作ってもらえるなら、ありがたい。足りなければ、また獲ってくるぞ？」

今にも敷地から飛び出しそうなロッツァを引き止め、一緒に料理を作ってもらうことにした。儂が言った料理だけでもそれなりの品数になるからのぅ。メイドさんと儂だけで作るのは大変じゃて。魚を焼くことが得意なロッツァにも仕事を割り振らんと無理じゃよ。

ここまでのやり取りは三人でやっていたが、料理を作り始めようとしたら、あと二人メイドさんが来てくれた。今日やる分の木工は終わったようで、クリムとルージュも台所に顔を覗かせた。これだけ人手があれば、十分事足りる。

儂がナマズを捌いて、それぞれの料理に合った大きさに切り分ける。それらの切り身をメイドさんに渡せば、下味をつけてから粉を塗《まぶ》していく者が一人。煮魚用に霜降《しもふ》りをしてくれる者が一人。残る一人は串打ちをし始める。塩焼きと蒲焼きでは串打ちが違うので、少しばかり苦労しておったが、出来栄えは上々じゃったよ。

焼きはロッツァに一任して、その手伝いにクリムとルージュを配置。残る料理はメイドさんたちに頼んでおく。その間に儂は、蒲焼きのタレと甘酢あんの仕込みじゃ。甘酢あんは特に問題なし。タレを即席で作るには、いろいろ足りなすぎる。

醤油と砂糖が基本の味となるが、コクや深みはどうするか……みりんの代用品に煮切った酒、あとはウナギのように頭や骨を炙ってから使ってみよう。日本にいた時に、そんなことをしている店があったような気がするからのぅ。

これでタレの味に奥行きが出てくれれば万々歳じゃが、いまいち足りん。それぞれの味がまだ主張し合っているから、調和できておらんわい。これればかりは時間が必要じゃな。今度は、タレを寝かす時間もちゃんと確保しよう。

頼まれた料理をこなしつつも、メイドさんの目はしばしば儂へ向いておる。蒲焼きのタレ作りは、使っている調味料も食材もしっかり観察されたよ。

分量までは分からんかもしれんが、そんなに難しい比率にしとらんから再現できるじゃろ。秘密にすることでもないので、聞かれれば答えるぞ。さすがに任された料理を放り出してくるような子たちじゃないから、のちほどになるんじゃがな。

クリムとルージュは、ロッツァが焼いた切り身を儂へ届けてくれる役目を担っておる。タレに潜らせた切り身をまた焼いてもらうように、ロッツァへ運んでもらうことも頼んだ。

食欲をそそるタレの匂いに、二匹は辛抱たまらんらしい。何度も手に持つ皿から広がる匂いに負けそうになっとった。なんとか最後の一歩を踏み止まり、つまみ食いを我慢しとるようじゃ。メイドさんたちも蒲焼きの香ばしさに誘惑されとるわい。

昼ごはんからそれほど時間が経っていないのに、蒲焼きを作り終えるまで皆の腹が刺激されまくりじゃったよ。

一通り料理が完成したが、晩ごはんにするにはまだまだ早い。かといっておやつに向いた料理は一品たりとてありゃせん。出来た料理を全部仕舞うのも可哀そうで、とりあえず味見をすることにした。

一人一串とした蒲焼きが、予想通り一番反響が大きかったな。

「白いごはんの上に載せて、一緒に食べるのが待ち切れん」

蒲焼きを食べた儂は、思わずそう呟いてしまった。それを耳にした全員が白飯を希望したが、どうにか我慢してもらったのじゃった。

他の魚でも蒲焼きを作れると教えたら、メイドさんたちが買いに行ってしまったよ。戻ってきたメイドさんたちは、たくさんの魚を抱えておったわい。仕入れてきた何種類もの魚で蒲焼きを作り、それらをクーハクートへの土産としてメイドさんたちは帰っていった。儂の食事で覚えた白米は、それなりの量を備蓄してあるらしい。だもんでそっちは渡しておらん。

アサオ家の晩ごはんもナマズの蒲焼き丼が主食じゃったよ。おかずに並ぶのもナマズの唐揚げに甘酢あんかけ、南蛮漬けと炒め物。塩焼きに醤油煮まであったから、今日はナマズ尽くしじゃな。

ロッツァとメイドさんの空耳から始まった今日の料理も、面白い着地点を得たもんじゃよ。

《 21 ミンチ料理 》

食材を無駄にせず使い切る……先日そう伝えたところ、妙な使命感を帯びたみたいでな。微妙な量で残ってしまった肉や魚、骨周りの食べられそうな部分を、皆が皆睨んでおった。どうにかして使い切りたいが、何を作るにも一人前には足りなそうで中途半端なんじゃよ。

肉を部位ごとに切り分けて成形したら、脂身もたんまり取れたしのぅ。ラードやヘットを作るのは儂が何とかしておこう。なかなか強烈な臭いがするでな。メイドさんたちが慣れるまでは苦行のようにきついはずじゃて。

そう思って《結界《バリア》》で周囲を囲ってやっていたら、バルバルが交代してくれたんじゃ。嗅覚のないバルバルは、この手の作業を受け持ってくれることが多くなってきとる。儂は感謝しながらメイドさんたちのところへ戻った。

メイドさんと見習い料理人の子は、まだ魚のアラを睨んどったよ。

「大きい魚の背骨近くの身はこそぐといいぞ。ほれ、こんな風にすると――」

右手に持つスプーンで、左手で押さえた魚の中落ちを集めていく。今ある中骨はマグロっぽい魚のものじゃ。骨だけなのにそこそこの重量と、80センチほどの大きさがある。

アルバやイッポンガツウォともまた違う種族で、こやつも魔物らしい。ロッツァが言うには気性が荒く、獲物と見るや突進してくるんじゃと。豊富な運動量で身が締まりつつも適度な脂を蓄えておって、中トロのような身が非常に美味かった。

儂がこそぎとる中落ちは、思った以上の量になっとる。刺身にすれば三人前くらいか。

「このまま食べてもいいし、醤油ダレに漬け込んでも美味い。ただし、皆で食べるほどは取れん。なので、あんまり言いふらさんようにな」

唇に人差し指を当て、小声でそう言っておいた。今回の中落ちは皆で味見する用にヅケにしておこう。そうすれば昼ごはんに食べられるじゃろ。

「残った骨は炙ってからダシ取りをすれば、そんなに生臭くないんじゃよ」

焦げ目が付くくらいまで火を通した中骨を寸胴鍋へ移し、じっくり炊いていく。

「小振りの魚の中骨はどうされますか？」

三枚に下ろされたイワシっぽい魚の骨が、メイドさんのそばに置かれとった。こちらは数にして十枚ちょい。

「水気を払ってから素揚げかのぅ。出来上がりに塩をぱらりと振れば、酒の肴に出来るぞ」

言うが早いか、早速準備を始める。儂が揚げ油を支度する間に、メイドさんは骨を布巾《ふきん》で綺麗にしていた。受け取ったそれを、低温の油でゆっくり揚げていく。高温でささっとやってしまうと、表面的に火は通っても噛み切れん。ぱりっとさくっと美味しく食べる為にも、油の温度に気を付けて中心までじっくり揚げるんじゃよ。

こんがりきつね色に出来上がった骨せんべいを試食してみる。

「食感が楽しいです」

「……骨が美味しいなんて……」

メイドさんが骨を齧って、顔を綻ばす。見習いの子は、骨の美味さに手が止まらんようじゃ。

「魚の種類によっては歯がダメになるから、無理せんようにな」

特に制限を設けなかったからか、骨せんべいは試食だけで全部なくなってしまったわい。

残る食材はマグロもどきの尾の身と、寄せ集めればそれなりの量になる肉。どちらもスジが硬く、そのまま食べたのでは美味しくない。となると柔らかくなるまで煮込むか、形を変えるしか思いつかん。煮込み料理ばかりでは芸がないから、今日はミンチじゃな。

尾の身をミンサーに通してからつみれを作る。ショウガや酒を加えているので、臭みも除けるはずじゃ。こちらはつみれ汁に仕上げるとしよう。

牛と豚、それに鶏のミンチの使い道は、多岐にわたっている。合い挽きにせずともハンバーグとつくね、肉団子あたりなら食感と風味の違いを楽しめるな。ごはんのおかずにも向いておるし、酒のつまみにも出来る。

そこら辺の料理をメイドさんたちと作りつつ、儂はフライパンでタマネギとニンジン、挽き肉を炒めとるんじゃ。久しぶりにミートソースが食べたくなってのぅ。

先日、ナツメグを商店で買えたことが大きな要因じゃろな。王都で売られとる香辛料は全般的に割高と思ったが、こちらの世界ではそうそう手に入らんものも多い。買える時に買っておかんと、次の機会がいつになるか分かったもんじゃない。そう思って大人買いしておいた。

その分、懐具合がまた寂しくなったから、商業ギルドにコーヒーなどを卸さんとな……

湯剥きして角切りにしたトマトと水を入れ、ここからはコトコト煮詰める作業になる。忘れちゃならんのがローリエじゃ。入れると入れないとでは、別物の料理かと思うほど風味に差が出てくるからの。ある程度煮詰まったら、塩胡椒とケチャップで味を調える。うっすら香るくらいの胡椒じゃから、子供でも美味しく食べられるはずじゃて。

辛いもの好きも幾人かおるでな。その子たち用に辛肉味噌も作っておいた。隠し味というか食感を楽しむ為に、刻んだナッツを混ぜ込んである。

最後にパスタとうどんを茹でてやれば、各自で昼ごはんを食べ始めたわい。ルーチェとカブラがミートソースをおかわりしとる。ナスティは汁なし辛肉味噌うどんを気に入ったようじゃ。今は味《あじ》変《へん》を楽しんでるらしく、トウガラシオイルなどを試しとる最中じゃよ。

炭火で焼いたつくねは、誰からも悪い評価が出てこん。タレ味でも塩味でも美味いそうじゃ。

中骨からとったダシ汁をうどんとつみれ汁に仕立てたが、そちらはメイドさんたちと見習いちゃんに好評じゃった。

クリムとルージュ、それにバルバルは、料理を端から食べ尽くしとるわい。どれもこれも美味しいと感じてくれたみたいなのは嬉しいんじゃが……食べる勢いが他の者と段違いでな。慌てて自分の食べる分を確保するルーチェたちの姿に、思わず笑い声を上げてしまったよ。

《 22 食材を持ち寄ってみる 》

今日はいつも台所に立つ面々に加え、色んな食材が我が家に持ち込まれとる。

儂が思いついて『一人一つ以上の食材を持ち寄って料理を作ってみよう』と皆に提案したところ、あれよあれよと具体的に話が進み、日時や人数をあっという間に決めて、当日を迎えたってわけじゃよ。

調味料や香辛料は我が家に置いてある分を使うから、本当に食材だけを持ってきてもらうことになっとる。それが固体だろうと液体だろうと構わん。ただし、自身でちゃんと食べる、ないしは皆が食べられる物に限らせてもらった。

そうしないと、「前から気になっていた」なんて言って、妙ちくりんな食材を持ち込みそうな者が一人おるからのぅ。小僧でもあるまいに、まったく……食材としてクセが強い、あるいは好みが分かれるなんて理由ならば持ってきても構わんことにしとるよ。

今回の企画は、アサオ家の面々も参加するんじゃ。王都に来るまでに獲ったものでいいと言ったのに、

「鮮度抜群なほうが良いに決まっているだろう」

とロッツァが宣ってのぅ。ルーチェやルージュもやる気を見せて、狩りに採取にと勤《いそ》しんでおったわい……さてさて、何を集めてくるのやら……

まず姿を見せたのがメイドさん三名。一人は小さな黒パンが山のように積まれた籠を持ち、隣に立つ二人目は魚を持参したようじゃ。姿形がしっかり見えんが、両手で持つ編み籠から魚の尻尾が覗いとる。

二人より少し後ろを歩いていた最後の一人は、大きなカブを抱えとった。我が家のマンドラゴラ、カブラよりも数倍デカく、根の部分の色が緑じゃ。

面白いことに、葉の色は紫っぽい赤で、赤カブの実と葉が逆転したような色合いじゃよ。後ほど参加するクーハクートは食材でなく、すぐ食べられる何かを手土産として持ってくるらしい。

それから時を置かずに、クリムとルージュを連れたロッツァが現れる。三人で水棲《すいせい》の魔物を狩ったんじゃと。儂の前にでんと置かれたのは、巨大なウニとアワビらしきものにイカゲソ三本。

話を聞けば、以前出会った者とは別のクラーケンが沖合に出現したそうじゃ。クリムとルージュが貝を獲っている間にちょっかいかけられた、とはロッツァの弁。

正面切って戦っても負けないが、そこそこ手を焼きそうな強者に見えたらしい。『見えた』というのは理由があってな。クラーケンとロッツァが睨み合っていたら、海底から知らない魔物二匹が飛び出して、そやつらに先制攻撃を奪われてしまったそうじゃよ。

乱入者二匹はその一撃でゲソを一本ずつ獲得した後、まったく躊躇《ちゅうちょ》ない動きで逃走をかましたみたいでな。続けてロッツァが、面食らって動けないでいるクラーケンに噛みつき、三本のゲソを食いちぎった。

クラーケンは尻尾を巻いて沖へと逃げていき、それ以上は獲ることができんかったというわけじゃ。獲物を奪われたロッツァは、苦虫を噛み潰したような顔で説明してくれたぞ。

カブラとバルバルは、昨日あたりから食べ頃を迎えたホウレンソウとジャガイモを頭上に掲げとる。カブラが作って面倒を見ている畑はいろいろおかしく、種を蒔《ま》いた数日後には実りを迎えてな……何か特別なことをしたかのぅ……唯一の心当たりは、いつの間にやら畑の四隅に植わっとる茶の木か。知らぬ間にイスリールと四人の神々のうちの誰かが来たのかもしれん。

ルーチェとナスティは、王都近辺で山菜を採ってきてくれた。ワラビにコゴミ、タラノメ、コシアブラにフキまで見つけたそうじゃ。

見習いちゃんも参加で、実家から送られた果物を持ってきとる。色も形も大きさも、儂の知るそれと一緒で、きっとザボンじゃ。身も皮も使い道があるから、これは嬉しい食材じゃな。

彼女の地元ではたくさん採れるそうじゃから、今度仕入れさせてもらおう。その前に味見をせんといかんか。買う約束をしてから、『やっぱりいらん』はこの上なく失礼だと思うからのぅ。

各自で考えていた調理法を聞き、儂も一緒にそれを実践してみる。儂の手伝いなぞ必要ないナスティは一人で問題ないが、王都組のメイドさんや見習いちゃんはまだ自信がないみたいじゃて。

しかし、誰もが揚げ物を選ぶのはどうなんじゃろ……黒パンに関しては、揚げ物を挟んでバーガーにするのが最終目的らしかったがの。

ロッツァたちは、自分らで焼くことはできても揚げるのは難しい。なのでこの機会に腹いっぱい食べたかったんじゃと。

野菜や山菜もそのほとんどを天ぷらにしたが、ごく少量はおひたしや胡麻汚《ごまよご》しなんてものも作っておいた。これは儂が食べたくなったからじゃな。

見習いちゃんのザボンは何をするのか分からんかったので聞いてみたら、剥いて塩をかけて食べるだけだそうじゃ。甘みが足りない果実に塩を振るのは、実家にいる時からやっていたので、これが普通だと思っていたらしい。

メイドさんに問うたが、『初めて聞く風習』と言っとったし、地域や家庭で伝わっていることなのかもしれん。日本でもスイカに塩を振ったり、グレープフルーツに重曹《じゅうそう》をかけたりすることがあったし、似たようなもんじゃろ。『甘くないなら砂糖をかければいい』なんてご家庭も、知り合いにおったのぅ。

砂糖を大量に使うことになるが、ザボンの皮を茹でてから漬けた。この調理法は見習いちゃんには初めての体験で、大層吃驚しておったよ。捨てるのが当たり前の外皮を食べようとする儂にも驚いていたわい。さすがに白い綿部分は苦くて食べられん。申し訳なく思いつつもそこは捨てた。

料理が出来上がった頃合を見計らって、クーハクートがやってきた。最低限の護衛を連れてかと思ったら、先日もやってきた王妃さん二人と子供らも一緒じゃ。

また我が家に行きたがっていた子供らを王妃さんらが宥めていたところに、クーハクートが乗り込んだんじゃと。あやつに手土産持参で来られたら、王妃さんも断れんじゃろ。

土産は子供らが気に入っていた、高価な砂糖を寄せ集めた菓子じゃよ。我が家でかりんとうとポテチを食べてからは口にしなくなったそうじゃがな。

恥ずかしそうにそんなことまでバラす必要はないんじゃが……きっと、隠し事ができん正直者の王妃さんなんじゃろ。

「相手を思いやることは必要じゃ。それでも、堅苦しいのは好かん。多少の粗相に目を瞑れるならば歓迎する……それでも構わんか？」

儂の物言いが不敬と言われればそれまでのこと。王妃さんたちへ飾らん言葉で聞いてみたら、二つ返事で了承してくれたよ。クーハクートがにやりと笑っているから、先に言い含めていたのかもしれんな。

その後、皆でわいわい食べつつ談笑の時間となった。昼ごはんの前から始めて、おやつの時間を過ぎても続いたそれは、夕方になってやっとお開きになるのじゃった。

土産に余った料理を持たせたのにもかかわらず、たんまり残ったのでご近所さんにお裾分けしてみた。物珍しい料理ばかりでちょいと訝しんでいたが、一応受け取ってくれたよ。

《 23　カブラの畑 》

改めて、今日はカブラが面倒を見ている畑を観察してみる。

幅10メートル、奥行き30メートルくらいのありふれた畑。掘り返したら岩だらけということはなく、しっかりと黒土が出てきたんじゃ。それにすぐそこが海なのに、塩害も出ておらん。適度にミネラルを含んでおるのか、育つ野菜はどれも美味いもんじゃよ。肥料はジャミの森の腐葉土に貝を燃やした石灰。これらは以前立ち寄った村々に教えたりもしたから、特別なことではないはずじゃて。

他所であまり試してないのは、エノコロヒシバの灰とオナモミンの発酵肥料か……この二つの影響が大きいのかもしれんな。しかし、ナスティの故郷であるドルマ村では、特段変わったとの報告は上がらなかったしのぅ……あ、報告を耳にする前に別れとるから、聞けていないのか。

「どれ、一つ聞いてみよう、《言伝《クルッポウ》》」

儂の手元から鳩が飛んでいく。返事が来るまでの間に、土を鑑定しておこう。

「《鑑定《エヴァルア》》」

――多様な神々の祝福を得た土地。神聖な空気を醸《かも》し出しています。邪悪な心と身体を持つ者は近寄れません。

「のぅ、カブラ。イスリールたちの誰かが来てたりしとらんか？」

「来とるでー。ほれ、今だってあそこにおるやん」

もしかしたらと思って聞いたら、カブラに即答されたわい。しかも指さす先には水の男神がおり、茶の木に水やりをしていた。

他にも数人おるが、そちらは儂の膝までの背丈もありゃせん。一人が収穫を担い、その後ろを編み籠が付いていっとる。前にいる二人が籠を引っ張り、後ろに立つ一人が背伸びして持ち上げる。適度に傾けてトマトを入れやすくしとるようじゃ。

「ありゃなんじゃ？」

「お手伝いの小人さん。野菜を収穫してくれるんやで。お代は好きな野菜を一人一つや」

カブラに質問しとる間に籠がいっぱいになったらしい。小人さんはカブラの足元に満杯の籠を置き、空のそれと入れ替えていきよった。

「働き者じゃな。労働の対価が不十分と思うんじゃが……」

「だってそれ以上いらんて言うんやもん。おとんの料理払いにしようとも思ったんやで？　でも『生のまま食べるのが好き』って言われたら、余計なことできひんやんか」

本人たちの希望に沿ってやるのも大事か。それにしてももう少し支払ってやりたいのぅ。正直者や真面目な子が損をするなんてあっちゃいかん……あぁ、そうか。儂からの差し入れってことにすればいいんじゃな。そうすれば、受け取りやすいじゃろ。

「生で食べるなら、これらの出番じゃ」

マヨネーズと味噌を【無限収納《インベントリ》】から取り出して、小瓶に移しておく。ついでにダイコンなどを太めの千切りにしておいた。小人さんたちにとっては、野菜スティックになるはずじゃて。

儂の準備が終わった頃に、小人さんが帰ってきた。今度の籠の中身はトマトでなくキヌサヤじゃった。どうやら数組の小人さんが働いとるようじゃ。

小人さんたち全員に休憩を勧めて、小昼飯《こぢゅうはん》代わりに味見をしてもらった。見たこともない調味料じゃから、最初は戸惑っておったが、儂とカブラの食べる様を見て安心したらしい。

小さな口で少しだけ齧った後は、競うように食べとったよ。慌てて食べたせいで、味噌を付けたダイコンをマヨネーズに落とす子まで出るほどじゃ。ただその失敗も発見に繋げたみたいでな。味噌マヨネーズを自力で編み出しておったわい。

小人さんたちが顔を突き合わせて相談し始めた。ものの数分で決着したそれによると、労働対価をダイコンなどとすることに変更はないそうじゃよ。たまに味噌とマヨネーズを頼むことに決まったと宣言しとったから、それは儂から渡してやるとしよう。

儂らのそんなやり取りを、水の男神が物欲しそうに見ておった。聞けば彼が、イスリールのところに生やした茶の木の一部をここに植えた犯人なんじゃと。それも一人での犯行ではなく、ここにおらん他の神々も共犯じゃった。それで四隅に一本ずつ植わっていたんじゃな。

火の男神が気温や日照を操作し、水の男神が過不足なく水をやる。土の女神は土地を肥えさせ、風の女神が適度に乾燥させる。そんな役割分担を、この畑限定で行っていたらしい。

カブラに渡した肥料の他に、そんなことまで畑にされていたんじゃ、野菜たちがおかしな成長を見せるのも無理はないじゃろ……神々が直々に手を下していたなら、祝福にもなるってもんじゃよ。

「イスリール同様、お前さんたちもなかなかうっかりしとるのぅ」

とはいえ、カブラの手伝いをしてくれたのは事実じゃからな。儂から水の男神へ、いつも通りのお菓子を駄賃としてあげておく。

「水のだけズルいぞ！」

「そうだそうだ！」

「……私も欲しい」

声に振り向けば、火の男神と風の女神が地団駄《じだんだ》を踏んでいた。土の女神は人差し指を咥えて、儂とお菓子を交互に見とるわい。

「最近神殿経由で移動してくれないから、お菓子を食べる機会がないのよ！」

ズビシッと儂を指さした風の女神は、瞳に怒りの炎を宿しておる。

「普通の人が転移なんてしちゃいかんからのぅ。それでもたまには使わしてもらっとるよ。あれでも頻度が高いと思ったが――」

「逆よ！　もっと使って！　頻繁に利用して！」

風の女神が、儂の言葉を遮りながら激しく首を横に振る。他の三名もその意見に同意なんじゃろ。大きく頷くのみじゃ。

「そして、私にお菓子を頂戴《ちょうだい》！」

これには三名が即座に反応し、風の女神を叩《はた》いた。

「「「たち！　私たち！」」」

手加減も容赦もない一撃だったらしく、風の女神は涙目じゃよ。

「欲望に忠実すぎるのは、誰に似たんじゃろうな……」

儂は、自分の背後に向かって声をかける。

「え？　ボクじゃないですよ」

予想通りというか……そこにいたのはイスリールじゃった。一応、変装をしているらしく、今日は黒髪じゃ。他の四名よりかは多少気を配ったらしい。

「しかし、こんなことをするなんて……」

畑を見ながら話すイスリールに、四人の神が姿勢を正した。

「セイタロウさんの周囲が安全になりますね。いいことをしました。もっと頑張りなさい」

「「「「はい！」」」」

注意するとばかり思ったが、イスリールは逆に褒めよった。あまりの出来事に思考が止まった儂の目の前で、

「それじゃあ、ボクも仲間になりましょう」

イスリールが右手を上空へ上げ、左手を地面へ向ける。そのままゆっくり上下を入れ替えると、辺りがほんのり輝いた。

「これでここの守りは完璧です。セイタロウさん、ボク良い仕事をしましたよ」

胸を張り、褒めてほしい子供のような顔をするイスリール。

何をしたのか知りたくないが……確認せんことには始まらん。

「《鑑定《エヴァルア》》」

——ぷち聖域《せいいき》。効果が弱いという意味のぷちではなく、範囲が狭いということ。広さはなくても本物です。毎日が聖地巡礼になりますね。

「……やりすぎじゃよ」

儂の感想とは裏腹に、イスリールを含めた五人の神様たちはとても上機嫌じゃった。

家族が安心して暮らせることに異論はありゃせん。ただ、やりすぎなんじゃよ。それが伝わらん、このもどかしさ……儂の前に居並ぶ神々は、やり切った顔をしておるわい。

「こんなところに聖域を作ってどうするんじゃ……」

「万全を期してますね」

胸を張るイスリールに四人の神様たちが頷いた。

「おとん、なんか空気が綺麗になってへん？　気のせい？」

小人さんたちと収穫作業を再開したカブラが、儂らへ振り返る。一緒に行動している小人さんたちは首を傾げつつも、キヌサヤを採取しておった。周辺の匂いや湿度の変化に戸惑いの表情を浮かべとるが、それよりも目の前に広がる光景に畑にいる全員が唖然《あぜん》としておったよ。

キヌサヤを採ったそばから次の蕾《つぼみ》が綻んで花が咲き、枯れて実ったと思えば、食べ頃を迎えよる。受粉しとる様子もないのに不思議なもんじゃ。こんな異常な成長を見せとるくせに、キヌサヤの茎や葉に損傷は見受けられん。土地から余計に養分などを吸い上げている風でもなし。ただ、これだけ実の生《な》る速度が上がると、寿命を縮めんか？

儂の疑念をよそに、水の男神が手に持つジョウロから水をやり、土の女神は小脇に抱えた袋から何かを根元に撒いておる。それだけのことなのに、キヌサヤが嬉しそうにしとるのが分かった。枝葉の色艶《いろつや》が際立ち、まるで輝いているみたいになっとったからな。

「生きられる時間は変わりませんけど、病気知らずでたっぷり採れますよ」

イスリールの向こうで水の男神がジョウロを小人さんに渡しとる。見目麗《みめうるわ》しい男神が持っている時は、銀色の水差しみたいな形だったのに、小人さんが受け取ったら水色のゾウに変身しよった。別の小人さんに手渡したら、今度は黄色いライオンになる。また他の者が持てば違う動物へと変じよる。不思議なジョウロは水汲みがいらんらしく、傾け続けとる間は延々と水が出ておったよ。

その様子を見ていた儂に、土の女神が抱えていた袋を差し出す。中を見れば、小豆《あずき》ほどの粒が詰まっていた。

「……参考にして、全部を混ぜてみた」

鑑定したら、女神の言っている通りじゃったよ。灰や腐葉土が絶妙な比率で配合された肥料じゃ。儂が行く先々の村で教えていたのを見ていたらしい。撒いている量や種類を覚えて、自作したんじゃと。

そんな万能肥料を今渡されてな。畑の面倒を見るカブラが使うのは勿論じゃが、これを手本に更なる改良を目指すのも面白そうじゃよ。

皆への礼に、希望されたポテチやホットケーキを渡しておく。火の男神は惣菜が気になっていたらしく、煮込み料理や揚げ物を望んでいたよ。

そんなことをしているうちに《言伝《クルッポウ》》が帰ってきた。ナスティの母親でありドルマ村の村長でもあるフィナ宛に飛ばした鳩じゃったが、返事は村人のヨロコロがしてくれたようじゃ。口数少ない彼女でも、作物関連は自身の役目じゃからな。しっかりと報告してくれたわい。

その報《しら》せによれば、味が向上して収穫量も増えているらしい。何もしていない畑の作物と比べて二割は多く採れているそうじゃよ。この成果を見た上で、しかし全ての畑には施さないことを決めたんじゃと。

一期、二期と問題なくても、もしかしたら畑に後遺症のようなものが出るかもしれん。その可能性が否定できないからこそ、今まで通りの作付けも続けると、皆の意見が一致したそうじゃ。ただ、また試せそうな何かがあれば教えてほしいと言って、報告は〆られていた。

目先の豊作に惑わされず、最悪の事態を想定して取捨選択する……言うのは簡単でも、なかなかできることじゃないぞ。

「アサオ殿。この野菜を手土産にヒュドラへ会いに行かぬか？」

感心しきりの儂に、ロッツァがそんなことを言う。海岸に下りていたはずなのに、いつの間にやら畑まで来ていたようじゃ。

「首が三つだかある子じゃったな。野菜を手土産って、菜食なのか？　ドラゴン系は肉を好むんじゃろ？」

「肉や魚は口に合わず身体も受け付けないそうだ。海藻が主食らしい。我も、獲物を獲れぬから負け惜しみでそう言っているとばかり思っていたが……違ったぞ。海藻が好きで、時たま流れ付くダイコンなどがごちそうだとも言っていたよ」

筋金入りの菜食ドラゴンみたいじゃな。儂の中のヒュドラは、悪食《あくじき》の大食漢なイメージなんじゃよ。あとは驚異の再生力を持っているくらいか。

「ヒュドラは私の配下で、この地の守り神ですよ。雄々《おお》しく気高く艶《つや》やか……それでいて茶目っ気も持ち合わせた可愛い子です」

にこりと微笑みながら水の男神が会話に混ざってきた。両手でかりんとうを摘まみ、左右交互に口へ運んでおる。

「何より八つ首の姿は威圧感がありますよ」

「ん？　ロッツァが見てきたのは三つ首じゃぞ？　もしかして親ヒュドラか？」

会話に上がっていたヒュドラと随分と違うと思っていたんじゃが、ここにきて決定打が出よった。違う個体ならば合点がいくわい。

「子供がいたの、初耳です」

驚いた表情で男神が儂らを見る。

「三つ首で身体が小さいヒュドラらしいぞ」

「うむ。まだ幼くか弱い。あれでは、我の一当てすら耐え切れんな」

ロッツァの体当たりを受けられるのは、儂ら家族ぐらいじゃろ。そんなものを引き合いに出されても困るが、ロッツァの足元にも及ばん実力なのは儂にも分かった。

「あの子の性格からいって、子供を捨てるなんて考えられません。何か想定外の事態が起きたのでしょうか……少し調べてみます」

眉間に皺を寄せた男神は、そう言うなり姿を消した。それを皮切りにして、イスリールたちもまたいなくなる。残されたのは畑で収穫しているカブラたちと儂のみ。適宜休憩を挟んで、のんびり作業を繰り返し、時間が過ぎていくのじゃった。

《 24　特別な腹巻 》

畑にいろいろ施されてから数日。我が家に……いや、敷地のどこかに誰かしらが、入れ替わり立ち替わり訪れとるよ。その八割以上が同じような服装をした、神殿勤めをする者たちじゃ。残る一割が王都住まいの市民で、更に少ない人数が王侯貴族のようじゃった。

観光地のようになってしまった我が家でも、『ぷち聖域』になった効果からか、迷惑な行為をするような輩は一人も来ておらん。畑で作業をするカブラたちには勿論のこと、アサオ家の誰にも邪魔者扱いされとらんからのぅ。

それと『ぷち聖域』の効果範囲が儂の予想より随分と広かった。これも影響しとるんじゃろな。その効果が及ぼす距離が、畑を中心にして半径５００メートル程度。なので隣近所さんのお宅まで含まれてしまっとる。

このことで、ご近所さんが迷惑を被っとる様子はない。それより『なんだか気分がいいの』なんて言ってくれて、好意的に受け止めてくれとるほどじゃよ。畑から離れていくと効果も薄れるようじゃが、それでも住んでいる方たちには良い効能が現れとるそうじゃ。

我が家へ来るまでにあるご近所さんのお宅へも、迷惑行為は見受けられん。まぁ、そんなことをするような輩が、聖域に近付けるとは思えんからな。

訪ねて来とる者の話によれば、この地を接収しようなんて意見を出す強硬派もおるらしいが、それらはほんの一握りのみ。愚行を犯す前に潰されとるそうじゃ。

なんとか実力行使に漕ぎつけようとした愚者は、王都から追い出され、遠方の地へ送られたとも言っておったわい。そこに神殿内での地位や、王国内での貴族位など考慮されん。全て島流しなんじゃと。

「こんな間近で見ること、感じることができる聖域を穢《けが》させません」

なんて力説したのは、司祭職の女性じゃった。その人は風の女神の眷属だったらしく、一枚の腹巻を持ってきてくれてな。近々ヒュドラの棲み処へ訪れようと思っていた儂にくれるそうじゃよ。これを身に着けていれば、水の中でも問題なく呼吸ができるらしくてのぅ。

「しかし、なんで風の女神からなんじゃろか？」

「水の男神様から相談されたそうです。そして、風の女神様自ら神託《しんたく》を下し、この神衣《しんい》を私供へ下《か》賜《し》されました。アサオ様へ届けるようにと……慈悲深《じひぶか》き女神の御心により、私供がこの聖域を訪ねる機会を与えてくださりました」

涙ながらに話す司祭さんには悪いが、儂の頭の中に浮かぶ女神の表情は違うぞ。儂にも男神にも、一つ貸しを作れたと喜んどる。今頃、何の菓子を頼むかの算段をしとる頃じゃろて……

「ヘクチッ！」

唐突に聞こえたくしゃみのもとへ視線を移せば、カブラとは別のマンドラゴラが座布団に座ったまま畑の上に浮かんでおった。噂を感じてくしゃみをするのは、人も神様も変わらんのじゃな……儂の見ている先にいるマンドラゴラ——風の女神の変身した姿は、司祭さんを含めた神殿関係者にはバレとらん。畑を神聖視して祈るその少し上に、本物の神様がいるなんて想像できんのじゃろ。

儂の視線に気付いた風の女神は、座布団ごと移動してくる。

「アニヨ？」

仏頂面《ぶっちょうづら》で声を発した女神に、塩味ポテチを一皿渡しておく。その際に小さな声で注意だけしておいた。

「信徒さんの夢を壊さんようにな」

その辺りへの配慮をしているからこその変身だとは思うがの。声を荒らげることなく頷いた女神は畑の上へと戻り、小人さんたちにいくつか指示を出してから姿を消すのじゃった。

そうそう、その小人さんたち。生野菜が好きなことに変わりはないが、煮物や焼き物にも興味を示してくれたんじゃよ。どうやら料理ってものが、文化としてないんじゃと。大抵、採った野菜をそのまま齧るか、せいぜい塩をまぶすまで。

それでマヨネーズと味噌の登場に驚異の反応を見せたそうじゃ。そうと分かればいろいろ食べさせたくなってしまうものでな。顔が綻ぶほど喜んでくれる小人さんたちを見て儂も嬉しくなり、無理のない範囲で作った。

その結果、食材の風味を生かしつつダシを含ませる薄味が好みだと分かった。小人さんの中でも年長者になればなるほど、その傾向が強く出ていたわい。香辛料は好き嫌いが混在していたので、種族としての傾向は掴めんかった。

ワカメなどの海藻を使った酢の物は女性が気に入ってくれとる率が高い。同じ酢を用いる料理でも酢味噌和《あ》えは男性の人気が高かった。

「アサオ殿、今ある料理を持ってヒュドラのところへ参ろう」

朝早くから出掛けていたロッツァが、帰ってくるなりそう告げた。水が滴《したた》っておるから、またヒュドラのところへ行っていたんじゃろ。海藻ばかりを食べているせいでか、ヒュドラの元気がないらしくてな。それを気にしたロッツァが連日顔を出し、カブラの畑で採れた野菜を食べさせていたんじゃと。

今日は、鞄に仕舞ってあった肉野菜炒めを差し入れたそうじゃ。肉は苦手と言っていたが、ひと口食べるごとに顔色が良くなり、一皿食べ切る頃には血色が違ったらしい。

それで他の料理も持ってこようと戻ってきたところで、小人さんたちの食事風景が目に飛び込んできた。渡りに舟で先の発言になったんじゃろう。

「人助け……いや、竜助けになるなら行こうか。丁度良い服をもらったからのぅ」

早速使う機会を得た腹巻をロッツァに見せると、不思議そうな目をしながらも頷かれたよ。

ロッツァの先導で海の中を進んでいく。目指す洞窟は目と鼻の先じゃったよ。しかし、洞窟というこどもあり真っ暗でな。適宜《照明《ライト》》を唱えつつ儂らは進んどるところじゃ。

風の女神にもらった腹巻は、水中でも息ができると教わったが、それだけしか効能がないわけではなかったわい。身に着けた服が一切濡れんのじゃ。

濡れて肌に貼り付いたんじゃ見映えが悪かろうと思って、濡れても透けない程度の衣服を纏い、その上に腹巻をするなんて奇妙な恰好を敢えてしていたのにのぅ……一度家に帰り、旅路の装いへ戻してから腹巻を装着。そして再度海の中へ潜ったってわけじゃ。

泳ぎでロッツァに敵うはずもないので、儂はその背に座らせてもらっとる。潮の流れは速すぎずうねりも感じんから、穏やかに進めておるよ。これも腹巻の効果で、きっと水の抵抗すら軽減しとるんじゃろうて。なかなか優秀な衣服じゃわい。

今進んでいる洞窟の直径はおよそ10メートル。本来の大きさに戻ったロッツァがぎりぎりすれ違えそうなほどじゃ。一つ疑問なのは、海藻や海底生物が見当たらんことじゃな。

「かなり広い洞窟じゃのぅ」

「元々広かったのだが、おかしい。先ほど通った時よりも余裕がある」

「そうなのか？」

険しい表情を見せるロッツァは、泳ぐ速度を上げた。洞窟内の流れは相変わらず緩やか。ロッツァの雰囲気を察して周囲を警戒しつつ、十数分そのまま進む。

途中、ロッツァが少し速度を落として儂を見上げた。この辺りでヒュドラの寝床まで残り半分を過ぎたくらいらしい。儂の疲労を心配してくれたみたいじゃが、儂は背に座っとるだけじゃて一切疲れとらん。ロッツァもまったく疲れなどないと言っとるから、そのまま進むことになった。

先を目指していたら数分の後、少々景色が変わった。儂の《照明《ライト》》に何かが反射して漂っとるわい。小さな石っぽいそれを鑑定してみたところ、珊瑚《さんご》や貝殻、洞窟の壁や天井の一部だったものと出ておった。

『ボリボリ、ゴリゴリ』

そんな音が前方から聞こえてくる。音と一緒に流れてくる礫も増えておるな。儂が使っていないのに《照明《ライト》》も漂っておった。ただし、儂が出すものより、数段暗いものじゃ。

「あれが犯人だ。質《たち》の悪いやつだぞ……」

ロッツァと儂の視線の先にはイルカの頭があり、その背後でボリボリゴリゴリと音がしていた。イルカの胴体の太さは洞窟いっぱいで、壁までさほど余裕があるようには見えん。こちらに頭を向けとるから、尻尾で洞窟を削り取っておるんじゃろか……随分と器用なことをするのぅ。

そのイルカはしきりに頭を左右に振りながら、

「まだなのー？　ねぇ、まだなのー？」

と誰かを急かしていた。イルカから響く声は野太い。低いはずの声を無理矢理引き上げているから、違和感が強いぞ。口調と声色で推測できるが、これきっとオネエじゃろな。

「だーっとれ！　まだ食べとる最中やないかい！」

別の声が洞窟内に反響する。何かを食べながら話しとるようで、若干声がくぐもっておるが、こちらは甲高く耳に痛い音域じゃ。

「岩は食べ飽きたのよー？」

「それはこっちの台詞じゃ！」

甲高い声が再び響けども姿は見えず。たぶんイルカの後ろに声の主がいると思われるが、洞窟いっぱいの図体《ずうたい》のせいで確認できんわい。儂とイルカの距離はまだ開いておるしのぅ。いまだに、儂らの存在に気付かんようじゃし、気配を察する能力は低そうじゃよ。

「あやつはシャチルカという魔魚《まぎょ》だ。強い魔物の肉を好むが、それ以外だってなんでも食べる。それこそ岩だろうが船だろうが構わずな。知能はあれども、とりあえず齧って腹に入れようって考えるほど頭が弱い。食べることが最優先事項なのだろうな」

ロッツァに教わっている間に、儂らは洞窟内の三叉路《さんさろ》を越えていた。シャチルカの奥、儂らの正面がヒュドラの寝床への道なんじゃと。対して折り返す形になっとる道は、エビやカニが隠れ住む行き止まりへ辿り着けるらしい。そこまで行くにも何度か枝分かれしとるから、一本道ではないそうじゃがな。ヒュドラのところから帰宅する際に道を間違えた結果、見つけた道だそうじゃよ。

未だ先行し続けるシャチルカが、儂らの行く手を塞いでおる。

「このままヒュドラのところへ行かれても平気なのか？」

「ダメだろう。最悪、こやつらはヒュドラを餌にしようとするぞ」

「ふむ。となると引き返してもらうか、先を譲ってもらうかせんといかんな」

もしかしたら話が通じるかもしれんので、ロッツァに頼んでシャチルカに近寄ってもらった。目と鼻の先まで行くと、やっとこさ儂らに気付いたようで目が合う。濁《にご》りのないつぶらな瞳じゃな。ほんの少し首を傾げたシャチルカじゃったが、何も言わずに大口を開けて儂とロッツァを腹に収めようとしてきた。

先にロッツァから言われた通り、『考えるよりも先に食べる』を実行されたようじゃよ。緩慢な動きなので、難なく回避できた。それでも目の前を口先が通り過ぎるのは、なかなか肝が冷えるもんじゃった。

「あらーん？　お肉が逃げたわん」

やる気の感じられん話しっぷりのまま、シャチルカは再度口を開いて齧りついてくる。ロッツァが後退すれば追いかけ、躱せばそちらへ顔を向ける。そんなことを繰り返していたら、シャチルカは儂らへ近寄ってきた。それによって尾っぽが引っ張られたんじゃろ。洞窟を齧る音がしなくなると共に、先が少しばかり見えた。

不思議なことに、尾っぽがあるはずの場所にも頭が生えていて、そちらは黒と白の色合いをしとる。イルカが青灰色《せいかいしょく》を基本にした皮膚じゃから、違いが歴然じゃ。ちらりと見えたそれは、パンダのような配色じゃったから、シャチなんだと思われる。

シャチとイルカが合体した魔魚……尾びれが一つに双頭の魚かと思っていたが、身体の前後に頭が付いとるのか。なんとも不恰好で珍妙な姿をした生き物じゃよ。

三叉路まで戻った儂らを、執拗にイルカアタマが追いかける。弱そうに見える儂に狙いを定めたようで、ロッツァが避けるのに苦労しとるよ。自身を狙われるよりも躱し難いらしい。

負担を軽くする為に、儂がロッツァの背から降りると、いよいよ攻撃が苛烈《かれつ》になった。しかし、その全てを杖であしらう。

「肉が食べたいだけなら儂がやろう。この先には進まんようにしてくれんか？」

「いやよーん。あっちからも美味しそうな匂いがするんだからーん」

気の抜けた話し方をしとる割に、イルカアタマの攻勢は緩まん。

「おいっ、やめんか！　先に行けん！」

シャチアタマが引き戻そうとしてるが、餌を目の前にしたイルカアタマの勢いに勝てんらしい。動く物を優先的に腹に収める習性があると分かったので、さっきから《氷壁《アイスウォール》》や《岩壁《ストーンウォール》》を肉代わりに食べさせているが、満腹になってくれんようじゃ。

連続でそれらを食べさせると、儂自身を狙いよるから、時たま狙いを逸らす為に【無限収納《インベントリ》】から肉を取り出して投げる。イルカアタマは、儂への攻撃以上の高速で反応しとる。やはり餌で満足させんとダメかのぅ……

「どうするアサオ殿、このままでは埒《らち》が明かんぞ」

三叉路を来た道側へ入りながら、ロッツァが告げてきた。イルカアタマが肉を咀嚼《そしゃく》する間に、ヒュドラの寝床へほんの少しだけ進むんじゃが、行ったり来たりを繰り返してここから移動できておらん。

「エビカニルートに、ロッツァが行ってくれると手があるんじゃがな……」

「そうか。ならばなんとかしよう」

ロッツァと相談しつつ機を窺い、イルカアタマへ肉を与えていく。そうするとシャチアタマが身体を引っ張ってくれてな。わずかに出来た隙間を縫うように進んだロッツァが、もう一方の道へ抜けてくれた。泳ぐロッツァに狙いを絞らせまいと肉を連投した甲斐があったわい。こうなればこっちのもんじゃ。

儂は《氷壁《アイスウォール》》と《岩壁《ストーンウォール》》を林立させて、イルカアタマに食べさせる。餌以外を口に含ませると、やはり儂目掛けてどんどん近付いて来るわい。その身体の半分以上が、三叉路から儂のほうへとはみ出すのを見て、合図を出す。

「ロッツァ、今じゃ」

「分かった」

儂が【無限収納《インベントリ》】からトロールの肉塊を取り出すのと同時に、ロッツァも同じ物を鞄から引っ張り出す。きっと今まで食べたことのない魔物の肉……そんな物が目の前にあったら、食欲最優先のこやつらが我慢はできまい。ぎりぎり餌に届かず、二つの頭で引き合ううちに躱して先を急ぎ、目的を達してしまおうと儂は考えたんじゃよ。

「あ、あ、あ、あっ！　あたしのよーん！」

「何を抜かすか！」

ミチミチミチッ!!

嫌な音がした途端に、イルカアタマがトロールの肉へ齧りつく。予想よりも稼げた時間が短くて、儂は脇を通り抜けることすらできんかった。それはロッツァも同じだったようで、移動しとらんかったよ。

想像を超える事態になったのはシャチルカも同様だったらしい。イルカアタマが肉塊に噛みついた時に、シャチアタマも餌にありつけたんじゃろ。無理矢理引き合ったせいで、シャチルカは真っ二つになってしまっとる。ただ、血らしきものが流れ出しとらん。その代わりに透明な何かが出ておるようじゃが、詳細が分からんかった。

肉塊を齧りながらのた打ち回るイルカアタマ。三叉路近辺の壁や天井にぶち当たり、形を変え、広さまで変えていく。シャチアタマもさして違わん行動をしとるようで、ロッツァのいる側からも音と振動が伝わってきた。

痙攣《けいれん》と咀嚼を繰り返す二匹を躱した儂とロッツァが、当初の予定通りヒュドラ側の道で合流する。

「い、い、い痛いわーん！　でも美味いわーん！」

「痛ッ！　美味！　美味！　痛ッ！　痛ッ！　痛ッ！　痛ッ！」

儂の前にあるイルカアタマは、呆けたように肉を噛む。シャチアタマも最初は味の感想を述べていたが、もう痛いとしか言っとらんよ。

見るからに無事ではないが、一応鑑定してみたところ、元一匹だったシャチルカは瀕死《ひんし》と書かれていた。想定外の惨状に儂は慌てて《快癒》《ヒールオール》をかけるも治りが悪い。もう一つ上位の《復活》《リザレクション》を唱えれば回復した。しかし、元通りの姿にはならず、シャチルカの姿はシャチとイルカに離れたままになってしまったがのぅ。

二つに分かれたシャチルカは二分の一より小さくなり、儂とロッツァの中間くらいの大きさに収まった。大きさの変化より奇妙だったのは、二匹共尾びれが付いておらんことじゃ。それでも泳げるらしく、儂の周囲を回っておるわい。

元シャチルカだった二匹は、儂と視線を合わせると泳ぎを止めた。そのまま視線を外さず徐々に距離を取っていく。後ろに向かって泳ぐなんて、魚にできる芸当なんじゃろか……そんなことを考えているうちに儂から十数メートル離れた二匹は、逃げるように洞窟を去っていくのじゃった。

シャチルカが逃げ帰ってくれたら、他に洞窟内で障害となりそうな相手は残っておらん。順調に奥へと進めとる。

ロッツァの案内で進む洞窟は、さっきまでの景色とは違うものじゃったよ。食い広げられていた洞窟の直径が半分ほどになり、サンゴやイソギンチャク、赤や緑の海藻が全方向にへばりついておる。他にも光る石のようなものが、ところどころめり込んでおってな。《照明》《ライト》に比べれば弱いが、先を見通せんほどではない。

点在しているそれらは、アメフラシやウミウシが死んで出来たものなんじゃと。岩と同化しながら最期を迎えると、光る石を残すそうじゃ。そんな説明をしてくれるロッツァの指す先に、今まさに天寿《てんじゅ》を全うする者がおるんじゃよ。それを見ながら教わる……なんとも贅沢《ぜいたく》な授業じゃて。

手当たり次第に食べ尽くすシャチルカは、この光景まで食事にしていたんじゃな……お引き取り願えて正解じゃったわい。

暗い場所では明かりを灯したが、洞窟に住まう生き物には強すぎたのかもしれん。逃げるように隠れる生き物がおれば、反対に《照明《ライト》》へ攻撃してくる者もおるほどじゃ。

中でも面白かったのは、何十匹も集まって《照明《ライト》》を包んでしまった魔物じゃな。こやつは光を栄養にする性質らしく、その身体に吸収して溜めておくんじゃと。儂が出した光などは恰好の餌になり、それで群がっとるようじゃ。

餌となる光が足りない時には、仲間内で融通し合って生き永らえるとも教わった。進化や環境適応による変化はどの世界でも不思議なもんじゃなぁ……

ヒュドラの寝床に着くまで、こちらの海洋生物を教わりながら進んでいった。先のようなことを知れたのはごく僅かで、ほとんどは『美味い』『不味い』じゃったよ。ロッツァの記憶に鮮明に残っている魚介類の場合は、味の詳細も聞けたぞ。

「この貝は、殻が美味いのに中身が不味い」

ロッツァが指し示す先には星形の巨大な貝。それが壁にびっしり張り付く異様な光景じゃ。でろんと出た中身は、紫色と橙色をしておった。二枚貝のような姿でなく、殻をその身に載せているだけのようじゃ。通りがかりに鑑定してみてもロッツァの言う通り、『美味しくない』としか書かれとらん。殻のほうはいろいろと書かれており、特に儂の目を引いたのは、

『乾燥させて粉末にすると良いでしょう。様々な料理に使え、旨味が格段に増します』

なんて文言じゃったよ。ついでに、

『殺さずに殻だけ外せば、またそのうち生えてきます』

とも記されておった。手の届くところにいた一つを掴み、身を傷つけないように殻を引っぺがす。さすがに痛みは感じるみたいなんで、《治癒《エイド》》で簡易治療を施してみた。すると剥き出しの身には、小さいながらもすぐに殻が生えるのじゃった。

貝殻を集めて【無限収納《インベントリ》】に仕舞い、本来の目的であるヒュドラの寝床を目指す。

徐々に狭くなる洞窟じゃが、今の大きさのロッツァなら泳ぐ広さはまだ十分に確保できとる。そろそろすれ違えなくなるってくらいか。

「あの先だ」

ロッツァが首をもたげた先には、右からせり出す岩がある。今までと違い明るいそこを目指し、岩を回り込むと、行き止まりになった。

直径20メートルはあろうかという広さの空間。奥に向かってなだらかな傾斜が付いていて、その

上のほうから光が差し込んでいるらしい。

傾斜を上ったら、それに伴い海からも上がれるようになっとった。

「なんじゃ。空気があるならそう言ってくれれば良かったのに」

「ここにあっても、ここまでの道中が息継ぎなしでは無理だろう」

洞窟内に儂とロッツァの声が反響する。

「それで子ヒュドラはどこじゃ？」

「その奥に隠れているぞ」

上陸した地面の奥、いくつも置かれた岩に同化するように、紺色の肌が見え隠れしていた。儂のいるところからは、丸っこい身体に短い尾が付いているくらいしか確認できん。

ふいに、地面に垂れていた尾がぴんと立ち、それと同時に一つの頭がこちらを向く。浅葱色《あさぎいろ》をした頭の下は、胴体に向かって蛇腹になり、ほぼ白と言ってもいいほどの紺色をしておった。じっと見られたので儂も視線を外せん。

目が合っている間に、二つ目の首が岩の陰から現れる。そちらも浅葱色。そちらはくりっとした目がとても可愛らしいぞ。一つ目はどちらかと言えば、切れ長って感じかのぅ。

そんなことを思っていると、三個目の頭がぬっと出てきた。胴体や先の頭と違い、これは濃い桃色。左目の周りには、ハート模様の白ぶちまで付いておる。最後に顔を見せたので警戒心が強いのかと思ったが、他より人懐っこいのかもしれん。にょろっと蛇のような舌を出しながら、儂の近くまで首を伸ばす。それを浅葱色の首が留めとるわい。

「アサオ殿だ。先に食べさせた肉野菜炒めを作ってくれた方だぞ」

ロッツァの言葉に反応した桃色頭は、浅葱色の頭二つを掻い潜り、儂の腹まで首を伸ばす。それに遅れること数秒――浅葱色の頭も、同じように儂の両肩に首を伸ばしてきた。

先に儂に触れた首を追いかけるように、子ヒュドラの胴体部分も岩陰から出てくる。隠れていた岩と比較していたのでおおよその寸法は分かっていたつもりじゃが、想像を超える大きさじゃったよ。

三本ある首はそれぞれが儂と同じくらいの太さを持ち、胴体がロッツァより少し小さいほど。身体のバランスがおかしいと思うが、ヒュドラにしたら普通のことかもしれんな。

光沢《こうたく》があるので、てっきり湿り気を帯びているものだと思ったが違った。体表は滑らかな肌触りをしており、小さな鱗にびっしりと覆われとるよ。これは濃い桃色の頭も浅葱色のも変わらん。胴体も尻尾も同じような造りになっとるわい。

しかし、これだけ大きな頭部を持っとると、ちょっと動くだけでも大変じゃろな。フラつきそうじゃし、重心移動も難しいと……あぁ、その難点を克服する為に短い脚になっとるのか。上下の重心をなるべく低くして、太い四本の脚部で支える。これも進化の形なんじゃろう。

頭と身体の距離が近付いたからか、ヒュドラが儂にかけていた重さが減った。それでも甘えたような仕草は続いとるし、押し付けてくる力は弱まっておらん。

「お前さんたちは、野菜や海藻を好むんじゃろ？」

儂の問いに、三つ首が揃って縦に振られた。

「ロッツァが持って来た肉野菜炒めは美味かったか？」

またも一糸乱れぬ動きじゃ。

「ふむ。となると、肉自体がダメなのではなく、生が苦手なのかもしれんな」

浅葱色の頭が二つ、儂の肩から離れて途中まで下ろされたが止まる。桃色頭に至っては、何を言っとるのか分からんようで、右に左に首を捻っておったわい。

反応の違いを見ていて、儂は一つの疑問が浮かんだ、身体は共通になっていても、頭によって好みが出るんじゃろか……とな。そこでヒュドラに食事を与えつつ、観察してみた。

全員共通して言えることは、ロッツァが食べた料理と同じ物を口にする。これは、食事を運んで世話を焼いてくれたロッツァのことを、親代わりと思っているからかもしれん。

カブラが面倒を見ている畑で採れた野菜は、大喜びで全員が食べておる。それが生のままだろうと、加熱されたものだろうと変わらん。多少の差異というか個性の違いというか、食べ方の差は見受けられたがな。

可愛い目をした浅葱色の子は、ほんの幾度か噛んだら呑み込んでおり、切れ長の子はほぼ丸呑み。桃色の子は儂らと変わらんくらい、しっかり咀嚼《そしゃく》しとった。

魚を与えたら、全員が頭から丸呑みしよる。

煮付けでも焼き魚でもこれは変わらんかったわい。

肉の場合は、種類と部位を変えても生を嫌がっておる。半生も苦手なようで、中まできっちり火を通した料理を、これまた全員が咀嚼しとる。

「無理せず、食べられる食材だけで構わんからな」

ロッツァも食べられるってだけで、ここ最近は生肉などを好まんからな。魚介類は生でも食してくれるが、それだって醤油やワサビを使うからのぅ。野菜もドレッシングやマヨネーズ、あとは味噌を好んで使うほどじゃて。

「我の舌も贅沢《ぜいたく》になったものだ……以前の食事にはもう戻れんぞ……」

がつがつ食べ進めるヒュドラを眺めていたロッツァは、そんな言葉をぽろりとこぼした。

「家族で一緒に暮らしているうちは大丈夫じゃよ。ロッツァが独り立ちしたいというならば、考えんこともないが――」

「長い間一人でいたからな、暫くは一緒にいさせてもらう。それにまだ世界中を見ていないのだ。離れるわけにはいかん」

儂の言葉を遮り、早口で捲し立ててくるロッツァ。その様は、いつもとまったく違う。ヒュドラもここ数日見てきたロッツァと様子が違うからか、きょとんとした顔を向けとるよ。

「別に追い出そうとしとるわけじゃない。『やりたい』と言うならば応援するってだけじゃ」

「ならば『今のまま暮らしたい』と言わせてもらおう」

ほっと胸を撫で下ろしながら、ロッツァは息を吐くように言葉を紡いだ。

ヒュドラたちの食事は恙《つつが》なく進み、今はもう甘味の時間になっとる。一緒に用意したのはコーヒー、紅茶に緑茶。三つ首全てがコーヒーの苦みがダメだったらしい。砂糖をこれでもかと入れたら、なんとか飲めるくらいじゃったな。紅茶も甘めを好み、緑茶は渋みが苦手なようじゃ。

甘いお菓子を大層気に入り、甘さの強い果実水で喉を潤す。多少の酸味が加わるのは、アクセントとして受け入れてくれたみたいじゃった。

そうそう、このヒュドラはあまり話さん。いや、話せんのか？　儂が聞き取れたのは、

「「「ウマウマ」」」

と、

「「「ノンノン」」」

の二言のみじゃ。ロッツァに聞いても、他の言葉は発しておらんそうじゃから、あまり会話をせんのじゃろう。少しばかり発育が遅いのかもしれん。ま、そんなのはこれから話していけばいくらでも育つからのぅ。聞き取りができても話すのが難しいのは、人も魔物も変わらんじゃろ。

クリムとルージュは、未だに一言も話さんからな。その分、全身くまなく使って言いたいことを表現しとる……他にも自己表現の方法は多種多様じゃ。子ヒュドラだって、何かしら見つけるじゃろ。

今回の食事で子ヒュドラは、儂が【無限収納《インベントリ》】から取り出した料理を、ロッツァが食べる前に口

にするほどまで慣れてくれた。

「餌付《えづ》けだな。美味い料理に慣れていない者ほど、この効果は絶大だ」

ロッツァが言い表したことに間違いはない……ないんじゃが、もう少し言い方ってもんがあるじゃろ。そう反論したいのに、目の前にある結果から目を逸らせん儂は、口を噤《つぐ》むしかなかった。

そんな儂の心中を知らん子ヒュドラは、のん気に三つの頭を寄せてくる。儂の背後から両肩に浅葱色の二首、頭の上に桃色を乗せ、鼻歌混じりの上機嫌でロッツァと向き合うのじゃった。


子ヒュドラの寝床を後にした儂とロッツァは、来た道を戻っておる。来る時にはあまり食材を獲れなかったから、帰り道ではできるだけ集めていこうと思ってな。

寝床までの道のりは気付かなかっただけで、思った以上に分岐路が多かった。迷わないように注意しながら儂は、ウニにサザエ、それとイセエビやナマコを獲っておる。ロッツァは儂から離れて、全長2メートルを超えそうなミズダコを仕留めとったわい。

「のぅ、ロッツァ。あれ、隠れているつもりなんじゃろか？」

儂は背後に視線を配ることなく、ロッツァに聞いてみた。

「たぶんな。我らの家までの道のりを知りたいのだろう」

咥えていたミズダコを鞄に仕舞いながらロッツァが答えると、儂らの背後で海水が大きく揺れる。儂らを見失わない程度の微妙な距離を空けて、追いかけてきとる犯人は子ヒュドラ。料理を気に入り、儂に慣れてくれたのもありがたいが、懐きすぎになったかもしれん。

「さすがに街中までは行かせられんが、家の近所くらいでもダメかの？」

「我が住んでも文句が出んのだ。きっと大丈夫だと思うぞ」

儂らの動向が気になって仕方ない子ヒュドラは、三つの頭が岩陰から覗いておる。それでも一応、隠れようとしとるんじゃろな。浅葱色の頭の一つが他の頭を必死に引っ張っとるが、多勢に無勢で勝てておらん。もう身体が半分以上も出てしまっとるわい。

振り返った儂らと目が合った子ヒュドラは、逃げるように慌てておるが間に合わん。なんとか岩場に辿り着く様は、儂とロッツァにしっかり見られとったよ。

「こっちにおいで。儂らの家まで案内しよう」

桃色頭がひょこっと顔を出して様子を窺う。儂が手招きすれば、喜び勇んで近付いてきた。三つの頭の誰に主導権があるのか分からんが、今の時点では桃色頭が強そうじゃ。

「我と同じように小さくなれれば、近くにいても問題ないだろう」

「そうか。そうすればいいんじゃな。確かロッツァに渡した指輪と同じものが……」

がさごそ鞄を漁るように【無限収納《インベントリ》】を見れば、目当ての物に手が触れる。

「以前にもらったまま使う機会がなくて忘れとったな」

ロッツァの甲羅に嵌め込まれた指輪とお揃いの物。とはいえ、子ヒュドラに差し込む場所はないのう。首飾りにでもしてやるのが無難か。ルージュやクリムもそうして指輪を首から下げとるし。

「アサオ殿、この子も従魔にするのか？」

「本人が望むなら考えんでもないが、近所に住むだけなら登録せんでも平気じゃろ、きっと」

指輪に次いで取り出した編み紐を、《縮小《シュリンク》》の付与された指輪に通しながらロッツァに答える。今のままでもそれなりに強い子ヒュドラじゃが、一人で生きていくには心許《こころもと》ないじゃろう……儂からのプレゼントってことで、他にもいくつか指輪を追加しておくとしよう。

洞窟を泳ぐロッツァに遅れないよう追いかけてくる子ヒュドラは、地面を蹴って跳ねておった。どうにも泳ぐのは得意ではないらしい。その姿はまるでカバみたいじゃったよ。確かあやつも泳がず、水中を駆けたり跳ねたりしていたはずじゃ。カバみたいな獰猛《どうもう》さは感じられんが、同じくらいの大きさがあるからのぅ。後ろから急接近されると迫力が凄いわい。

帰り掛けの食材採取は、子ヒュドラも一緒にやってくれた。自身が食べて美味しかった海藻などを教えてくれてな。生のまま食べた所感じゃから、料理すると違う結果になるかもしれんが、それでも参考になったよ。

その際、ガンガゼやサザエも獲ってきたのは意外じゃったな。中身は食べずに棘《とげ》や殻を食べていたらしい。食べても問題ない程度に、ガンガゼたちが生きていけるだけ摘まんでいたみたいじゃ。儂の前で子ヒュドラが実演して、ぱりぽり小気味好い音をさせとるよ。

棘を食べられて普通のウニっぽくなってしまったガンガゼ。サザエも突起物がほとんどない巻貝になっとった……子ヒュドラは、自分の身体を維持するのに必要な栄養素を知っとるんじゃろか？

いや、その知識があるならば、顔色が悪くなったりせんよな……

本人が食べる意思を示した海藻を主に集めさせて、儂とロッツァは貝や魚を獲っておる。そろそろ家の近く、というところにまで戻った頃、先に作っておいた首飾りを子ヒュドラに渡してやった。最初は一つだけと思ったんじゃが、喧嘩になってのぅ。なりは大きくても子供――それを忘れておったよ。

喧嘩をやめさせる為に、【無限収納《インベントリ》】から二本の編み紐を慌てて取り出して、急ごしらえで首飾りに仕上げた。それぞれの編み紐に効果の違う指輪を三個ずつ通して、首にかけてやる。

色や形が多少違っても、同じ個数で飾りが付いていれば納得してくれると思ってやってみたが……とりあえず気に入ってくれたみたいじゃった。

洞窟から出て海底を進み、敷地内の海岸へ上陸する。子ヒュドラも一緒じゃよ。さすがに家族以外に見られると騒ぎになるでな。海から出た時点で、大きさを変えてもらう。

やり方が分からなかったのか、子ヒュドラが多少苦戦してのぅ。ロッツァの説明を聞いてから何度か試すと、徐々に小さくなり、出会った当初の半分くらいまで縮んでくれた。

海から上がり、坂道を上って裏庭へ行くと、そこにはクーハクートがおったよ。ナスティの鉄板料理に舌鼓《したつづみ》を打っているらしい。皿に盛られた極厚ステーキからは湯気が立ち、断面からは肉汁が溢れ出しとる。フォークに刺さった肉はひと口大。それを頬張るクーハクートと、やっと目が合った。

のぅ。

「おふぁえり」

食べることをやめなかったクーハクートは、きっと『おかえり』と言ったんじゃろな。何度も肉を噛みしめて、胃へ送ってから再び口を開く。

「来た時が丁度良くてな。御相伴《しょうばん》にあずかっていたのだ」

ナスティの手伝いをしているメイドさんは二人。絶妙な焼き加減を見抜くナスティの技量を学ぼうとしとるようじゃ。火加減と鉄板の温度、それに肉の厚みで、置く場所も焼く時間も変わるから

のぅ。

その上、なるべく肉に触れる回数を減らそうとまでしとるナスティは、やはり天賦《てんぷ》の才の持ち主なんじゃろな。子供たちへの指導、教育もできとるし……天は二物も三物も与えたようじゃ。

しかし、学問と違って経験と感覚でやっとるから、ナスティも説明しにくいじゃろう……見取り稽古だけで覚えるのは大変だと思うが、諦めないメイドさんに期待しよう。

「アサオさ〜ん、その子はどうしたんですか〜？」

儂とロッツァが顔を出した後、遅れること数秒でぬっと現れた子ヒュドラの頭にも、ナスティは動じておらん。儂に近いのが桃色頭で、ロッツァ寄りに出てきたのが浅葱色の頭二つ。

桃色頭が儂の頭に顎を乗せているのを見るや否や、ルージュが飛びかかってきた。

「おっと！」

攻撃しようとしたのではなく、咄嗟に身体が動いた感じじゃった。儂の腹に飛び込んできたルー

ジュを抱きかかえると、子ヒュドラは頭の位置を少しズラして覗き込んでくる。ルージュと目が合い、視線で何かを語り合っとるようじゃが、詳細は分からん。どちらも声を発してくれんからな。

「以前に話した子ヒュドラが懐いたのだ。アサオ殿の餌付けが成功したとも言える」

にやりと意地の悪い顔をしたロッツァは、ナスティたちへそう説明した。それを聞いたクーハクートは、目が点になっておったが、暫くしたら話し出した。

「もう何十年と姿を見せてくれなかったヒュドラが、こんな幼い子供になっていたとは……王家の守護竜は、代替わりでもしたのだろうか？」

「そのような話は聞き及んでいません。確認してみたほうがよろしいかと存じます」

クーハクートがメイドさんに耳打ちした内容が、儂の耳にまで届いたわい。

守護竜……？

首を傾げる儂は、右手で頭上の桃色頭を撫でてやり、左手ではルージュが落ちないように支えていた。何も話さん二匹じゃが、甘えたがりなのは共通でな。目を細めて喜んどるようじゃ。浅葱色の頭も羨ましかったのか、いつの間にやら桃色頭を挟む形で儂の両肩に顎を乗せておった。

「儂の腕は二本しかないんじゃから、順番じゃよ」

そう言っとるのに、右足にはクリムがよじ登り、左足からはバルバルが上がってくる。カブラは座布団で近付いてきて儂の頭に着地しよった。ここまで集《たか》られると、何がなんだかよく分からん。

唯一儂のところへ来なかったルーチェは、『他の子らよりもお姉さん』と自負しとるから、我慢しているんじゃないかと心配したが、どうやら杞憂《きゆう》みたいじゃった。皆の昼ごはんにと準備しとる焼き台が、手を離せないくらい忙しいらしい。

「ルーチェはんも来いひんとダメやでー」

「ちょっと待ってー」

カブラに言われたルーチェは、手伝いに入ってくれたメイドさんに焼き台を任せると、猛スピードで駆け寄ってきた。躱す余裕もないほどの速度で近寄られた儂は、受け止める以外の手段を選べん。しかし、両手両足、頭に胴体まで塞がっとる。受け止めようにも場所が――

なんて思っていたら、ルージュがさっと離れて、儂の腹部を譲りよった。そして身構える時間もないままルーチェ渾身の一撃を喰らった儂は、腹からくの字に折れ曲がるかと思うほどの衝撃を浴びるのじゃった。

儂の身体に纏わりついていた全員が、時を同じくして離れとる。誰一人としてルーチェの体当りの衝撃をもらわず、被害が儂だけで済んだのは不幸中の幸いじゃろう。ただ何の相談もなしに、これだけの連携ができる子供たちは何なんじゃ？

「あらあら〜、アサオさんが怪我しちゃいますよ〜」

ステーキをひっくり返したナスティが、のんびりとした口調でルーチェを窘めとる。怪我をしなきゃいいってもんでもないと思うんじゃが……

「じいじなら大丈夫だよ！　ね！」

そう言うなり、ルーチェは儂を見上げてから離れていく。来た速度より少し遅いくらいで焼き台へと戻っていった。

それが合図だったのか、カブラとバルバルも後を追い、クリムとルージュはロッツァのもとへ跳ねていく。残ったのは子ヒュドラのみ。儂の頭上に桃色頭、両肩に浅葱色が乗る姿勢に戻り、胴体部分はぴったり背後におるよ。

子ヒュドラは三つの頭それぞれが大きく口を開けて、キラキラした何かを吐き出した。それを浴びた儂は、いくらか身体が楽になる。

「回復魔法が使えるみたいですね～」

儂の様子を見ていたナスティが、そんなことを口にするのじゃった。

「魔法というより、吐息《ブレス》と呼んだほうが正しいやもしれんぞ」

ナスティの言葉を受けて、ロッツァがそう告げる。

「竜族は、様々な吐息《ブレス》を使えるのだ。攻撃だけでも風火地水の各属性。他にも毒や麻痺、混乱に睡眠を引き起こすなんてものもあると聞く。回復ができるものがあっても不思議ではあるまい」

キラキラしたものが子ヒュドラから吐かれ続け、儂を中心に足元の草木も元気を取り戻しているようじゃよ。先日刈ったばかりの雑草が、にょきにょき葉を伸ばし出したぞ。ここらで止めんと、再び庭を占拠されてしまうわい。

「これくらいで大丈夫じゃ。ありがとな」

儂の言葉を受けて、子ヒュドラはやっと止まってくれる。儂にダメージらしいものは特になかったが、それでも子ヒュドラには痛そうに見えたんじゃろ。相手の状況を観察できる余裕があるのに、自身を顧《かえり》みることはできんかったのか……最初に出会った時、血色が悪かったのを思い出す。

それぞれの頭を撫でてやれば、目を細めて喉を鳴らしとる。反応だけ見たら、大きな猫みたいじゃよ。

「それで～、その子は何を食べますか～？」

「炭火串焼き、美味しいよ！」

ナスティは鉄板で分厚いステーキをこさえ、ルーチェは焼き鳥を作っておった。どちらからも良い匂いが立ち上っとるわい。儂の腹がけたたましく主張をすると、子ヒュドラが驚き覗き込んできた。

「野菜や海藻を好んでおったが、良く焼きの肉も食べてくれたぞ。血の滴るような焼き加減はダメらしい」

儂が二人に説明してやると、それを肯定するように三つの頭が上下する。

「そうですか～。分かりました～」

そう言いながらナスティは、ジャガイモとニンジンを炒め出す。どちらも色合いから言って下茹では済んでおるようじゃから、焼き目と味付け程度なんじゃろな。それらの焼け具合を見計らって、今度は薄くスライスされた肉を準備しとるぞ。

「カブラー、タマネギとトウモロコシをお願ーい」

「分かったでー」

ルーチェのほうは仕込みがまだのようで、食材の確保からみたいじゃよ。とはいえカブラ農園にある野菜の種類は、下調べが終わっとるらしい。ナスティの提供するものと被らないように選んだんじゃろう。

「カブラの作る野菜は、この子らに大好評じゃったぞ」

「そうなん？」

座布団からバルバルをぶら下げたまま移動するカブラが、こちらを振り返る。

「寝床で食べた肉野菜炒めのキャベツやピーマンは、カブラが育てたんじゃよ」

首を傾げる子ヒュドラにそう教えてやれば、また口からキラキラを吐き出した。さっきのように垂れ流す感じでなく、光線のようにカブラへ向かって一直線じゃ。

「な、な、な、なんやー⁉」

突然のことに驚くカブラは、バルバルを引き上げて盾にしよった。身代わりを使うなんてこと、儂は教えとらんぞ。吐息《ブレス》を一身に受けるバルバルは、心地よさそうに震えとる。その様を見たカブラは、ようやく自身も浴び始めた。

「気持ちいいやないかー。吃驚させへんといてー」

ほへっと気の抜けた顔を見せるカブラに、

「吃驚したのは儂じゃよ。バルバルになんてことしとるんじゃ」

叱りの言葉を入れておかんとな。

「いやだってバルバルはんのほうが、ウチより丈夫やし……」

言い訳を述べながら、儂から後退るカブラ。その言葉は尻すぼみで聞こえなくなっていった。

「畑から野菜とってきまーす！」

子ヒュドラの吐息《ブレス》が届かんくらいまで離れたら、逃げるように座布団で飛んでいきよったわい。

その際、バルバルを儂に投げつけてきおってな。宙を舞うバルバルは上手いこと姿勢を整えて、儂の胸元に着地する。

飛んでくるバルバルを目で追う子ヒュドラは、そのままずっと吐息《ブレス》を浴びせておる。儂が受け止めたバルバルは、今まで見たことないほど照っていて、まるで輝いているようじゃった。

「元気になりましたか～？」

ナスティに問われたバルバルが、儂の腕の中で弾む。

「良かったですね～」

子ヒュドラの三つの頭の上で順番に跳ねるバルバルは、儂がやったように撫でておるつもりなのかもしれん。

「さてさて～、それじゃ～ごはんにしましょう～」

子ヒュドラと儂の為にと、ナスティが用意してくれたのは薄切りヌイソンバのバターステーキ。

ともすれば硬くなりがちな赤身肉を上手に下処理して、肉汁を失わないように焼き付けたようじゃ。パサパサにならず、かといって半生でなく中まで火が通っている絶妙な焼き加減。付け合わせに添えられたニンジンとジャガイモは、少しばかり付いた焦げ目がなんとも食欲をそそる見た目をしとった。

「いただきます」

儂が手を合わせて軽く頭を下げると、子ヒュドラもぺこりと頭を振った。

バターステーキを頬張ると、適度な噛み応えを残しつつも解《ほど》けていく。口一杯に広がる肉の旨味とバターの風味。それを追いかけるように、胡椒が刺激と香りを届けてくれた。

「美味いのぅ」

感想を述べながら子ヒュドラを見たら、咥えたジャガイモの熱さに悶《もだ》えておったよ。それでも吐き出さずに、なんとか口中に引きずり込む。幾度か噛むうちにほろりと崩れていくジャガイモに、子ヒュドラは笑顔じゃ。その笑顔に釣られて儂もジャガイモを齧る。ほくほくの食感と、淡い塩味。濃すぎず薄すぎず、こちらも良い塩梅じゃな。

次に食べたニンジンには、子ヒュドラが身体を揺らすほど喜んだ。このニンジン、しっとりなどでは収まらず、ねっとりした食感じゃった。舌に纏わりつくような甘さなのに、くどさを感じん。ニンジン本来の甘さを活かすべく、最低限度まで減らされた塩も良い仕事をしとるよ。

大変満足いくナスティの料理に、唯一の難癖を付けるなら色味かのぅ。差し色として緑があると

完璧じゃ。そんな風に思っていたら、

「これもどうぞ～」

ホウレンソウの炒め物を差し出された。バター醤油の香りが鼻と腹をくすぐりよる。付け合わせでバランスを取られたら、もう文句なしじゃよ。その証拠に子ヒュドラが、ステーキそっちのけでホウレンソウの皿に顔を寄せとるわい。

「ウマウマ」

桃色頭が上機嫌でそう言えば、

「「ウマウマ♪」」

残る二つの浅葱色も繰り返す。三つ首を大きく左右に揺らしながら、ホウレンソウを呑み込んでおった。肉を食べられるようになったとはいえ、好きなのはやはり野菜類なんじゃろな。

ナスティが用意してくれた料理を平らげた子ヒュドラじゃったが、満腹を迎えるには程遠い。儂のそばから離れて、ナスティにおかわりをせがもうとしとる。そんな矢先に、ルーチェが炭火焼きした野菜を持ってきた。

「出来たよー。熱いから気を付けなね」

ルーチェが持つ焼きモロコシは、少し焦げた見た目と香ばしさで、子ヒュドラの視線を釘付けにする。深皿に丸のまま盛られたタマネギは、表面が真っ黒になっとった。

これは炭化した皮を剥いて食べると、抜群の甘さを感じられるあれじゃな。ただ、注意せんとトロトロの中身で舌と口の中を火傷《やけど》するぞ。

「ナスも美味《うんま》いでー」

カブラが持参した長皿には、タマネギ同様炭化した長ナスが載っとる。その皿とは別に、削り節とおろしショウガを持っており、これらは焼きナスの薬味なんじゃろう。

子ヒュドラが期待の眼差しを儂へ向けたが、別に断りなぞいらん。

「好きなだけ食べたらええ。ルーチェもカブラも、お前さんにって用意してくれたんじゃからな」

儂の答えに、三つ首が競うように料理へかぶりつく。桃色頭が焼きモロコシに、浅葱色はタマネギとナスにそれぞれ分かれた。

バリボリ芯まで食べる桃色頭は、顎を上に振りながら呑み込む。浅葱色の二首は、熱々のタマネギ汁とナス汁にやられて悶えとった。それに表面を剥いておらんから、きっと苦かったんじゃろ。顰めっ面になっとるわい。

「ウマウマ」

「ノンノン」

桃色頭と浅葱色頭で真逆の反応を示した。

「そりゃそうや。熱いから冷まさんとダメや。それに皮もこうやって剥かんと」

真っ黒な表面をカブラの手によって剥かれたナスは、淡い緑色の中身を外気に晒す。湯気と一緒にほのかな香りを漂わせた焼きナスに、カブラが醤油と薬味で色を添えた。それを浅葱色の首の一つの前へ差し出す。

焼きタマネギはルーチェが炭を払い、トゥルンとした本体を小鉢へ盛り、もう一つの首の前へ置いた。

ほんの数秒前の出来事があるから、どちらの首も躊躇しとる。それでも香りの誘惑に負けたらしく、口の大きさに似合わん、小さなひと齧りをした。先ほどの反応が嘘みたいに、機嫌を直す二首。

「こうやって冷ますんだよ。ふーっ、ふーっ」

再びばくりといこうとした二首を手で制したルーチェが、手本を見せた。

焼きモロコシを食べ終えた桃色頭が、ルーチェを真似て別の焼きタマネギに息を吹きかける。すると程良く炭が飛んでいってな。つやつやの身が顔を覗かせた。器用に中身だけを吸い出して、桃色頭は食べとるよ。

浅葱色の二首がまだ冷ましとるのに……この子だけは熱いのを物ともせんな。

ナスとタマネギを食す二首は口内火傷が痛いらしく、桃色頭に向けて口を開く。そこへキラキラ吐息《ブレス》がかけられれば、治療となるようじゃ。そうしてやっと味覚も戻ったんじゃろ。

「「「ウマウマ」」」

と、三つ首揃って感想を述べとるわい。

子ヒュドラとの食事会はその後も暫く続き、ロッツァの作る焼き魚、クリムとルージュにバルバルが協力して用意したわためなども披露されるのじゃった。

途中、商業ギルドから来た連絡員のバザルと、ギルマスのチエブクロも食事に加わったが、子ヒュドラには視線を向けん。それ以外にも、クーハクートが同席しとることにも触れてこん。聞けば、他の街のギルマス連中から話を聞いたんじゃと。

「『アサオさんなら、何があってもそれが普通』、そう思うのが大事ですよ」

なんて証言がどこのギルドからも届いたそうじゃよ。

だから、この場に王家の親族であるクーハクートがいて料理していても、かなり上位の魔物であるヒュドラが食事していても、きっと不思議なことではないのだろうと流すことに決めたらしい。

「一般的な普通で考えたら、ソニードタートルが魚を焼くのも、熊種の子供が魔法を使うのもおかしいんです。それを気にし出したら、キリがないと分かりました。心の平穏の為にも、あるがままを受け入れると決めたんです」

「賢い選択だと思うぞ」

チエブクロが絞り出した言葉に、クーハクートが悪童顔で答えた。

その後ろでは、子ヒュドラが全員で渋い顔をしとる。更には浅葱色の頭を交差させて大きくバツまで作り出した。

何かと思って見てみれば、カブラが真っ赤な唐辛子《とうがらし》を炙っておったよ。その刺激臭と辛味成分に反応して、咄嗟に出た仕草のようじゃ。

あまり言葉を発しないのは、クリムやルージュと変わらん。それでいて表現が豊かなのも似とる。

似た者同士で仲良くなるか、それとも反発するか……どうなるか分からんが、見守ってやるくらいしか儂にできることはないのぅ。

《 25 ほぼ家族 》

あの日から子ヒュドラは連日のように我が家へ通ってきておってな。朝昼晩の三食きっちり食べとるよ。

毎度毎度、何かしら海産物を持参しとるが、あれはきっと食事の代金のつもりなんじゃろ。ロッツァあたりから何かを教わったのかもしれん。

先日、出くわしたシャチルカみたいな輩がいたんじゃ、儂も安心できんでな。子ヒュドラの安全の為にもと思い、マップで帰宅を確認しとるんじゃが……数日前から寝床へ戻っておらんのじゃよ。

夜ごはんを食べた後に、あの海中洞窟を進むのまでは確認しとる。そこからが少し変なんじゃ。日に日に一夜を明かす場所が、我が家の近くになっとってのぅ。簡単に寝所を変えられるもんじゃろか……

気になったのでロッツァに見に行ってもらい、余裕があったら理由を聞いてきてもらうつもりだったんじゃが、隠し立てせずに教えてくれたらしい。毎食通うのが面倒になって、横着《おうちゃく》していたんじゃと。

洞窟内にも何ヶ所か陸地があり、そこを寝床にしていたそうじゃ。最終的には洞窟を引き払って、うちの庭先に住もうと考えていたみたいじゃよ。

儂と一緒にロッツァの報告を聞いていたナスティは苦笑いしとる。儂の向かい、ロッツァの右隣ではルージュが腕まくりの真似事をしてから、地面をたしたし叩いていた。その後ろで申し訳なさそうに縮こまる子ヒュドラを慰めるのは、クリムの役目になったようじゃな。

「別に引っ越してくるのは構わんが、今までの棲み処はどうするんじゃ？　何も知らせずにいなくなったら、親御さんが心配するじゃろ」

三つの頭が、揃って傾けられる。

「そのことについてお話があります」

答えは思わぬ方向から聞こえてきた。声の主に顔を向ければ、水の男神が立っていたよ。

「どうやら親ヒュドラは遠方へ出払っているみたいなんです」

眉尻を下げた困り顔でそう言う男神は、言葉を続けた。

「首の数が足りないこの子は、ヒュドラとして不完全です。それで異端《いたん》扱いされないように、なんとか完全な姿になれないかと治療方法を探し回っているらしいです」

「魔法でどうにかできるなら今すぐにやってやるんじゃが、先天的に『ない』ものは治せんからのぅ……」

儂が呟くと、男神は押し黙り頷くのみ。以前、レーカスの街で出会ったサンバニの妻ルカが、生まれつき声を発せられん身体じゃった。あれも魔法では治せんかったから、子ヒュドラの首を増やすのも儂にはできん。

「どんなことをしてでも子供の不利を消したい、満足いく生き方をさせたい。そんな風に考えるのは、親として当然のことだと思う。その手段が見つかるかもしれんのなら、儂だって探すじゃろう。でもな、だからといって子供を置き去りにしていい道理はないはずじゃ」

「ごもっともです」

「片親なのか、両親が健在なのかも分からん。あの子に聞いても首を傾げるだけじゃからな。覚えがないほど会っとらんのじゃろ、きっと。もしかしたらあまりにも寂しくて、記憶に蓋をしとるのかもしれん」

真面目な話をしとる儂らのそばに、子供たちはおらん。

空気を察したルージュとクリムが、子ヒュドラを連れて遠退き、庭で遊んでくれとる。今は、バルバルが作った直径30センチほどの木製ボールで、サッカーらしきことをしておるわい。

浮いたボールを頭で受けたルージュは、一瞬の間の後蹲《うずくま》る。さすがに木製ボールでのヘディングは痛かったらしく、額のあたりを押さえとるよ。慌てた子ヒュドラは、三つ首がかりで吐息《ブレス》をかけておった。

痛いのは御免とばかりに、クリムが今度は、並べた木製ピン十本目掛けてボールを転がしていく。このピンもバルバルお手製じゃよ。儂が描いた絵の通りにバルバルが作ってくれてな。子供たちの使える遊具の種類がそこそこ増えてきとるんじゃ。

ボウリングで遊ぶ子供らを見ていたナスティが、重い空気を破るように口を開いた。

「子供が一人増えたところで～、何の問題もありませんよ～。親御さんが帰ってくるまで～、一緒に暮らせばいいだけです～。幸いなことに～、あの子も懐いてますからね～」

ナスティの言葉を聞いた男神が、深々と頭を下げる。

「あ～、懐いたんじゃなかったです～。アサオさんの餌付けでした～」

にこにこ笑うナスティに、儂は苦笑することしかできん。

「儂の料理が好かれたのは最初だけじゃよ。今じゃナスティの鉄板料理のほうが、好物になっとらんか？」

「いえいえ～、アサオさんには敵いませんよ～」

それぞれになすり付け合う儂らを見て、男神は吹き出してしまった。さすがにまずいと思ったんじゃろ。再度地面へ視線を向けたが、その肩は小刻みに揺れておる。

そんなやりとりの最中も、子供たちのボウリングは続いておってな。時折、パカーンと良い音が響いとる。審判役……いや、子守をしてくれていたロッツァに、子ヒュドラが称賛されとった。

初めてやるはずの子ヒュドラが、クリムとルージュに勝ったらしい。子供らを引き連れたロッツァが、坂道を下りていく。少しすると崖下から、ボコンボコンと音が聞こえてきた。

ナスティ、男神と連れ立って見に行けば、ロッツァが海に浮かんでいた。その背にはクリムとルージュが乗っておる。子ヒュドラは少し離れた波間から、首だけ出して覗いとるわい。

「ここなら大丈夫だとは思うが、少しは待たんか」

自身の背から飛び出したルージュを首で受け止めたロッツァが、儂へ視線を寄越す。それを見たクリムは、甲羅の上で踏み止まった。

「そこなら大丈夫じゃ。上には何もないし、家の基礎からも外れとる」

儂の答えを聞いたクリムが崖に向かって大きく跳ねた。首にしがみつく恰好になっていたルージュは、数秒出遅れる。ただ、それが上手いこと時差になったようでな。二匹が崖を交互に抉っていく。爪で掘るのではなく、《穴掘《ディグ》》を水平方向へ使っとるわい。

水の男神に促されるまま海上へ踏み出すと、儂もナスティも水面に立てたよ。そのままクリムたちがやることを見学する。

十数回同じ動作が繰り返されると、間口が2メートル、奥行き1メートルくらいの穴が出来た。二匹が作ったのは子ヒュドラの新居じゃ。ただ、これではあの子が寝泊まりするには小さすぎる。そこで儂より先に動いたのはナスティじゃ。彼女も《穴掘《ディグ》》で加工を繰り返す。二匹と同じようにやっているんじゃが、そこは師弟の差じゃな。細やかかつ無駄のない操作で、みるみるうちに穴が広がっていく。

それに対抗心を燃やしたルージュが、入り口に装飾を施していった。魔力の余剰はないと見え、己の爪で大胆にやっとるよ。となればクリムも黙っとらんじゃろ……

そう思ったんじゃが、儂の見当違いじゃったよ。クリムはロッツァの背で寛ぎ、ナスティとルージュの競争をのんびり眺めておった。時折、ぱふぱふ前足を叩き合わせておる。

儂も掘ろうかと思ったがやめておく。儂のやるべきことは穴掘りではなく、崖崩れが起きんように補強することじゃな。そう思い、周囲の岩へ《堅牢《スタウト》》をかけるのじゃった。

《 26 引っ越し祝い 》

子ヒュドラの新たな住まいが大まかに完成して四日。既に居を移した子ヒュドラは、快適に暮らしておるよ。旧寝床には親御さん宛ての書置きを残すことと、定期的に掃除などをしに戻ることを約束事にしておいた。いつ帰ってきても、所在地が分かるようにしておかんといかんからな。儂は誘拐犯《ゆうかいはん》になるつもりはないんじゃよ。

そうそう、新居は今細かな内装工事をしとる。クリム、ルージュ、ナスティだけで作ったことを、ルーチェとカブラがぶーたれてな。

外観……門構えの装飾と棚などの据え付けをルーチェが施し、カブラは観葉植物の選定と設置で難儀《なんぎ》しとるわい。

新設した洞窟に日の差し込む箇所などないんじゃが、そこはナスティが協力してくれたんじゃよ。適度な大きさと角度の穴を開けて、植物が置かれる予定の場所に日が当たるように作った。

まだ細かな工事が残っとるのに、子ヒュドラの引っ越し祝いの品を、クーハクートが毎日いろいろ持参してのぅ。今日は溜まったそれらを消費することになったんじゃ。

見える範囲にあるだけでも、植物、薬品、食材に刀剣、具足や胸当て、木像と石像などもあるぞ。どれもこれも王家の秘書や伝承などに記されていた、ヒュドラに供《そな》えた品々らしい……新たなご近所さんが出来たくらいのことなのに、一騒動になってしまった。

これらの品は王様とクーハクートの指示により、貴族総出で集めたんじゃと。だもんで異様に煌《きら》びやかな見た目をしとる物は、王家伝来の宝物や貴族家のとっておきみたいじゃよ……

「子ヒュドラ殿を囲って何かしようと企む輩が現れんとも限らん。先に手を打っておかんとな」

とかなんとか述べるクーハクートは、またもや悪童顔をしとったよ。

当の子ヒュドラは装備品や美術品に目もくれん。食べられるわけでなし、身に着けられるはずもない。そんな物に子供が興味など示さんわな。

そんな中でも薬品の一部だけには少しばかりの関心を示していた。それもほんの一瞬で、すぐに食材のほうへ三つ首揃って注目しとったわい。

そのまま食べても問題ない果実は、切ったり剥いたりして与えた。初めて食べる物ばかりで、子ヒュドラは大層喜んでおるよ。果実に多い甘味と酸味、ほんのりする苦味は、問題なさそうじゃ。

「のぅ、クーハクートや。これを持たせた者は分かるか？」

儂は手に持つ青パパイヤらしき果実を見せる。これを含めた何点かに《鑑定《エヴァルア》》さんが仕事をしてくれてな。本来ならば含まれるはずのない、身体に害のある成分を見つけたんじゃよ。

聖域化してしまった畑を越えて、ここまで入れるとは……あぁそうか。物に悪意や害意は宿らんから、儂の親しい者に運ばせれば素通りできる。その穴を見事に突いたんじゃな。

儂の言葉に振り向いたクーハクートは、それまでののんびりした雰囲気を一変させた。眉間に皺を寄せながら、儂の手元を覗き込む。空気の変化を感じ取ったメイドさんが耳打ちしとった。

「すぐに変調を来《きた》すなんてことはないようじゃが、紛れ込ませるとは怪しいのぅ」

「……そうだな。裏を取ろう」

険しい表情のクーハクートから目配せされたメイドさんが、儂の指し示した食材を全て確保して席を外す。

「他にはなさそうじゃ。儂は料理を始めるから、あっちで子供らと遊んでいてくれんか？」

「ここは私がやりますよ～。アサオさんも～、子供たちのところへお願いします～」

クーハクートへ告げたのに、答えが別人から来たわい。

「そんな怖い顔で～、美味しいものは作れませんよ～。子供と遊んで～、気晴らししてくださいな～」

どうやら儂もクーハクートと変わらん表情のようじゃ……二人で顔を突き合わせていたら、ナスティに追いやられるように台所から退出させられた。

果実を食べている子ヒュドラは、近付いてきた儂に顔を寄せる。口の周りがべたべたで、それを儂の腹で拭きよったわい。クリムとルージュもわざと真似っこして、儂の両足に引っ付く。二匹はにやりと笑ってから、クーハクートへ抱き着いた。

「……やられた……」

一度儂のところで拭ってから行ったので、クーハクートにはそれほど付いておらん。そうは言っても水気を含んだ汚れじゃ、沁《し》み込む前に何とかせんとな。

「《清浄《クリーン》》」

儂が、自身とクーハクートを綺麗にしとる間に、子供らは逃げていきよった。

「悪戯を覚えたのは誰の影響かのぅ……」

「……知らんな」

鳴りもしない口笛を吹きつつ、そっぽを向かれたぞ。

子ヒュドラたちは、先日やったボウリングをまた始める。それを観察していて分かったんじゃ。どうやらピンを倒すことよりも、ぶつかり合う音を楽しんどるらしい。今だって倒れたままのピンにボールが当たったのを、手を叩いて喜んでおるからのぅ。

鳴り物のおもちゃは、あまり用意しとらんかった。すぐに持ち出せる材料は……木片や端切れじゃな。となると、作れるのはパタパタや鳴子《なるこ》辺りか。どちらも難しい造りになっとらんし、必要な部品も少ない。

子供たちが遊ぶのを横目に見ながら、儂は【無限収納《インベントリ》】から素材を取り出す。その行動に、クーハクートが興味津々になってしまったぞ。

軽い説明をして共同で作業していたら、今度はバルバルが来てくれた。こうなると俄然《がぜん》やれることが増えてな。円型や球型、穴が開いた部品まで頼めるってもんじゃ。

いろいろ用意しているうちに、儂とクーハクートの醸し出す空気は、いつものものに戻っていたよ。

バルバルから部品を受け取り、それらを組み立てる。少ない部品でやることを割り振った儂らは、もう流れ作業と言ってもいいくらいになっとるわい。鳴子はクーハクートが仕上げてくれとる。

ただ何か足りんと思っていたら、出来上がりを見て分かった。色が塗られとらん。朱色や黒色になっていない鳴子だと、いまいち間の抜けた感が否めんな。口元を歪める儂にクーハクートが気付き、次いで遊んでいたはずのルージュが寄って来た。

「折角組み立てた鳴子じゃが、一度バラすしかないのぅ」

「良い物にするには仕方ないだろう」

文句も言わずに付き合ってくれる。遊ぶことに対して妥協せんクーハクートなら、当然の行動かもしれんが……大事なことを忘れていた儂のチョンボじゃよ。その罪悪感から、茶請けを渡しておいた。おやつにありつけたルージュは、遊ぶのをやめて儂らの作業に付き合ってくれるらしい。一緒にいるならば、ルージュに一工程を任せられるな。

バルバルが用意した部品にルージュが色を塗り、儂が乾かしてから、クーハクートが組み上げる。

小一時間ほどで十数個の鳴子が出来上がった。

その後、パタパタでも同じように繰り返す。こちらの組み立てで多少苦労を見せるクーハクートじゃったが、仕上がりが二桁を数える頃にはかなり手馴れた感じになっておったよ。

鳴子にしろパタパタにしろ、元貴族がするような作業じゃないと思うが……作業と呼んでいる時点で普通はせんのか。まぁ、本人が楽しそうにしとるから構わんじゃろ。

カチカチ、カチャカチャ鳴るおもちゃがそれなりの数出来上がり、不具合がないかの確認をしていたら、クリムと子ヒュドラがボウリングを置き去りにして来てしまった。やりっぱなしはいかんので、所定の場所へ戻させようと思い、

「片付けをしなくちゃ――」

と言いかけたところで、二匹はすぐに戻って片付けを終えたわい。やるべきことはやる。クリムを見習って、子ヒュドラもちゃんとしとるよ。

子ヒュドラが扱うには、どちらも小さかったようでな。再び作った鳴子とパタパタは、三倍以上の大きさにしておいた。今後来るかもしれん大きい種族の子供も、これで遊べるはずじゃて。

ルージュも合流した子供らを遊ばせて、儂とクーハクートは次のおもちゃ作りへ移る。バルバルもまだ手伝ってくれるようじゃから、今度は球型を使うとしよう。

球を二個に、紐一本と輪っかを一つ。これらを合わせて作るのは、アメリカンクラッカーじゃ。日本にいた頃、爆発的に流行って一瞬で消えていったあれじゃよ。危なくないようにしたかったが、改良策が分からん。遊ぶ際に気を付けるくらいしかないわい。穴の開いた球に紐を通してきつく縛る。抜けたり外れたりしないように細心の注意を払ったが、実験してみんことにはな……

儂が手元で振るクラッカーは、カカカッと音をさせとる。上下にテンポ良く動いとるが、ブレや鈍い音などはしとらん。これなら大丈夫じゃろ。音に引き寄せられた子供たちに紛れ、今度はルーチェまで来たよ。木製の他に石や骨でも作ってみたら、音が違って面白いもんじゃった。

そうそう、バルバルは骨まで加工できるようになってな。もしかしたらと思って紙を見せたら、それまで作れるようになってくれたんじゃ。これは嬉しい誤算で、遊びの幅が広がるぞ。

ただ、バルバルが作れる紙は、非常に薄くてのぅ。以前、木板で作ったかるたやめんこを紙製にするには、何枚か貼り合わせる必要がありそうじゃった。儂の記憶だと、紙を薄くするほうが、技術や苦労を要したと思ったが……バルバルにとっては逆なんじゃろう。

しかし、薄い紙ならばこその遊びを思い出してな。折り紙と紙鉄砲じゃよ。これらは子供たちの知育にも役立つはずじゃて……いや、クリムたちには難しいか。折ることは叶わずとも、遊びだけはできるからとりあえずその方向で進めるとしよう。

折り紙は簡単なものから作り出したんじゃが、クーハクートが予想以上に食い付きよる。折り目の仕込みさえしてしまえば、あとはひっくり返したりなんやかんやで形になるからのぅ。非常に簡単なヨットですら、子供のような顔をして驚いとったよ。

一つ思い出したものを作る。折り上がった船は、先ほどのヨットと比べれば何倍も難しく見えたことじゃろう。

「この帆の部分を持ってから、目を瞑ってくれんか？」

儂に言われるがままクーハクートが帆先を摘まむ。目が閉じられているのを確認した儂は、畳んでいた船首を開いて反対に折った。

「さてさて、目を開いたら――」

ゆっくり目を開けたクーハクートが自身の持つ船を見て吃驚仰天。帆先を持っていたはずなのに、今触れているのは船首なんじゃからな。何度も引っかかってくれるものではないが、初見さんに『だまし船』はやはり効果的じゃわい。

「何をしたのだ？　魔法か？　魔法なのか？」

もうクーハクートが、年齢を重ねた子供にしか見えん。もしかしたらルーチェたちより、目がキラキラしとるかもしれんぞ。

「紙が普及してくれれば、こんな遊びもできるってもんじゃ」

タネを教えずはぐらかし、そんなことを言っておいた。

あと、大きな薄紙を利用して作った紙鉄砲には、子供たち全員が大興奮しとったよ。予想を遥かに超える音量だったらしく、畑にいたカブラまで来るほどじゃったからな。

《　27　うま味調味料　》

引っ越し祝いの食事会が終わり、いつでも顔を出せるようになった子ヒュドラは、ルーチェたちと一緒に遊んでおる。クリムとルージュが通った道を、大きく外れることなく辿りそうでな。だもんで、まずは力加減を覚えてもらうことになった。

儂とナスティが先生となり教えたんじゃが、これはすぐに覚えてくれたよ。儂の家族と比べたら強くないのも功を奏したのかもしれん。子ヒュドラが多少加減を間違えたって、家族相手だったら怪我はせんからのぅ。

あとは子供たちでじゃれ合いながら、実地で体験していったのも良かったはずじゃて。楽しいことの為なら、大抵の人間は頑張れるものじゃからな……ナスティやロッツァも同意しとるから、人間以外も変わらんのじゃろう。

ルーチェたちがナスティから魔法を教わる間、子ヒュドラが仲間外れになるかもと懸念していたが、杞憂に終わったよ。子ヒュドラも一緒になって習っとる。

こちらも勉強というより、遊びの延長って感じになっとるのぅ。まだまだ上手にできん子ヒュドラ相手に、クリムとルージュがコツを教えとるようじゃ。これはこれでクリムたちにも良い影響じゃな。誰かに教えると、反復学習になるってもんじゃよ。

学習といえば、ロッツァが同行して狩りを教えとるそうじゃ。

「獲物を渡すとアサオ殿が美味くしてくれる」

なんて言ったらしい。それで子ヒュドラが俄然やる気を見せて、ロッツァに『まだかまだか』とせがんどるみたいじゃよ。

狩りの指導の際には、食べられる分だけ獲ることと、美味しく食べる為の仕留め方を優先して教えとると聞いた。命を頂くんじゃから、食材を無駄にするなんていかん。儂がそう口酸っぱく言っておるのをロッツァが教え込んでくれとるんじゃと。

ルーチェによる採取の指導も並行しとるそうじゃが、こっちは逆に教わることが多いらしい。特に、そのまま食べて美味しい海藻に関しては、実体験に基づくものじゃからのぅ……ルーチェでは食用かどうかを見極めることでは勝てんわな。

それでも採取方法に関しては、一日《いちじつ》の長《ちょう》があるんじゃ。教え教わりの良好な関係を築いているようで一安心じゃよ。

儂が先生役を務められたのは最初だけで、すぐに解任されてしまった。子供に甘い儂では、いまいち不安があるそうでな。今じゃ、ほぼほぼ料理番になっとるよ……

別に断る理由もないのでその立場を受け入れ、今は様々な食材を研究させてもらっとるわい。以前、子ヒュドラの寝床へ向かう最中に見つけた、星形の貝殻を原料にした調味料もその一つでな。

しっかり乾燥させてから砕き、更に欠片《かけら》を均《なら》して微細にしたそれは、うま味調味料になってくれた。余計な部分を除いていったら、思った以上に減ってしまってのぅ。元となる貝殻の量から見れば、仕上がりは十分の一以下じゃよ。

儂が半日かけて作ったうま味調味料は小瓶二つ分。味を調えたり、深みや奥行きを出したりする為に少量を使うから、今はこれくらいでもいいが……これが一般的な調味料になると大変じゃろな。製造する部門を作るなり、専門の職人を育てるなりせんと、街全体で使う分は賄《まかな》えんと思うぞ。

「おとん、これすごいなー」

ささっと作ったホウレンソウのお浸しに、削り節と醤油、それとうま味調味料をかけて出したら、座布団に座るカブラが気に入ったらしい。その座布団にぶら下がっとるバルバルも同じ意見なんじゃろう。身体を小刻みに揺らして、皿に残る汁まで舐めておったよ。

この反応を見る限り、新しい調味料として受け入れてもらえそうじゃが……

とりあえずチエブクロとバザルにだけ教えるとしよう。起業の目途が立つまでは広めさせせんようにせんと。材料集めを考えたら、冒険者ギルドにも事前に話を通しておくべきじゃし……子ヒュドラとロッツァの素振りだと、さして珍しい素材ではなさそうなのが救いじゃな。

「じいじー！　獲れたー！」

水柱の立つ海の上――空中でルーチェが、黒色と黄色の縞々《しましま》模様をした巨大な魚を抱えていた。海面に漂うロッツァも、儂と同様に見上げておったわい。

それとは別の場所から、海水が吹き上がる。こちらは子ヒュドラによるものじゃった。三つ首それぞれが斑《まだら》模様の太い紐《ひも》を振り回しとる。海に激しく叩きつけとるから、きっと獲物だとは思うが、あれは何じゃろか？

儂が子ヒュドラへ視線を移す間に、ルーチェはロッツァの背へ降り立っていた。力が抜けてだらりと垂れた縞模様の魚は、大きな口を開けたまま仰向けになっとる。その口はルーチェを丸呑みにできそうなほどじゃよ。

ロッツァは、甲羅に載せられた魚をこちらへ運搬する役目らしい。ルーチェはというと、子ヒュドラの手助けに向かった。頭を振り回す子ヒュドラはまだ獲物を仕留め切れとらんのじゃろ。

「ちゃんと持っててね」

ルーチェの言葉で動きを止めた子ヒュドラじゃが、それを待ってましたとばかりに太い紐はその首へ絡みついていった。しかし、それは意味のない行動じゃよ。

「よいしょ！　せりゃ！　てい！」

頭部と思われる箇所を、ルーチェが次々に打ち抜いた。あれも活《い》き〆《じめ》になるんかのぅ。

「上手にできましたー。ぱちぱちぱち」

斑模様の太い紐を咥えたまま、子ヒュドラはルーチェを背に乗せて帰ってくる。

「これも美味しいと思うって、モッチムッチが捕まえたんだよ」

胸を反らせて自信満々に宣うルーチェに、子ヒュドラも頭を上下に振って追随するのじゃった。

子ヒュドラに連動して、太い紐がぶらぶら揺れる。そんなことより大きな疑問があってな。

「モッチムッチって誰じゃ？」

「この子ー。いつまでもヒュドラとか子ヒュドラじゃ呼び難いんだもん」

浅葱色の頭二つと、桃色の頭一つ。それらが揃って頷く。

「触り心地がもっちもちで、見た目がむっちむちでしょ？　だからそう呼んでたら、答えてくれたんだー。それで、モッチムッチになったの」

背中からぴょんと飛び降りたルーチェに、三つ首が絡まるようにじゃれついた。太い紐もついでに絡まっとるが、誰もがまったく苦しそうにしとらん。ルーチェも嬉しそうに笑っとるわい。

先日までは、ステータスの差があるルーチェでも、大質量の子ヒュドラに迫られたら多少はよろけておったのにのぅ。この数日でしっかり加減を覚えてくれたようじゃ。

「親御さんからもらった名前はなかったのか？」

儂の問いに桃色頭は首を傾げるだけ。二つの浅葱色頭はぶんぶんと横に振って答えてくれた。

「そうか。お前さんたちがいいなら、モッチムッチと呼ばせてもらうよ」

そう言えば、機嫌良く頭を揺らす。

「しかし、頭一つひとつに名付けなくていいんかのぅ？」

儂のこぼした疑問には、ルーチェが口を開いた。

「もっちもち、むっちむち、みっちみちって呼んだんだけど、誰が誰か分からなくなったの」

ルーチェの頭が右側へ傾ぐと、三つ首も真似するように右へ傾ぐ。

「それでもう、一つだけあればいいんじゃないかなって……モッチムッチって呼んだら、皆返事したんだもん」

こくこくと大きく首肯するモッチムッチ。傾いだままのせいで倒れそうになったが、なんとか踏ん張ったようじゃな。

まとめて『ミムモ』と呼ぶのも可哀そうじゃが、それでいいのか？なんて思ったものの、考えを改める。現状問題ないなら、それでいい。必要になってから案を出したってなんとかなるじゃろて。名付け親になったルーチェに、モッチムッチは非常に懐いとる。本当の親御さんが見たら嫉妬するかもしれんくらいじゃよ。モッチムッチは、ルーチェに促されて太い紐を儂へ渡してきた。受け取ったそれはとても重かったぞ。

「《鑑定《エヴァルア》》」

斑模様の太い紐……ではなく、当然のように魔物じゃった。ウミヘビの一種で、強靭《きょうじん》な胴体による締め付け攻撃などが脅威と出とる。頭と思しき部分は、絶壁に近い形になっとった。

そこに鋭い牙を持ち、強力な吸いつきと噛みつきも主要な攻撃手段らしい。身体のどこにも毒などは保持しておらず、淡白《たんぱく》な身は煮ても焼いても美味しいそうじゃよ。

ロッツァの持参した黒色と黄色の縞々魚は巨大なウツボで、こちらも美味なんじゃと。脂のりが良いみたいじゃから、焼いたほうが良さそうじゃな。捌いたらロッツァに焼いてもらうとしよう。

「アサオ殿、これは蒲焼きに出来るのではないか？」

儂が下処理を始めたウツボを見て、ロッツァはそう告げる。

ぬるぬるの表皮を塩揉みして、巨大化した身体に見合った大きな骨を取り除いてやれば、小骨もさして残らん。

開いて適当な大きさに切った身は、確かにウナギと似ておるからのぅ。ロッツァが蒲焼きを思い付いても不思議はない。しかし、塩焼きを頼もうとしていた儂にしたら、想定外ってもんじゃ。

「それも良さそうじゃな。余分な脂を落とす為に、一度蒸してみるのもいいかもしれん」

自身の提案に対して改善点を示されたのに、ロッツァは上機嫌じゃった。

「ではそれで頼む。そのまま焼いたものと、味を比べてみよう」

にこにこしながらロッツァが焼き場へ移動していく。適当な大きさに捌き終えて串打ちしたウツボの一部を皿に盛ると、モッチムッチが運んでくれた。残る串打ち済みのウツボは、ルーチェが蒸籠《せいろ》へ並べてくれる。この場を任せた儂は、ウミヘビの処理に取り掛かる。

太いウミヘビはウツボと同様に表面が非常にぬめっておった。同じ処理を施そうと思ったところで、日本にいた頃に見た手を思い出してな。それを試してみた。

儂は海水を大きな水球にして宙に浮かべる。その中に渦というか海流を作ってから、ウミヘビを突っ込むと、中でぐるぐると回ってな。時折、逆回転させてやると縺《もつ》れるようにその身を捩《よじ》る。

数分して取り出したウミヘビは、ぬめりが綺麗に取れていたよ。残る二匹も同じようにやって一度【無限収納《インベントリ》】へ仕舞った。その下処理を、素材の買い取りに来た冒険者ギルドのマスターさんに見られてのぅ。呆気にとられていたが、なんとか気を持ち直して口を開き、

「食べない部分は買い取らせてください」

と言われてしまったよ。だもんで鑑定さんの結果を見ながら、食べられないところと美味しくない部位は売り払う約束をした。

冒険者ギルドもいらんと言った内臓などは、乾燥させてから粉にした。畑に撒けば肥料になるか

もしれんからな。なるべく無駄にしないようにしてやらんと、狩られたウミヘビが浮かばれんわい。

ロッツァに焼いてもらったウツボは、滲み出る脂で揚げているかのようになったそうじゃ。モッチムッチが焼けた二串を持ってきてくれたら、焼き場からそう説明されたよ。あまりにも火が上がるので、ロッツァは目を離せんみたいじゃよ。

受け取ったウツボをタレに潜らせてやれば、儂とモッチムッチの腹が鳴る。それに一拍遅れてギルマスさんの腹も可愛らしい音を立てた。

その音を気にしないように、儂はウツボの蒲焼きを切ってみる。湯気と共に良い香りが広がる。表面がカリカリで、中がとろけるような見た目も相まって、我慢ならんほどじゃ……

「味見をしてみんとな」

生唾を呑み込んでから、蒲焼きを切り分けて食べてみる。儂とギルマスさんで一串を半分こ、残る一串を三つに分けてモッチムッチの分じゃよ。

口にする前から漂っていたタレの香りが舌まで刺激する。それを感じているうちに身がほろりと崩れ、追いかけるように脂が口いっぱいに広がっていった。なのにしつこさを感じん。脂がすっと消えていくと、もうひと口欲しくなる。

これは全員同じ感想だったようじゃ。空になった皿を見て、儂らは揃ってロッツァへ視線を向けたからのぅ。

「味見だけでなくすわけにはいかん。ここは我慢じゃぞ」

ギルマスさんもモッチムッチも悲しそうにしとるが、焼いているだけのロッツァもいるんじゃ。自分に言い聞かせるようにそう呟くのが、儂にできる精一杯じゃよ。

その後、蒸してから仕上げた関東風蒲焼きと、生から作った関西風蒲焼きの食べ比べとなり、家族全員から高評価を得るのじゃった。

「また見かけたらこれは獲るべきだな」

ロッツァの言葉にギルマスさんまで力強く頷いておったわい。

《 28　ちょっとした秘密基地扱い 》

昼ごはんに同席したギルマスさんの提案に従い、モッチムッチを従魔登録してからというもの、ルーチェたちの応対が変わった。近所の友達ではなく、明らかに家族と見做しとるよ。

儂もそれは同じでな。できるかどうかは二の次で、モッチムッチにいろいろ手伝ってもらっとるわい。家族の誰もが、初めての体験をやらせてやりたいと思っとるようじゃ。

唯一経験させていないのは、料理じゃな。さすがに足や口を使って料理させるのに、儂が抵抗感を拭《ぬぐ》えなくてのぅ。《清浄《クリーン》》をかければ大丈夫だと思うが、一応我慢してもらっとる。

モッチムッチは、バルバルが手伝う姿を見て『こっちはいいの？』ってな顔をしとるが、あれは手であり足であり口でありって感じじゃからな。渋々ながらも納得してもらった。その時、カブラが放った一言が効いたのかもしれん。

「バルバルはんは、モッチムッチの兄《にい》やんやで？　同じことができるようになるまで、そりゃ長い時間必要やろ」

この言葉をストンと受け入れられたんじゃろ。仕方ないって表情になったよ。

料理の全てをダメと言うのは簡単じゃが、それじゃモッチムッチの為にならんと思ってな。代わりの案として、大きな魚や魔物の解体を手伝ってもらったんじゃ。ロッツァを手本にして、獲物を押さえつけたりぶら下げたりと大活躍じゃったよ。

ロッツァとナスティが二人掛かりで指導する解体現場は、商業と冒険者の両ギルドマスターたちの見学会と化しとるわい。食材になる部分以外は基本的に卸されるからのぅ。双方で欲しいものと必要なものを融通しあい、談合のような雰囲気になってしまっとるよ。

先日解体しておいたウミヘビは今、儂が料理しとってな。それを見学するのは、クーハクートを含めた王族組じゃよ。

貴族の相手などしたことない儂が、知らず知らずのうちに非礼を働く可能性を否定できん。無理矢理何かをやらされることも、不躾な頼み事も受けけん。それでも構わんなら我が家へ来ればいいと伝えたんじゃよ。家族も含めて、無礼打ちなどされても困るでな。

最初にそんな前提条件を付けたのが逆に良かったらしい。立場や地位などを気にかけず、食事や会話などを楽しめる貴重な場所扱いになってしまったわい。

料理人見習いの女の子もほぼ毎日通っており、下拵えから仕上げまでを経験しとるので、料理の腕前がめきめき上達しとってな。やる気が空回りして危なっかしかった頃が懐かしいもんじゃよ。

「オハナは頑張っているようですね」

焼き菓子の下準備に勤しむ見習いちゃんを眺める王妃さんが、儂にそう切り出してくる。

「皿洗いや雑用で忍耐力を養うのは必要だと思うが……調理のイロハを教えんのは違うと思うしのぅ。本人が学ぼうとしてるんじゃから、ちゃんと役目を与えてやれば、このくらいはすぐじゃよ。儂としては楽ができて、ありがたいもんじゃて」

儂の答えに微笑むのみの王妃さん。

「師匠、絞って鉄板に並べましたー」

見習いちゃん改めオハナの目の前には、絞り出された星形と丸型のクッキー生地が並んでおる。

彼女は何度言っても『師匠』呼びをやめてくれんでな……儂もここのところはオハナと愛称で呼ばしてもらっとるから、その代価と思ってもう諦めたよ。

見習いちゃんの本名はリオフィアナイフアナ・カイテルザ。前に顔を見せた祖父の代からの新興貴族と聞いている。だからか古い血脈を大事にしてる家系からは、下に見られとるそうじゃ。

「長い名前で堅苦しい」

なんて苦笑しとったが、親御さんにもらった大事な名前。邪険に扱うほどではないが、それでも愛称のほうが好きと言っておったよ。

「兄と姉がいますから、家を継がなくて平気なんです。私は美味しい料理と甘いお菓子で笑顔を作りたいんです」

元は王城で料理に従事するのが目標だったらしいが、ここで儂から習ううちにそんな未来を夢見るようになったんじゃと。王様をはじめとした面々に、王妃さんが土産で持ち帰ったものも好評らしいし、そう遠くないうちに実現できるかもしれんな。

「若く優秀な子が離れていくのは寂しい……それ以上に巣立って行ってくれるなら嬉しい」

とは王妃さんの言葉じゃった。

先に焼いていたクッキーをオーブンから取り出させて、オハナに天板ごと入れ替えさせる。パチパチとクッキーの表面が音を立て、甘い香りが広がっていった。

粗熱《あらねつ》をとっていたものと、焼き立てのもの。その二つのクッキーを比較するように、王妃さんは試食しとるわい。味見と称してさっきからずっと摘まんどるが、あまり食べすぎると危険じゃぞ？

儂が視線に込めた思いを感じ取ったのか、王妃さんはにこりと笑むが、その目は怖かった。

そういえば、モッチムッチが住んでいることを知らせとるのに何も言われん。実物を見られていないなんてこともないしのぅ……今だって甘い匂いに釣られて顔を出してきとるからな。

「従魔が好きに過ごすのは、アサオ家では普通だろう？　難しいことは考えず、見たままを受け入れる……そう伝えてあるのだよ」

ひょっこり顔を見せたクーハクートが、にやにや笑っとる。それを首肯する王妃さんたち。

「「美味しいです！」」

モッチムッチにクッキーを分けて一緒に喜んでいるのは、王妃さんの子供たちじゃ。食べ物を与えてくれる者に懐く姿は、子供らしいっちゃらしいか……手加減を覚えたモッチムッチが、子供たちを圧し潰すようなことも起きんかったよ。

《 29 憩いの場 》

王家の関係者、商業・冒険者ギルドの上役たち、ご近所さん……実に様々な立場の人種が入り混じる我が家じゃ。カブラの畑で採れた野菜を使って料理をしていた儂は、今日も集まる友人たちに微笑ましく思い、視線を送っておる。それを見ていたクーハクートが、

「アサオ殿の家族構成は普通ではあり得ないのだぞ？」

なんて言っておったよ。

「意図的に作ろうと思ったのでなく、自然と集《つど》った結果じゃからのぅ」

「いや、自然と集まるものではないだろう……」

儂の答えにクーハクートは苦笑いを浮かべる。

「一緒に旅して、助け合いながら暮らした結果じゃよ。まぁ、暮らす場所が遠く離れていても、家族に変わりはないんじゃがな」

遠く離れたカタシオラの地に住んでいるローデンヴァルト夫妻、それにレンウたちも儂の家族じゃよ。二人でそんな会話をしていたら、モッチムッチが不思議そうな顔をしておった。

「親御さんはそのうち帰ってくるじゃろ。それまでのんびり待ってればええ」

優しく頭を撫でてやると、目を細めて気持ち良さそうじゃった。三つの頭が全部儂にすり寄ってきよったからの。暫くそのまま甘やかしていたら、ルージュが割って入ってくる。自分にもしろって言いたいんじゃろうな。

ルーチェがその後ろに並び、カブラとバルバルも列を作る。王家の子供たちまで続き、クリムはバザルを連れて最後尾に回っとるわい……

奇妙な光景に大人組は揃って笑っとった。ただ、親である王妃さん二人は悲し気な表情じゃ。

「こんな子供らしい姿など久しく見ていませんね」

「無理をさせていたんでしょうね……」

義務や責務があるのは、人の上に立つ者として仕方ない。その辺りの柵《しがらみ》が皆無な我が家に来れば、王妃さんたちだって、割と気楽にしとるからの。親のそんな姿を見れば子供たちだって、年相応の振る舞いになるってもんじゃ。

肩肘張らずに取り繕うことなくゆったりできる……王都で儂が提供するのは、そんな雰囲気の店が良いのかもしれんな。種族や立場によって行ける店が違ってくる王都では、かなり異質に見られるかもしれん……が、やってみる価値はあるじゃろ。

ご近所さんと友人が集いやすい場所を提供するのも、儂としては一興じゃよ。

「おじい様これを――」

「おいしくしてください」

撫でてもらう順番が巡ってきた子供二人は、持っていた食材を渡してきた。ダチョウのものと見紛うほどの大きな卵じゃよ。青みがかった表面に、ずしりとくる重み。自分らの頭ほどもあるのに、軽々とそれを持ち上げる二人は、かなり鍛えておるんじゃろな。

「「おねがいします」」

にかっと笑いながら言い、ぺこりとお辞儀を済ませる。するとたたたと走り出し、王妃さんのところへ帰って行ってしまったわい。

ルージュやルーチェが儂にするように、二人は母親に跳んで抱き着いた。そんな二人に王妃さんたちは面食らっとるよ。椅子に座っていた王妃さんたちは痛いはずじゃろうに、何事もなかったかのように受け入れ、頭や背中を撫でておる。

「甘いのとしょっぱいの、どっちが食べたい？」

にへらと蕩《とろ》けそうな顔をしとる子供らに問いかけると、

「しょっぱいのがいいです」

「わたしはあまいのをたべたい」

別々の答えが返ってきた。

「そうかそうか。じゃあ、どちらも作ろうか」

「「わーい」」

喜ぶ子供らは、母親にじゃれついておるわい。微笑ましい光景じゃからこのまま任せて、儂は頼まれたことをしてしまおう。

大きな卵をぱかりと割ると、透明な白身と橙色をした黄身が現れる。大きめのボウルに移したが、調理するには小分けにするしかなさそうじゃ。割った殻をよくよく見れば、厚さは20ミリを超えておった。これ、普通は素手で割れなそうじゃよ。

だからじゃろうな。手伝いを宣言してくれたメイドさんは、目を見開いて固まっとる。その手には、トンカチと厚手の布が握られていた。

本来ならば、布で滑らないように抱えながら、天辺をトンカチで割っていくそうじゃ。それを普通の卵と同じように儂が扱うもんじゃから、呆気にとられて言い出せなかったんじゃと。

多少の相違はあったが、卵を割って準備はできた。親子二組の腹を満たすのは、もらった卵二つで足りる。しかし、今いる客の分まで考えると心許なくてな。

普通の卵で嵩増《かさま》ししたら風味が変わりそうじゃし……悩んでいる儂の前に、メイドさんが同じ卵を出してくれた。それも五個。これで問題なしじゃ。

意気揚々と卵を割っていく儂に、メイドさんはボウルを用意してくれる。今度は驚かず、冷静な対応じゃったよ。

茶碗蒸し用の具材とダシ汁、それに丼。プリン用には、カラメルと牛乳に小振りの可愛らしい器。見た目は似ているが、味が真逆じゃからな。万が一の取り違えが起こらないように、器も変えておいたわい。香りが混ざるのを避ける為に、蒸籠も別々じゃよ。

儂を手伝うメイドさんとはまた別行動で、オハナが中心になって普通の卵を使ってプリンと茶碗蒸しを作っておったよ。卵の種類が違うだけで、作り方は変わらんからな。ただ説明を聞くだけよりも、同じ動きをしたほうが覚えも早かろうて。

蒸し上がった茶碗蒸しとプリンは、子供たちに大人気じゃった。巨大卵と普通の卵、その違いは味の濃さかのぅ。こればっかりは好みが分かれるわい。

「儂からの宿題じゃ。暇な時にでも何度か作り、自分の好きな組み合わせを探しておくように。今度、それらを持ち寄るのも面白そうじゃろ？」

普段は料理を作らん者も、かき混ぜるくらいはできると思うからのぅ。それに、なんだかんだと儂の手伝いをしている者ばかりじゃ。興味があって、美味しい結末を知っているなら、きっとやると思うんじゃよ。あーだこーだと意見を交わし合う皆を見て、儂は一人ほくそ笑むのじゃった。

《 30　ナスティ先生 》

特にすることもないのでのんびり庭で茶を啜っていたら、久しぶりに珍しいものを見かけたよ。庭から数百メートル沖の上空に浮いておるそれは、以前に撃墜したウカミじゃった。ほれ、あの道具のような従魔のようなあれじゃ。

今日なんて、庭の端から沖へ向かって子供らが初級魔法を練習しとるくらいで、別段珍しいこともないんじゃが……儂らを観察しているらしく、さして動かず飛行しておる。

ナスティが指導する子供らは日を追うごとに増えていき、今日は家族以外に八人もおるわい。ルーチェたちの先生をしとるナスティにしてみれば、その延長じゃからのぅ。頭数が増えることに、何の問題もないと言われたよ。私塾《しじゅく》であり託児所みたいなこの魔法教室が開かれとるってわけじゃ。

家族以外で最初に参加したのは、王家の子らじゃった。ナスティによるルーチェの訓練……に交じってクリムたちが上手に魔法を扱い、子ヒュドラであるモッチムッチまでもが習っているのを見て、羨ましかったそうじゃよ。

そんな顔をされたらナスティが黙っているはずもなし。初級魔法の効率的な使い方や、基礎となる魔力操作なんぞを教えたんじゃ。そうしたら、城で学ぶよりも分かりやすかったそうで、あれよあれよという間に定期的な開催が決まっとったわい。

話を聞けば、城で抱えとる講師たちは、どうにも頭でっかちなようでな。小難しい理屈を並べて、座学中心なんじゃと。

魔法を使う心構えなども懇切丁寧に教わったらしいが……眉間に皺を寄せた子供の表情が全てを物語っとるじゃろ。だったらナスティが行う、遊びながら学び、楽しみながら慣れるなんて教育は、目から鱗が落ちるってもんじゃて。

やっていいこと、やっちゃダメなこと。そのどちらをも実際に見せて、体験させながら仕込んでいくナスティのほうが、何倍も優秀な教師だと儂は思うぞ。『多少の怪我はつきもの』と王妃さんたちも認めてくれたしのぅ。痛みを知らずに、力は揮《ふる》えんよ。

次にご近所さんのお孫ちゃんや、神官さんの子供たちが加わっていき、今じゃ大体二十人くらいの子供を預かっておる。欠席禁止なわけでもないから、都合の付く子だけ参加って形じゃ。

その際、子供を預けた親御さんは帰るとばかり思っていたのに、毎回必ず授業参観のような感じになっとるわい。ナスティの指導は、聞くだけでも十分価値があるそうじゃよ。

儂がやってあげるのは、休憩時のお茶とお菓子の支度くらいじゃて。その休憩までまだ時間があるから、のんびり茶を啜っていたんじゃ。それで見つけたウカミじゃったが、

「あれを狙いましょうか〜」

すでにナスティに捕捉されとったわい。沖へ向かって初級魔法を放つ子供らの目標にしようと、ナスティがウカミを指さしとる。

「せんせー、とどきません」

狐耳の女の子が手を挙げてそう答えた。意見を同じくした他の子らも一様に頷いておる。子供らを横目にクリムとルージュが《石弾《ストーンバレット》》を飛ばしたが、全然届いとらん。

今度はモッチムッチがウカミの真下から《水柱《ウォーターピラー》》を立てる。そちらもまったく届かん。目標まで10メートル以上足りておらんわい。

「アサオさ〜ん、お手本を〜」

「《火球《ファイアーボール》》」

拳大の火球を一直線にウカミへ向かわせれば、難なく落とせた。その様子を見ていた子供たちから、歓声と拍手が上がる。

「目標までの距離を測って〜、必要な魔力を込める〜。それに狙いを決めてあげないと〜、上手にできませ〜ん」

「先生ー、呪文は唱えないの？」

ナスティの説明に、短髪の男の子が質問する。

「アサオさんは〜、詠唱なしでできるんですよ〜」

「「「おおおおおぉぉぉぉ」」」

子供らから羨望の眼差しを向けられた。ナスティが更に言葉を付け足していく。

「皆も慣れたら〜、できるかもしれませんよ〜？　私も教わってる途中です〜」

「僕やってみたい！」

「わたしもー」

目を輝かせる子供たちには悪いが、儂のはイスリールにもらったずるっこじゃからのぅ。どうやるか説明ができん。そんなわけで困った笑顔をしていたら、ナスティから助け船が出されたぞ。

「基本をしっかり学んで〜、少しずつでも上手くなるのが大事ですよ〜。ね？　アサオさん」

「そうじゃな。その為にもコツコツ練習じゃ」

にこりと笑ってそう答えると、モッチムッチが頷く。クリムも同じ所作を見せたが、ルージュだけは違ってな。地面をとすとす叩いとる。普段なら《穴掘《ディグ》》を使う仕草なのに発動せん。

儂が様子を窺っていたら、ほんの数秒の後小首を傾げよった。そして、腹を両前足で擦る。その途端に盛大に鳴き出す腹の虫……他の子にも伝染していき、大合唱になってしまったよ。

「腹が減っては魔法も使えん。ちゃんと食べるのも大事なことじゃったな」

「少し早いけど～、休憩にしましょうか～」

儂らの言葉に再び歓声が上がった。子供らだけでなく保護者も交えての休憩は、実に和やかなもんじゃ。食べたいものを食べて、飲みたいものを飲む。無理に会話をする必要もなし、横になりたければなるも良し。多少行儀が悪くたって叱らんよ。一応、寝ながらの飲食は禁止にしたがの。

休憩明けからは、またナスティの魔法教室が再開された。儂は畑の世話をするカブラの様子見に向かい、そちらでもまた一服するのじゃった。その時、礼拝に来ていた神官さんたちにも茶と菓子を分けてやったら、儂まで拝まれてしまったわい。

一部の神官さんは、イスリールたちから茶請けを下賜されとるそうでな。同じものをもらえて嬉しかったんじゃと。とはいえ、儂は神でもなければ、人以上の存在になったわけでもない。拝むのは遠慮願ったよ。

《　31　珍客万来《ちんきゃくばんらい》　》

神官さんたちがカブラの畑に祈りを捧げ、小人さんたちが畑仕事に汗を流す。魔法教室がないナスティは、石細工を何かしら作っとるんじゃろう。クリムとルージュも木工製品を仕上げとるし、ロッツァはモッチムッチと一緒に、海へ漁に行ってしまっとる。ルーチェはクーハクートと相談しながら串焼きの研究に勤しんでおるよ。

こんな風にてんでバラバラ好き勝手に行動するうちの家族じゃが、出掛けて不在にならん限り毎食必ず揃って食べとるんじゃ。今日は儂がちょいと街中に用事があってな。朝食後に家を離れ、戻ってきたのが昼直前。昼ごはんは各自で何とかしてくれたようじゃから、ちゃちゃっと作った鶏飯で儂は食事を済ませた。

食事が終われば、今度は来客の予定があってのぅ。今は、事前に頼まれていたホットケーキを仕込んどるよ。じっくり弱火で焼く、しっとりふわふわホットケーキを希望されたから、時間をかけて丁寧に作っとるわけじゃや。

台所のみならず、庭にまで広がる甘い香り。その匂いに釣られた子供たちが、窓際で待機しとる……一部大人も交ざっとったわい……

追加で量産するホットケーキは、普段と変わり映えしないものになったが、喜んでくれとるし、構わんじゃろ。量産品を作り終えた頃、先に仕込んでいた本命の出来上がりまで残り僅かとなる。来客の時間から逆算しとるので、そろそろ来るはずなんじゃが……

外を見ればクーハクートに案内される執事さんがおった。その後ろを三人の女性が付いてくる。ちょくちょく顔を出す四番目と五番目の王妃さんたちが、『温かくて美味しい料理を食べられた』と自慢したらしくてな。それを羨ましがった一番から三番までの王妃さんが来たんじゃよ。

最初は『城に招いてほしい』なんて言っとったらしいが、儂がずっと袖にしてきたからのぅ……

執事さんに頼み込んで、都合を付けてわざわざ足を運んできたそうじゃ。

一応、表向きの理由も用意してあるようで『子供たちの新たな教育者との面会』となっとるんじゃと。

とはいえ、三人の王妃さんの本命がホットケーキな事実は揺るがん。目の前に並べられた出来立てほかほかのホットケーキに、三人とも口元が緩んでおるよ。ひと口頬張れば、あの甘さと柔らかさに目を見開き、二口目には頬を押さえる。三口目を噛みしめる頃には、目を瞑って首を横に振っておった。

「満足してもらえたようじゃな」

「そのようです。ありがとうございました」

執事さんから今日の代金を渡されていたら、クーハクートがまた誰かを案内してきた。今日は来る予定のなかった四番目と五番目の王妃さんじゃったよ。子供たちは置いてきて、二人だけで訪ねてきたそうじゃ。

「お姉さま方だけズルいです」

「私たちの食べていたものよりふかふかじゃありません？」

儂を左右から挟んでそんな抗議をしてきたが、すぐに用意できる代物じゃないからのぅ。今日のところは【無限収納《インベントリ》】から取り出したプリンで手を打ってもらったわい。そんな儂の姿に、クーハクートがにやにや笑っておる。

「アサオ殿でも、淑女《しゅくじょ》の相手は難しいのだな」

なんて言いながら、ルーチェのところへ消えて行きよったぞ。

苦々しい思いをしつつも、なんとか王妃さんたちをやり過ごせた儂は、ほっと胸を撫で下ろす。それも束《つか》の間のことじゃったよ……

別の甘味で妥協させたのが間違いで、ホットケーキを食していた王妃さんたちにも提供する羽目になった。追加料金を支払う執事さんと儂は、固い握手を交わしていたよ。

甘味を堪能している五人の王妃さんを執事さんに任せて、儂は席を外す。子供の教育に関しての相談なら、儂でなくナスティとするべきじゃて。丁度、作業が一段落ついたナスティが休憩に来てくれたから、そちらもお願いしておいた。

手土産持参でカブラの畑へ行ってみれば、こちらも休みの時間だったらしい。小人さんたちに小昼飯がてらのおやきや蒸かし芋などを差し出し、茶も用意していく。すぐに支度も出来たので、皆で一服じゃ。畑を拝む神官さんたちを誘うと、遠慮しながらも同席してくれる。

「おとんのお茶は落ち着くなー」

ほへっと気の抜けた顔を見せるカブラは、湯呑みを傾けて茶を啜っておる。小人さんたちもこの休憩に大分馴染んでくれたようで、儂が促さずとも茶請けの品々へ手を伸ばしてくれとるよ。神官さんもおやきを頬張り、腹を満たしとるようじゃな。

高級品である紅茶やコーヒーには手を付けんが、緑茶と果実水は口にしてのぅ。緑茶もそれなりに値が張るのじゃが……まだあまり浸透しておらんから、知らずに飲んでくれとるんじゃろう。

和やかな空気は、門の外より聞こえた耳障りな声に霧散させられた。

「不届き者がいるのはここだな？　ペ・カー」

「そのはずだぞ、ヨボ・ホルン」

ごてごてと着飾った爺が二人、こちらを見ておった。じゃらじゃら音を立てる首飾りは、幾重にも巻かれた太い金鎖。目に痛い真っ赤なローブには銀糸で刺繍《ししゅう》が施されており、見るからに金がかかっとる服じゃ。

ただ、これらより儂の目を引いたのは、高々と聳《そび》える白い帽子じゃよ。儂が旅装束で被るとんがり帽子を、無理矢理1メートルくらいまで引き延ばした感じじゃよ。そこに羽根や金細工、宝石などをちりばめて飾っとるが、実に下品な成金趣味満載としか思えん代物じゃった。

畑の隅っこまで辿り着けておらんが、この二人、イスリールたちの施した聖域の中へは入れたらしい。となると儂ら家族に対しての害意や悪意はないんじゃろな。

しかし、尊大な態度に横柄《おうへい》な物言い……纏う雰囲気も儂らを見下しておると思うんじゃが、何でじゃ？　あれは気分の良いものではないぞ。

「まったく、なっておらん」

「膨大な知識に裏打ちされた経験……我ら以上の識者などいるはずがない」

憤慨《ふんがい》する二人の老人は、顔を真っ赤にしながら近づいてくる。難しい言葉を並べてあーだこーだと言っとるが、不思議と息が上がる様子がない。

激しく議論を交わしながら歩けば、若くても息が切れると思うんじゃが……あ、これ歩いておらんな。足がまったく揺れていないぞ。それなのに進んでおる。

奇怪な動きに疑問を抱きその姿を観察したら、一つ気になることを見つけた。ただ立っているだけにしては姿勢がおかしくてのぅ。何かに座っているみたいに前かがみになっとるんじゃ。きっとローブの下に杖でも仕込んで、楽しとるんじゃろ。それごと《浮遊《フロート》》で浮かして、移動しとるって寸法じゃ。儂が家族に渡してある座布団と変わらん理屈だと思うぞ。

「おとん、けったいなんが来よったな〜」

ぷかぷか浮かぶ座布団を器用に操り、儂のそばまで来たカブラは、ホウレンソウを抱えていた。座布団にぶら下がる形で同行してきたバルバルは、ニンジンの葉の部分を掴んどる。

「なんだ、ここまで来られたのか。てっきり弾かれると思っていたのにな」

着飾った老人二人を見て、実に残念そうに話すのはクーハクートじゃ。

「あれが王族へ魔法学を指導する立場の者だよ。ほれ、子供らが嫌う相手だ」

相手に敬意を一切払わない、こんなクーハクートはカタシオラで成金貴族に絡まれた時ですら見たことないぞ。縁を紡いでから初めてのことかもしれんな。

「実力主義で攻撃魔法を得意とする、ペ・カー」

少しだけ前を進む、髪の見えない老人を串の先で指し示した。

「学力主義で防御魔法を専門とする、ヨボ・ホルン」

ぺっとりと頬に白い毛が張り付く太めの老体を、手首だけ振ってまた串で指す。

「自分より優秀な者が現れるなど露にも思わんのだろう、後進に道を譲らない老害二人だ」

小さな声で『忌々しい』とまで付け加えよった。これは本気で心の底から嫌っておるな。

二人の説明をし終えたと思ったら、クーハクートはそそくさと退散しよった。老人の相手をするよりも、ルーチェと一緒に串焼きの研究をするほうが大事らしい。

王妃さんたちも、誰一人こちらを見ん。そんなことより重要なのは、ナスティとの相談とホットケーキや菓子の類のようじゃ。

「わざわざ足を運ばせるなど、なんたる無礼」

「若輩者《じゃくはいもの》の分際で」

たぶん禿げているであろうペ・カーと、ぶよぶよのヨボ・ホルン。文句を言いながらこちらに来た二人は、やっと儂のところまであと5メートルの距離じゃ。徐々に大きくなる声に含まれる言葉は、いかに自分が偉大で儂が矮小《わいしょう》かを並べとるみたいじゃよ。語彙力《ごいりょく》の高さを見せびらかしたいのかもしれんが、他者に理解できる言語で話さんと、侮蔑することすら難しいと思うぞ？

「来てくれと頼んでおらんから、そのまま帰ってもらって構わんよ」

儂は右手を払い、二人が来た道を示す。

「ほざくな小童《こわっぱ》！」

異口同音で喚く老人は、ますます顔を赤らめた。いや、もう赤を通り越して黒くなりつつあるな。いつ血管が切れてもおかしくないほどじゃて。

「折角来てやったのだぞ！」

「礼を言わんか！　礼を！」

怒りながら懐をまさぐる二人は、何かを取り出して儂へ投げつけた。躱して誰かに当たったら大変じゃ。万が一、爆発など起こされても困る。ひとまず【無限収納《インベントリ》】に仕舞わせてもらおう。

頂いたそれらは、魔法が付与された輝石《きせき》じゃったよ。細かく見ている暇がないから詳細を掴めんが、重量を増やす魔法のようじゃった。投げられた石を持ったら、強制的に這いつくばらされたり、転がされたりするんじゃろな。

いくつも石を投げ続ける二人は目を血走らせ、癇癪《かんしゃく》を起こした子供みたいに叫んでおるが、それはもう騒音でしかない。

「《沈黙《サイレス》》」

聳え立つ白い帽子に付いた宝石が輝き、儂の魔法を阻害した。

「愚か者が！」

「そんな魔法が効くと思うてか！」

鬼の首を獲ったかのような顔をする老人二人。儂を小馬鹿にしとるが、石を投げる手は緩めんな。

「《結界《バリア》》、《沈黙《サイレス》》、《結界《バリア》》」

昔どこかの街で喧《やかま》しい犯罪者対策で使った手法を試してみれば、難なく音が消えた。予想以上の結果として、二人が蛙のようにひっくり返っとるのぅ。どうやら自分たちで投げた石が跳ね返り、自滅したらしい。

石を【無限収納《インベントリ》】なりアイテムバッグなりに仕舞い直せば済むと思うんじゃが……冷静な判断を下せるだけの余裕はなさそうじゃな。

「敷地の中にまで入られたら対処できんのじゃな……毒物を持ち込まれたことといい、いろいろ改善点が見つかったわい」

「おとん、これどないするん？」

ホウレンソウとバルバルを台所へ置いてきたカブラが、戻ってくるなりそう告げる。《結界《バリア》》の中で石に埋もれた二人は、泡を吹いておった。

「このままにするのもどうかと思うが、触りたくないのぅ」

泡だけならまだしも、地面が濡れておってな……力が抜けて意識がなくなったせいで、いろいろ漏れてしまったんじゃろう、きっと。

「綺麗にしてから、石だけもらえばええんちゃう？」

カブラの提案に手を叩いて賛同した儂は、魔法を解いて即座に《清浄《クリーン》》をかけるのじゃった。

拾った輝石は直径数センチほどじゃが、持ってみればずしりと重い。

「漬物石に使えそうじゃな」

「だったら、ダイコンとキュウリを漬けてー」

白目を剥いているペ・カーとヨボ・ホルンの足首を掴み、引き摺りながら進むカブラが、儂を振り返り、にかっと笑う。

「儂の田舎で作る古漬けみたいに、ぺったんこにしてみようか」

「美味しければ、なんでもかまへんよ」

敷地の外にまで行き、二人をぺいっと捨ててきたカブラはそう言うのじゃった。

《 32 矛と盾 》

まだ聖域を改良していないのに、例の老害二人は我が家へ来られなくなった。まぁ、前回あれだけ暴れておったからのぅ……さすがに、悪意と害意ある者に認定されたんじゃろ。

わざわざ足を運んで、敷地に入れないと騒ぎ立て、解除を試みておったが無駄じゃったよ。イスリールたちがやらかしたもんじゃから、いかに賢い者だとて普通の人に何とかできるとは思えん。

毎日繰り返されるので、ルーチェとロッツァが腹を立ててのぅ。単刀直入に『来るな』と申し入れとったよ。

文句を言われて引き下がるような輩には見えんかったが、素直に聞き入れたようじゃ。さすがに子供と従魔相手にムキになるほどの、老害ではなかったらしい……と思っていたのに、実際は違ったよ。

『敷地まで行けないなら、その手前からやればいい』

なんて考えたようで、敷地外から石を投げたり、ごみ屑を放ってきたりしよるんじゃ。とりあえず街中で魔法をぶっぱなすほどのお馬鹿でないのが救いじゃが、騒音と流れ弾でご近所さんの暮らしを邪魔しかねん。これに怒り心頭なのが、ナスティじゃった。

「良好な関係を築けたご近所さんたちに〜、迷惑をかけるなんて許しませんよ〜」

と言って、ルーチェ協力のもと、無限弾幕を張っていたよ。弾はもらっていた輝石じゃから、投げ捨てても何ら損失がなくてな。ナスティたちには損害を気にせず相手してもらったんじゃ。

残弾が少なくなれば、儂が《岩壁《ストーンウォール》》を崩して用意してやったしのぅ。ご近所さんが被害を受けないように、そちらの敷地には《結界《バリア》》を施しておいた。

魔法馬鹿な老人二人は、実戦経験がほとんどなかったんじゃろう。自分らの動線や、儂らの防衛線をまったく考慮しとらん。正面から馬鹿正直に来るもんじゃから、迎撃が非常に簡単じゃった。曲がりなりにも上級魔法使いが相手じゃし、防御はそれなりのもんじゃったよ。それでも、楽々撃退戦にナスティたちは拍子抜けしとった。

そのうち、陸路でなく海上からやらかし始めたが、これも素人丸出しの戦法じゃよ。遮蔽物《しゃへいぶつ》がない海上を、これまた一直線に進んでくるんじゃからのぅ。最低限、岩場に隠れながら進むとか、感知され難いように潜るなどの発想は出ないもんじゃろか……

　そして一昨日から爺共は、魔法を使い出してな。これにはクーハクートが黙っておらんかった。即座に王家へ連絡を取り、反撃の宣言をしておったよ。さすがに王家も看過できんかったらしく、爺二人は騎士団にひっ捕らえられたんじゃ。

　それでも翌日には来よってな……そろそろ腕の一本くらい折らんと懲りてくれんのかもしれん。王妃さんの話によれば、『次に問題を起こしたら、地位を剥奪《はくだつ》する』と王様から言われたらしいんじゃが……今日も今日とて来とるわい。

　なりふり構わず、とりあえず我が家へ攻撃する二人の爺は、煌びやかな衣装をびしょびしょに濡らしておる。海中のロッツァとモッチムッチから水を浴びせられとるからのぅ。あれは魔法を使わず、自分らの身体を用いての嫌がらせじゃな。

　爺たちは、我が家を目標にして詠唱を始めればロッツァたちに水をかけられ、足元へ意識を向ければナスティたちに陸から狙撃される。そんなことを繰り返しとるんじゃから、これは心が折れるじゃろ。

　多少頭を使って我が家と距離を開けることを思い付いたらしいが、まだまだじゃよ。いくらか精度が落ちるくらいで、ナスティとルーチェが投げる弾は十分届いておるわい。爺が二人もおるんじゃから、協力して攻守を分担すればいいものを……どちらも我が強すぎてダメみたいじゃ……

「これ、弱い者いじめになっとらんか？」

戦況を観察していた儂の呟きに、王妃さんが首を横に振る。

「王国最上位の魔法使いが二人で攻めてきていますから、一般的な括りで考えれば圧倒的な戦力差による蹂躙戦《じゅうりんせん》となるでしょう……実際は逆ですけどね」

眉間に皺を寄せる王妃さんの肩に、クーハクートが手を添えた。そして、彼女の眉間を親指でぐりぐり揉んでおる。そうじゃな、皺を残すにはまだ年が若すぎる。顰めた顔が美しいなんてこともないんじゃから、跡が付く前に解《ほぐ》してやらんと。

「クリム、ルージュ、行くぞ」

沖から帰ってきたロッツァが、二匹を連れてまた泳ぎ出す。モッチムッチに任せている間に、ペ・カーのほうがヨボ・ホルンを盾にしていたようでな。詠唱が終わったらしい。中空に浮かぶ赤い珠が、何度も収縮してから眩い光を放った。

「いよいよ反逆の罪を問えそうだ」

儂が片方の口角を上げ、邪悪な微笑みを見せるクーハクート。

「《結界《バリア》》」

老魔法使いたちを包むように張ると同時に、赤い珠が爆《は》ぜた。

「ふむ。盛大な自爆技になってくれたようじゃな」

放たれた魔法の風圧と熱量は、外へ向かって拡散されるはずじゃからの。行き場を失い、《結界《バリア》》の中で暴れとるわい。荒れ狂う風と炎にもみくちゃにされて、老人二人は不規則な飛び方を披露しとる。海水や岩なども混ざっとるから、擦り傷切り傷に塩水が痛かろう。

自分で放った魔法によって、まるでボロ雑巾みたいになった老害は、素っ裸で波間を漂っておる。離岸流に乗ってしまったのか、徐々に沖へ流されとるらしい二人は、少しずつ小さくなっていった。

トドメというか、仕上げをしに向かったクリムたちは、出番がなくなってしまったみたいじゃ。ロッツァの背に立ったまま儂を振り返り、寂しそうな表情をしとる。

海面に浮かぶ老人二人の間にまで進んだロッツァに促された二匹は、嫌そうな表情で頷いた。意識を手放したペ・カーの腕をクリムが掴み、ルージュがヨボ・ホルンの足首を引っかける。雑な持ち方のままこちらへ帰ってきたら、クーハクートに向けて投げ捨てた。身一つになった老体は、見るに堪えないもんじゃよ。

「アサオ殿、少しだけ岩礁が抉れていたぞ」

ロッツァが首を向けながら儂へ告げた。そちらを見ればモッチムッチが、頭を見せておる。

打ち捨てられた老害をクーハクートへ丸投げして、そこまで運んでもらい海中を覗いたが、棲んでいる生き物への被害はなさそうじゃ。念の為、

「《快癒》《ヒールオール》」

と唱えておいたら、数匹の魚が飛び跳ねて応えるだけじゃったよ。

じい様が行く
An Oldman in Counterworld.
Hotaruishi / Urasuke Ayano
①～⑤
シリーズ累計37万部超えのご隠居異世界旅を公式コミカライズ
とんがり帽子のおじいさん、
補助魔法を使って
無双《ひとだすけ》します。
かわいい孫を守って強盗に刺された朝尾晴太郎さん（73歳）は「神」のうっかりで異世界に呼ばれてしまう。孫の身代わりを引き受けてセイタロウさん（63歳）として過ごしはじめた第二の人生は、どうにも初手から波乱ぶくみ。それでも人間万事塞翁が馬、年の功と補助魔法でゆるりゆるりと乗り切っていきます。
［原作］蛍石 ［漫画］彩乃浦助
B6判／各定価：本体680円＋税
じい様が行く
5
原作 蛍石
漫画 彩乃浦助
WEBにて好評連載中！
アルファポリス 漫画
検索

この作品に対する皆様のご意見・ご感想をお待ちしております。
おハガキ・お手紙は以下の宛先にお送りください。

【宛先】
〒150-6008 東京都渋谷区恵比寿 4-20-3 恵比寿ｶﾞｰﾃﾞﾝﾌﾟﾚｲｽﾀﾜｰ 8F
（株）アルファポリス　書籍感想係

メールフォームでのご意見・ご感想は右のＱＲコードから、
あるいは以下のワードで検索をかけてください。

アルファポリス　書籍の感想　検索

ご感想はこちらから

本書はWebサイト「アルファポリス」（https://www.alphapolis.co.jp/）に投稿されたものを、改題、改稿、加筆のうえ、書籍化したものです。

じい様《さま》が行《い》く 9　『いのちだいじに』異世界《いせかい》ゆるり旅《たび》

蛍石（ほたるいし）

2021年　2月　28日初版発行

編集ー矢澤達也・宮坂剛
編集長ー太田鉄平
発行者ー梶本雄介
発行所ー株式会社アルファポリス
〒150-6008 東京都渋谷区恵比寿4-20-3 恵比寿ｶﾞｰﾃﾞﾝﾌﾟﾚｲｽﾀﾜｰ8F
TEL 03-6277-1601（営業）　03-6277-1602（編集）
URL https://www.alphapolis.co.jp/
発売元ー株式会社星雲社（共同出版社・流通責任出版社）
〒112-0005東京都文京区水道1-3-30
TEL 03-3868-3275
装丁・本文イラストーNAJI柳田
装丁デザインーansyyqdesign
印刷ー図書印刷株式会社

価格はカバーに表示されてあります。
落丁乱丁の場合はアルファポリスまでご連絡ください。
送料は小社負担でお取り替えします。

ISBN978-4-434-28553-0 C0093